Nella Beinen

Kochlöffel, Trecker und Beziehungskiste

Sammelband

Kochlöffel, Trecker und Beziehungskiste

Casper und Bjarne sind seit viereinhalb Jahren zusammen und der Alltag hat sich bei ihnen eingeschlichen. Sie haben kaum Zeit füreinander, streiten und versöhnen sich wieder.

Caspers neue Verantwortung für den Hof, ein Hausumbau und der neue Futterberater fordern Casper und Bjarne zusätzlich heraus.

Die Autorin

Nella Beinen stammt aus Norddeutschland aus der Lüneburger Heide und hat ein bewegtes Leben hinter sich. Von der Lüneburger Heide aus zog es sie nach Essen, Spiekeroog und Bonn. Am Niederrhein ist sie jetzt sesshaft geworden.

Dort hat sie angefangen, den Wörtern in ihrem Kopf in die Freiheit zu verhelfen. So ist ihr Erstlingswerk *"Und dann passierte das Leben"* entstanden.

Als Taschenbuch und Ebook erschienen:
>*Und dann passierte das Leben*
>*Wie ein Kuss alles veränderte*
>*Glück vom Umtausch ausgeschlossen*
>*56 Punkte zum Glück*
>*Das Leben ist so einfach*

Nur als Ebook erschienen:
>*Reise in die Vergangenheit: Neues von Tobias und Florian*
>*Ein neues Zuhause: Authorschallenge*

Nella Beinen

Kochlöffel, Trecker und Beziehungskiste

Sammelband

Bibliografische Informationen der Deutschen Nationalbibliothek:
Die Deutsche Nationalbibliothek verzeichnet diese Publikation in der
Deutschen Nationalbibliografie. Detaillierte bibliografische Daten sind
im Internet unter dnb.d-nb.de abrufbar.

© 2022 Nella Beinen

Lektorat: Daniela Seiler www.textkabinettchen.de

Korrektorat: Daniela Seiler www.textkabinettchen.de

Cover: A+K Buchcover www.akbuchcover.de

Illustrationen: OpenClipart-Vectors, OpenClipart-Vectors
valzan@depositphotos Krakenimages.com@depositphotos.com
Artwork by Brandy@shutterstock.com Valentyn
Volkov@depositphotos.com

Buchsatz: Nella Beinen
gesetzt aus der EB Garamond
erstellt mit *SPBuchsatz*

TWENTYSIX Eine Marke der Books on Demand GmbH

Herstellung und Verlag: BoD – Books on Demand, Norderstedt

ISBN: 978-3-740-78747-9

Inhaltsverzeichnis

Band 1 Unfreiwillig Urlaub 7

Band 2 Reichen 56 Punkte zum Glück? 65

Band 3 In Wunden bohren 111

Band 4 Treffsicher ausgewählt 167

Band 5 Auf geht's 221

Band 6 Überraschung über Überraschung 255

Band 7 Zwei Herzen, eine Richtung 307

Weitere Bücher der Autorin 353

Unfreiweillig Urlaub

Band 1

Kapitel 1

Bjarne betrat die Küche, in der Marion, die Mutter seines Freundes Casper, dabei war, das Mittagessen vorzubereiten. Sie stand am Herd mit dem Rücken zu ihm und rührte in einem Topf. Er hörte wie der Löffel an den Rand klopfte und schnupperte. Es roch nach Tomaten.

»Hallo Bjarne«, begrüßte Marion ihn, als sie sich umgedreht hatte, um zu sehen, wer eingetreten war. »Isst du heute mit uns zu Mittag?«

»Sehr gerne.« Bjarne blieb am Tisch stehen und zog seine Jacke aus, die er über einen Stuhl hängte. »Hast du gerade Zeit zu reden?«

»Natürlich. Leg los.« Marion blickte Bjarne prüfend an, als er sich neben sie stellte und in die Töpfe guckte. Es gab Nudeln mit Hackfleischsoße. Er liebte das Gericht.

»Ich würde Casper gerne mit einem Kurzurlaub an die See überraschen, bevor es mit der Ackersaison wieder losgeht und er dort zusätzlich neben der Stallarbeit mit eingespannt wird. Wir könnten schon nächste Woche Montag für fünf Tage losfahren. Meinst du das geht?« Bjarne war klar, dass es eine sehr kurzfristig Anfrage war, und hielt die Luft an. Aber er hatte erst vor Kurzem die endgültige Entscheidung getroffen, diesen Urlaub zu machen.

Marions Augen blitzten freudig. »Das ist eine tolle Idee.« Erleichtert atmete Bjarne auf. Er hatte sich schon darauf eingestellt, dass es nicht möglich war. »Ich rede mit Thomas, mach dir keine Gedanken. Das wird auf jeden Fall funktionieren. Ihr macht sowieso zu wenig Urlaub.« Marion fischte eine Nudel aus dem Topf und probierte sie. »Wo willst du hin?«

»Früher war ich mit meinen Eltern öfter auf Spiekeroog. Da würde ich gerne wieder hinfahren. Habe auch schon etwas gefunden. Es muss nur noch fix gebucht werden.« Bjarne holte sein Handy hervor und zeigte ihr Bilder der Unterkunft, die er herausgesucht hatte.

»Das sieht alles sehr gemütlich aus«, sagte Marion, als sie alle Fotos gesehen hatte, schaute rasch zur Uhr und probierte die Soße. »Hier versuche du mal.« Sie hielt Bjarne den Löffel hin. »Fehlt noch etwas?« Bjarne nahm ihn ihr ab und kostete vorsichtig. »Buche es. Wann willst du es denn Casper sagen?«, fragte Marion.

»Sehr lecker. Fehlt nichts mehr.« Er legte den Löffel beiseite. »Ich dachte am Sonntag mit gepackten Koffern. Ich habe da schon Urlaub und kann heimlich packen, während Casper arbeitet. Dann kann er sich keine fünftausend Gründe mehr überlegen, warum er nicht fahren kann.«

»Eine sehr gute Idee.« Marion griff nach den vorbereiteten Tellern und drückte sie Bjarne in die Hände. Sie deckten den Tisch gemeinsam, bevor kurz darauf Casper und Thomas zum Essen erschienen.

»Bjarne? Wo bist du?«, rief Casper, als er am Sonntagnachmittag die Wohnung betrat.

»Schlafzimmer«, antwortete Bjarne und schloss den letzten Koffer. Er war kaum zu sehen, dank des Chaos, das im Zimmer herrschte. Casper war übergangsweise bei Bjarne eingezogen und hatte noch keine Zeit gehabt, die Kartons auszupacken und den Inhalt zu verstauen. Für den ordentlichen Bjarne ein kleines Horrorszenario, aber im Moment konnte er noch darüber hinwegsehen.

»Du konntest es wohl nicht erwarten, bis ich nach Hause komme, du nimmersatter Koch«, scherzte Casper, als er das Schlafzimmer betrat und Bjarne sich in dem Moment aufrichtete. Caspers Blick fiel auf die zwei Koffer, die nebeneinander bei Bjarne standen statt an ihrem Platz im Keller.

»Fährst du für länger nach Hamburg? Habe ich etwas vergessen?«, fragte Casper und trat zu Bjarne, um ihm einen Kuss zu geben. Bjarne grinste.

»Nein, wir beide fahren in den Urlaub.«

»Wir machen was?« Casper riss die Augen auf.

»Du weißt schon, dass ich arbeiten muss? Ich kann nicht einfach weg«, wehrte Casper ab und ging ein paar Schritte rückwärts, wobei er gegen einen Karton stieß und fast fiel. Er ruderte mit den Armen in der Luft herum, fand aber schnell seinen festen Stand wieder.

»Alles mit deinen Eltern abgeklärt. Dein Vater übernimmt deine Aufgaben und wir fahren morgen früh weg.«

»Im Ernst? Wohin?« Casper ließ sich überrumpelt aufs Bett fallen. Wie gut, dass er zu Hause geduscht und sich umgezogen hatte, ansonsten hätte Bjarne das jetzt nicht gefallen.

»Das ist eine Überraschung. Aber wir müssen bereits um sechs Uhr los. Heute Abend essen wir mit deinen Eltern, damit du mit deinem Vater Übergabe machen kannst. Deine Mutter schaut nach der Wohnung, während wir weg sind.« Bjarne strahlte Casper an, der sich ein Lächeln abrang.

»Wie lange fahren wir weg?« In Caspers Kopf begann es bereits zu rattern. Er konnte doch nicht einfach so wegfahren. Am Mittwoch kam der neue Futterberater. Sie hatten sich erst ein paar Mal gesehen oder miteinander telefoniert. Casper musste ihm die Berichte ausdrucken und sein Vater kannte sich mit dem neuen System noch nicht so gut aus. Der Bulle hatte sich zudem auch verletzt und der Tierarzt wollte alle zwei Tage nach ihm sehen. Casper gefiel die Idee gar nicht, jetzt wegzufahren.

»… hast du zugehört?« Bjarne schnipste mit den Fingern vor Caspers Gesicht und holte ihn aus seinen Gedanken.

»Äh nein, was hast du gesagt?« Casper konzentrierte sich wieder auf Bjarne und wischte sich die Hände an der Hose ab. Er hoffte, dass sein Vater alles schaffte. Nicht, dass er das früher auch ohne ihn geschafft hatte, immerhin hatte er den Hof jahrzehntelang geführt, trotzdem machte Casper sich Gedanken mit all den Neuerungen, die er in den letzten Wochen eingeführt hatte.

»Wir fahren für fünf Tage. Das wirst du überleben, oder?«, meinte Bjarne, stützte die Hände in die Hüften und starrte Casper an. Er hatte gehofft, dass Casper sich freuen würde. Sie waren über ein Jahr nicht mehr gemeinsam weg gewesen.

Selbst nach Hamburg war er für ein Wochenende meist alleine gefahren, da Casper seine Damen nicht verlassen wollte.

»Es ist nicht so, dass ich mich nicht freue.« Casper rieb sich an der Nase und unvermittelt musste Bjarne an die Kinderserie Wickie denken. »Aber jetzt wo ich den Hof übernommen habe, möchte ich dem auch gerecht werden. Außerdem haben wir das neue PC-System, die neuen Transponder und Papa kennt sich noch nicht so gut damit aus«, erklärte Casper.

»Das verstehe ich, aber du kannst nicht nur arbeiten und brauchst mal eine Pause. Die haben wir jetzt. Alles ist abgeklärt. Lass dich auf das Abenteuer ein. Ich möchte endlich mal wieder Zeit nur mit dir verbringen, ohne dass irgendwer dabei ist.« Bjarne setzte sich neben ihn aufs Bett und legte eine Hand auf Caspers Knie. Der ließ sich nach hinten fallen und starrte die Decke an. Dann griff er nach Bjarnes Kapuze am Hoodie und zog ihn sanft zu sich.

»Hast ja recht. Du hast dir so viel Mühe gegeben und ich mache deine Überraschung kaputt.« Casper umarmte Bjarne und küsste ihn. »Hast du mei...«, setzte Casper an.

»Spider-Man Pulli ist eingepackt. Die Mütze auch und ich habe je ein Paar Socken und eine Unterhose mehr. Glaubst du im Ernst, nach viereinhalb Jahren kenne ich dich noch nicht?«, unterbrach Bjarne ihn lachend.

»Wollte nur sichergehen.«

»Dann können wir uns ja jetzt auf andere Dinge konzentrieren.« Bjarne küsste Casper und glitt mit seiner Hand unter seinen Pullover, als es an der Tür klingelte.

»Wir sind einfach nicht da«, murmelte Casper an Bjarnes Lippen.

»Aber die Autos stehen vorm Haus.«

»Wir sind spazieren.«

»Nimmt uns keiner ab.« Seufzend ließ Bjarne von Casper ab, richtete sich auf und ging zur Wohnungstür. Casper hörte Sascha, der Bjarne im Treppenhaus lautstark begrüßte.

Vor sich her murrend, erhob Casper sich und gesellte sich in den Flur zu Bjarne, wo gerade Sascha und Becki eintrudelten, die im letzten Sommer geheiratet hatten. So gern Casper seinen besten Freund auch hatte, so ungelegen kam er ihm in diesem Moment.

»Hey, was macht ihr denn hier?«, begrüßte er die beiden und zwang sich zu einem Lächeln. Bjarne und er hatten die gesamte Woche kaum Zeit füreinander gehabt, die Arbeit nahm einfach überhand, seit er den Hof übernommen hatte. Dabei hatte die Ackersaison noch nicht einmal begonnen.

»Dir auch einen schönen Tag. Dürfen wir nicht mal unsere besten Freunde besuchen?« Sascha umarmte Casper, bevor dieser Bjarne begrüßte, der gerade Becki losließ.

»Ich konnte ihn nicht davon überzeugen erst nachzufragen, ob ihr überhaupt Zeit habt.« Becki blickte Casper zerknirscht an, aber der winkte ab.

»Schon gut.« Er verabschiedete sich vom Nachmittag mit Bjarne alleine, drückte Becki an sich und sie gingen ins Wohnzimmer.

Sascha strahlte über das ganze Gesicht und hibbelte herum, während Becki ihm immer wieder beruhigend eine Hand auf die Schulter legte. Casper fragte sich, was mit Sascha los war, hatte aber schon eine Ahnung.

Bjarne hatte Wasser und Gläser geholt und schenkte allen ein. Casper und Bjarne warfen sich einen schnellen Blick zu und waren sich sicher, da kam jetzt etwas Wichtiges. Wahrscheinlich hatten die beiden endlich ein Haus oder Grundstück gekauft. War die Wohnungssuche damals bei ihnen schon schwer, war die Sache mit dem Haus eine einzige Herausforderung. Es wurden im Freundeskreis sogar Wetten angenommen, ob die Suche jemals erfolgreich sein würde.

»Also, was ist los? Du kannst es definitiv nicht länger für dich behalten, sonst platzt du noch«, forderte Casper Sascha auf, als endlich alle saßen.

»Wir bekommen ein Baby«, hielt sich Sascha nicht lange mit Vorreden auf und strahlte Casper und Bjarne an.

»Wow! Das ist toll!«, rief Bjarne begeistert, sprang auf und umarmte Sascha und Becki, die kurz nach ihm aufgestanden waren. »Herzlichen Glückwunsch euch beiden. Wann ist es soweit? Und seit wann wisst ihr es?«

Sascha schaute mit glänzenden Augen zu Casper, als er antwortete: »Wenn alles gut geht Anfang September. Becki ist gerade erst in der neunten Woche. Wäre also lieb, wenn ihr es noch für euch behalten könntet. Am Freitag hat Beckis Arzt es bestätigt.« Casper stand auch auf, nur war er nicht so euphorisch wie die anderen. Er schob es auf seine Müdigkeit.

»Herzlichen Glückwunsch! Ich freu mich sehr für euch.« Er umarmte Sascha und Becki und überlegte gleichzeitig, was das für Veränderungen in ihrer Freundschaft mit sich bringen würde. »Werdet ihr das Baby in eurer Wohnung großziehen oder konntet ihr euch endlich einigen?«, fragte er.

»Wir haben jetzt drei Häuser in der engeren Auswahl und müssen uns nur noch für eines entscheiden«, bemerkte Becki mit einem Seitenblick zu Sascha.

»Ihr werdet nie ein Haus haben, wenn das so weitergeht«, erwiderte Casper lachend.

»Lasst uns anstoßen«, sagte Bjarne und griff nach seinem Wasserglas.

»Oh ja, sehr gute Idee«, nahm Sascha das Ablenkungsmanöver gerne auf. Casper und Becki sahen sich an, rollten mit den Augen und griffen nach ihren Gläsern.

»Auf das kleine Wesen, was auch immer es wird. Möge es gesund und munter zur Welt kommen und die besten Paten der Welt kriegen«, hielt Sascha eine kleine Rede.

»Wer sind die Paten?«, fragte Bjarne neugierig und blickte von einem zum anderen.

»Einmal meine Schwester. Das haben wir schon als kleine Mädchen beschlossen und ...«, Becki legte eine Pause ein.

»... natürlich du, Casperle. Was hast du denn gedacht? Dass ich jemand anderen nehme?«, beendete Sascha den Satz. »Also falls du willst«, schob er noch schnell hinterher.

»Natürlich will ich. Was für eine Frage.« Casper grinste breit und hielt sein Wasserglas erneut in die Höhe. Das war schon eine kleine Ehre für ihn. Obwohl er vorhin noch nicht begeistert von dem Gedanken war, dass Sascha bald weniger Zeit für ihn hatte, freute er sich trotzdem darauf, einen Mini-Menschen durch die Gegend tragen zu dürfen. »Auf den allerbesten Patenonkel der Welt. Habe ich ein Mitspracherecht beim Namen?«

»Natürlich nicht. Krieg deine eigenen Kinder«, wehrte Becki lachend ab. Bjarne und Casper blickten sich bei den Worten an. Über Kinder hatten sie noch nicht gesprochen. Casper hatte bereits im Teenageralter das Thema für sich abgehakt. Bjarne vermied es, das anzusprechen. Er fürchtete sich davor, wie das Gespräch verlaufen würde. Er wusste, dass er deswegen nicht mit Casper Schluss machen würde, sollte er keine Kinder wollen, dafür liebte er ihn zu sehr. Trotzdem hielt er sich zurück.

»Und was gibt es bei euch Neues? Wir haben uns ewig nicht mehr gesehen.« Sascha ließ sich auf die Couch fallen.

»Wir haben uns erst Donnerstag beim Training gesehen«, erinnerte Casper ihn und setzte sich auf seinen Platz.

»Training, komm schon, das ist kein Quatschen.«

»Wir fahren morgen für ganze fünf Tage in Urlaub und ich weiß nicht, wohin es geht. Am Freitag kommen wir wieder. Kannst du mich beim Training abmelden?«

»Ich habe mich, glaube ich, verhört, oder?. Du hast das Wort Urlaub in den Mund genommen.« Sascha hielt sich eine Hand hinter sein Ohr und schob es vor.

Bjarne und Becki lachten, Casper schaute beide böse an.

»Ja, was ist bitteschön so schwer daran zu verstehen?«, sagte er zu Sascha, reckte das Kinn in die Höhe und blickte ihn aus zusammengekniffenen Augen an.

»Nun ja, wann habt ihr das letzte Mal Urlaub gemacht? Vor zwei Jahren? Und warum erzählst du das erst jetzt?«

»Weil ich ihn eben erst überrascht habe. Er wusste nichts, damit er sich nicht rausreden kann«, antwortete Bjarne.

»Guter Junge«, meinte Sascha und Casper blickte noch böser drein. Als ob er nicht auch so in den Urlaub gefahren wäre. Aber zurzeit war einfach ein falscher Zeitpunkt.

Kapitel 2

»Na los, du Langschläfer. Aufstehen, du kannst ins Bad. In einer halben Stunde wollen wir los. Du hast mir gestern Abend groß vorgerechnet, wie lange wir fahren.« Casper war wie jeden Morgen früh wach, hatte geduscht und Kaffee aufgesetzt. Nun krabbelte er zu Bjarne ins Bett, küsste ihn auf die Wange, den Hals und zuletzt auf den Mund.

Die einzige Antwort, die er erhielt, war ein Brummen. Bjarne war definitiv kein Morgenmensch.

»Komm schon, der Kaffee ist gleich fertig.« Casper ließ von Bjarne ab und wollte sich anziehen. Er war nur mit einer Boxershorts bekleidet. Dabei stieß er mit dem großen Zeh im Halbdunkeln gegen eine Umzugsbox.

»Mist verdammt«, fluchte er und trat nochmal gegen die Box. Dann kramte er in einer anderen, um seine Klamotten, die er anziehen wollte, herauszusuchen.

»Du solltest die Kartons endlich ausräumen. Habe extra mehr Platz im Schrank gemacht«, ertönte Bjarnes noch müde Stimme aus dem Bett.

»Ich verstehe nicht, wieso ich die ausräumen soll, nur um sie in ein paar Monaten wieder einzupacken und erneut auszuräumen«, maulte Casper.

Der Urlaub beginnt ja friedlich, dachte Bjarne und seufzte.

Da Casper den Hof von seinen Eltern übernommen hatte, hatten sie gemeinsam beschlossen, das Haus so umzubauen, dass Casper und Bjarne eine Wohnung im oberen Bereich bekamen und Caspers Eltern im unteren. Die Umbauarbeiten im Haus sollten in den nächsten Wochen beginnen und solange wohnte Casper bei Bjarne. Allerdings verbrachten sie sowieso seit Bjarnes Umzug aus Hamburg fast jede Nacht hier und hielten sich hauptsächlich hier auf.

»Damit wir hier Ordnung haben und keiner sich einen Zeh bricht«, antwortete Bjarne und stand auf.

Eine halbe Stunde später saßen sie endlich im Auto. Casper hatte beschlossen zu fahren. Bjarne traute er das nicht zu, der immer noch verschlafen aus der Wäsche schaute, obwohl er einen starken Kaffee intus hatte.

»Verrätst du mir, welche Adresse ich eingeben soll?«, fragte Casper, als er das Navi startete. Bjarne gähnte erst ausgiebig, bevor er antwortete.

»Das mach ich auf der Autobahn. Wir müssen Richtung Hamburg.« Casper verdrehte genervt die Augen. Er wollte endlich wissen, wohin es ging. Aber einen Streit vom Zaun brechen wollte er noch weniger und blieb ruhig. Stattdessen startete er das Auto und fuhr los. Es dauerte nicht lange und er bemerkte, wie Bjarne neben ihm schlief. Als er auf der Autobahn war, weckte er Bjarne, der verschlafen dreinschaute.

»Schon da?« Bjarne gähnte, nahm das Navi zur Hand und tippte eine Adresse ein. Dann hängte er es an die Windschutzscheibe, damit Casper es sehen konnte.

»Unser Ziel ist Neuharlingersiel? Das ist oben an der Nordsee, oder?«

»Ja, genau. Aber dort parken wir nur unser Auto. Es geht noch weiter.« Casper riskierte einen kurzen Seitenblick zu Bjarne.

»Fahren wir auf eine Insel?« Langsam freute Casper sich auf die bevorstehenden Tage. Bisher hatten sie ihre wenigen Urlaube meistens an der Nordsee verbracht, aber nur auf dem Festland. Er wollte schon immer auf eine Insel.

Bjarne grinste nur.

»Welche Insel?«

»Das verrate ich noch nicht. Du wirst es früh genug herausfinden, mein kleiner Hausgeist.« So hatte er Casper schon länger nicht mehr genannt.

›Wann war uns eigentlich die Romantik verloren gegangen? Das musste aufhören!‹, dachte Bjarne.

»Wollen wir wechseln? Ich bin jetzt wach«, schlug Bjarne vor und Casper fuhr auf den nächsten Parkplatz. Als sie ausgestiegen waren und sich ihr Weg vor dem Wagen kreuzte, umfasste Bjarne Caspers Taille und küsste ihn. Dadurch zauberte er ihnen ein Lächeln aufs Gesicht.

»Guten Morgen, auf einen tollen Urlaub«, flüsterte Bjarne Casper ins Ohr, bevor sie sich wieder ins Auto setzten. Bjarne legte seine CD mit Rockmusik ein – der Fahrer bestimmte die Musik – und fuhr weiter.

Sie kamen auf den letzten Drücker in Neuharlingersiel bei den Spiekeroog Garagen an und liefen, die Koffer hinter sich herziehend, zur Fähre. Die Container fürs Gepäck wurden bereits aufgeladen, aber sie hatten Glück und konnten ihre noch unterbringen.

»Das war knapp, sonst hätten Sie bis heute Abend auf die nächste Fähre warten müssen«, begrüßte sie ein Mitarbeiter und nahm die Tickets entgegen, die Bjarne ihm reichte.

»Sorry, wir haben getrödelt«, antwortete Bjarne atemlos.

»Immer dasselbe mit dem Jungvolk«, meinte der Mann, zwinkerte Bjarne aber zu.

Casper und Bjarne betraten das Schiff und suchten sich im Inneren Sitzplätze am Fenster. Viel war nicht los. Bis auf einige Handwerker, die bereits saßen, hatten sie freie Auswahl.

»Die Fähre ist noch genauso wie in meiner Kindheit«, bemerkte Bjarne, während er sich umschaute und dabei die Jacke auszog.

»Wie lange fahren wir rüber? Und haben wir ein Hotel, eine Gästepension oder eine Ferienwohnung?« Casper hatte sich jetzt auf Urlaubsmodus eingestellt und freute sich auf die Tage nur mit Bjarne. Er hoffte, dass sie eine Wohnung hatten, so waren sie völlig autark und keinem fiel auf, wenn sie nicht zum Frühstück erschienen. Bjarne hatte recht, viel Zeit gemeinsam hatten sie ewig nicht mehr miteinander verbracht.

Bjarne lachte auf bei all den Fragen.

»Etwa eine dreiviertel Stunde und eine Ferienwohnung, wobei ich absolut keine Lust habe zu kochen. Wir gehen jeden Abend essen. Es haben genügend Restaurants geöffnet. Habe ich schon geprüft.«

Casper schälte sich aus seiner Jacke und zog die Mütze aus, dann griff er über den Tisch nach Bjarnes Hand.

»Dann werden wir uns mal eine schöne Zeit machen, nicht aus dem Bett kommen, nur zum Essen und es uns gut gehen lassen.«

»Das mit dem nur im Bett liegen klingt sehr verführerisch,

aber wir werden auf jeden Fall an den Strand gehen. Ich fahre doch nicht mit dir auf eine Insel ohne am Strand gewesen zu sein. Du hast ständig genörgelt, dass du das mal machen willst.«

»Na gut.« Casper lächelte Bjarne zu, der jetzt aus dem Rucksack ein Kartenspiel kramte.

»Wollen wir spielen, bis wir ankommen?«

»Oh ja, sehr gerne.«

Als sie auf Spiekeroog vom Schiff waren und ihre Koffer wieder hatten, machten sie sich, bewaffnet mit einem Inselplan, auf die Suche nach ihrer Unterkunft. Sie mussten etwas laufen bis sie da waren, konnten aber die Wohnung direkt beziehen, obwohl es erst Mittag war. Doch lange hielten sie es nicht in ihrem Apartment aus. Bjarne wollte noch einkaufen, bevor die Geschäfte schlossen, damit sie wenigstens genügend fürs Frühstück im Kühlschrank hatten.

Schnell hatten sie einen Laden gefunden, eingekauft und waren wieder in ihrer Wohnung. Bjarne verstaute die Lebensmittel im Kühlschrank, denn sie wollten endlich an den Strand. Sie packten sich dick ein, da es sehr kalt war in diesem Februar, aber immerhin schien die Sonne.

»Wir sehen aus wie Michelinmännchen«, scherzte Casper, als sie die Wohnung verließen. Er hatte das Gefühl, in seiner Bewegung eingeschränkt zu sein, da er so viel anhatte.

Bjarne plusterte die Wangen auf und ging steifbeinig mit von sich gestreckten Armen durch die Tür, was Casper zum Lachen brachte. Er stolzierte noch ein paar Schritte, bevor er mit einfiel.

Direkt am Meer wehte eine steife Brise, doch Casper und Bjarne störten der Wind und die Kälte nicht. Die Hände hatten sie beide in die Jackentaschen vergraben, damit die Finger nicht auskühlten, obwohl Casper sich gewünscht hätte, mit Bjarne händchenhaltend hier entlang zu laufen.

»Also, was hast du alles geplant?«, fragte Casper und blickte zu Bjarne. Sie waren fast die Einzigen am Strand. Ihnen kamen nur zwei andere Spaziergänger entgegen.

»Nicht wirklich viel. Ausschlafen, Strand, Essen gehen. Wir könnten einen Tag ins Schwimmbad oder ins Museum.«

»Die haben ein Museum hier?«, fragte Casper skeptisch.

»Ja, über die Nordsee. Stell dir vor.«

»Das heißt, wir sind völlig frei in unseren Entscheidungen?«

»Jepp.«

»Dann lass uns in der Wohnung gleich als Erstes das Bett austesten«, schlug Casper vor und Bjarne grinste ihn an.

»Bin ich ganz dafür.« Sie liefen zum nächsten Dünenweg, der sie ins Inselinnere führte.

Ein Paar, das ihnen eben noch entgegengekommen war, ging hinter ihnen den Weg die Dünen hoch. Die Frau war nur am Motzen. Ihr schien egal zu sein, dass sowohl Casper als auch Bjarne alles mitbekamen, was sie ihrem Partner vorwarf. In einer Kurve drehte Bjarne sich leicht zu ihnen um und erkannte, dass sie nicht viel älter als Casper und er sein konnten.

Ihm war es unangenehm, das mitzubekommen, wollte sich aber nicht einmischen. Wobei das der falsche Ausdruck wäre. Die Frau führte eher einen Monolog, während der Mann mit einem ausdruckslosen Gesicht die Litanei über sich ergehen ließ. Wie oft hörte er sich wohl an, dass er in ihren Augen unfähig war, auf ihre Bedürfnisse einzugehen?

Dann fiel sein Blick auf Caspers Rücken, der vor ihm den Pfad hinauf ging. Waren sie selbst auf dem besten Weg so zu werden? Sich nur noch Vorwürfe zu machen und gar nicht mehr miteinander reden zu können? War ihm nicht erst heute Morgen aufgefallen, dass sich etwas zwischen ihnen verändert hatte?

Bjarne rief sich ins Gedächtnis, dass er die beiden hinter sich nicht kannte. Er hatte sie nur in diesen wenigen Minuten erlebt und er wusste nicht, wie sie sich im Alltag verhielten. Und doch ließ ihn der Gedanke daran, auch so zu werden, nicht mehr los.

»Komm mit.« Casper zog Bjarne mit sich, kaum dass die Wohnungstür hinter ihnen ins Schloss gefallen war. Doch Bjarne entzog sich seinem Griff und blieb im Flur stehen. Überrascht drehte Casper sich zu ihm um.

»Wir sollten erst die Schuhe am Eingang ausziehen, damit wir nicht den ganzen Sand verteilen.« Bjarne pellte sich aus den Winterklamotten und den Schuhen. Casper verdrehte die Augen, zog sich aber an Ort und Stelle die dicken Sachen aus. Doch statt dann mit Casper ins Schlafzimmer zu gehen, setzte Bjarne sich in der geräumigen Wohnküche auf die Couch.

Casper runzelte die Stirn. Es arbeitete in Bjarne, das hatte er schon bemerkt.

»Also was ist los?«, sprach er ihn an. »Sonst lässt du dich auch nicht zweimal bitten.«

Bjarne hatte keine Lust auf Reden, es beschäftigte ihn noch zu sehr, was er eben erlebt hatte. Aber sie waren beide hartnäckig, wenn sie etwas klären wollten. Und war er es nicht, der zu Beginn ihrer Beziehung darauf bestanden hatte, über alles zu reden? Er lehnte den Kopf gegen die Sofalehne.

»Ich glaube, wir sollten erst einmal darüber sprechen, was in den letzten Wochen los war. Wir haben nur gestritten, uns kaum gesehen, du hast nur noch den Hof im Kopf.«

»Woher kommt das jetzt?« Casper stand mitten im Raum und verstand die Welt nicht mehr. »Warum hast du nichts am Strand gesagt? Da wolltest du doch dasselbe wie ich.« Ja, sie hatten ihre Reibereien, ja, er arbeitete im Moment viel, aber Bjarne ebenso. Was war auf dem Weg vom Strand hierher passiert?

»Hast du die zwei Menschen bemerkt, die uns erst entgegengekommen und dann hinter uns die Dünen hoch sind? Sie hat ihm nur Vorwürfe gemacht. Er hat überhaupt nichts mehr dazu gesagt.« Bjarne schloss kurz die Augen. »Da habe ich gedacht, wir müssen reden.«

Casper erinnerte sich an die meckernde Stimme hinter ihnen. Wie sollte er sie so schnell vergessen?

»Schatz, das war eine Momentaufnahme.« Casper setzte sich neben Bjarne. »Außerdem, Streit gehört dazu. Es geht immer auf und ab in einer Beziehung. Es kommen auch wieder arbeitsärmere Tage. Lass uns einen schönen Urlaub haben.«

Casper ergriff eine von Bjarnes Locken, ließ sie durch seine Finger gleiten und streichelte dann sachte Bjarnes Hals. Bjarne biss sich auf die Lippen und überlegte, ob er darauf etwas erwidern sollte.

»Aber ... wir müssen einiges klären.« Bjarne zog seinen Oberkörper beiseite und wich den Berührungen Caspers aus. »Die letzten Wochen waren nicht einfach und ich habe keine Lust in Zukunft nur neben dir statt mit dir zu leben.«

Casper ließ seine Hand sinken, die mit den Locken gespielt hatte. »Willst du wirklich jetzt darüber reden, dass sowohl du als auch ich in letzter Zeit kaum Zeit füreinander haben, nicht mehr essen oder ins Kino gehen, geschweige denn miteinander schlafen?«

Casper rückte noch näher an ihn heran und Bjarne spürte seinen Atem auf seiner Haut. »Du hast recht, wir müssen reden, aber können wir das auf später verschieben?«

Bjarne gab seine Abwehr auf. Er wollte mit Casper ebenso schlafen, wie sein Freund mit ihm.

»Wie kriegst du mich nur immer wieder rum?«, beschwerte Bjarne sich und schimpfte innerlich mit sich, weil er nicht standhaft blieb. Aber wenn Casper mit seinen Locken spielte, und so wie jetzt seinen Hals küsste, hatte er ihn und Casper wusste das genau. Sie wechselten ins Schlafzimmer, wo sie mehr Platz auf dem Bett hatten.

Caspers Hände glitten unter Bjarnes Hoodie und T-Shirt und schoben beides hoch. Als die Sachen ausgezogen waren, küsste er ihn, schälte sich selbst aus dem Pulli und Longshirt und ließ sich mit Bjarne aufs Bett fallen.

»Ich verspreche dir, wir reden, aber jetzt hole ich erst nach, was gestern viel zu kurz kam. Heute kann uns keiner stören.« Wieder küsste er Bjarne, verteilte Schmetterlingsküsse auf seinem Hals und sog Bjarnes Geruch ein. Der war ihm so vertraut und bedeutete für ihn mittlerweile auch zu Hause. Er richtete sich wieder auf und zog sie beide zu Ende aus, bis sie nackt nebeneinanderlagen.

Casper musterte Bjarne und stellte fest, dass dieser anscheinend sein Pilatestraining vernachlässigt haben musste in den letzten Monaten. Es zeigte sich ein klitzekleiner Bauchansatz.

Warum war ihm das nicht schon früher aufgefallen? War er so nachlässig geworden?

»Habe ich einen Pickel? Oder eine Beule, wo sie nicht hingehört? Warum starrst du mich so an?«, fragte Bjarne in seine Gedanken und schaute an sich herunter. Aber bis auf seinen bereits erigierten Schwanz konnte er nichts Ungewöhnliches erkennen.

»Nein, du bist noch so schön wie beim ersten Kennenlernen.« Casper streichelte Bjarne, küsste und leckte ihn. Er ließ sich seit Langem wieder viel Zeit dabei, genoss dabei den Anblick von Bjarne, der immer erregter wurde und nach mehr verlangte. Es war, als ob sich ihre Körper nach einer ewig dauernden Durststrecke begrüßten.

Als Bjarne es nicht mehr aushielt, drehte er Casper auf den Rücken, hockte sich über ihn, nahm ihre Schwänze in die Hand und rieb sie gemeinsam. Sie stöhnten beide fast gleichzeitig auf. Vergessen war in diesem Moment Bjarnes Angst, dass sie so enden könnten, wie das Paar hinter ihnen auf den Dünen.

»Ich kann nicht mehr lange«, seufzte Casper, rappelte sich auf seine Ellenbogen und küsste Bjarne.

»Dann wollen wir dich nicht warten lassen.« Bjarne ließ sie beide los und wollte nach Kondom und Gleitgel greifen, das zu Hause immer im Nachtschrank bereitlag. Doch er bemerkte, dass es noch im Koffer weilte. Casper stöhnte auf und Bjarne lachte laut los. Dann ließ er sich neben Casper fallen, der sich sofort an Bjarnes Hals zu schaffen machte.

»Ich hole es.« Bjarne stand auf und war keine zwei Minuten später wieder da. Er nahm Caspers Schwanz in den Mund und fühlte das Pulsieren an seiner Zunge, als er mit ihr über den Penis fuhr. Er gab den Schwanz frei und zog das Kondom über.

Vorsichtig nahm er Caspers Glied in sich auf, der schon leise keuchte und mit geschlossenen Augen genoss. Langsam das Tempo erhöhend brachte er sie beide zum Höhepunkt.

»Na, wir sind zwei Helden«, sagte Casper atemlos.

»Hm, keine Ahnung, wie das passieren konnte. Sonst immer mit das Erste, was wir auspacken.«

Casper kuschelte sich an Bjarne und zog eine Decke über sie. Sie hatten vergessen, im Schlafzimmer die Heizung höher zustellen und fröstelten jetzt.

»Nicht schlimm, ist ja alles gut gegangen.« Er küsste Bjarne und genoss die Nähe.

»Willkommen im Urlaub«, flüsterte dieser.

Kapitel 3

Casper war wie gewohnt früh aufgewacht. Er döste zwar noch einmal weg, aber ab sieben Uhr war es vorbei und er stand auf, um Bjarne nicht zu wecken. Draußen war es noch dunkel, die Sonne war nicht zu sehen und der Wind wehte um das Haus. Casper hörte ein leises, sich ständig wiederholendes Geklapper, wenn eine Böe dabei war. Er schaltete eine Stehlampe in der Wohnküche an, die ein sanftes Licht verbreitete und nicht sofort alles hell erleuchtete.

Er beschloss, schon den Frühstückstisch zu decken, machte er selten genug, da er es sonst immer Bjarne überließ. Mit einem frisch gekochten Kaffee setzte er sich vor den Fernseher, zappte durchs Programm und wartete, dass Bjarne aufwachte.

Als es halb zehn war, warf er einen Blick ins Schlafzimmer, aber Bjarne schlief noch tief und fest. Kurz überlegte er, wie er ihn am sanftesten wecken konnte und holte eine frische Tasse mit Kaffee. Dann hockte er sich vor das Bett und schwenkte den Becher vorsichtig vor Bjarnes Nase. Dabei streichelte er durch seine Locken.

»Hey mein Schatz, Frühstück. Aufwachen. Gleich ist der Tag vorbei«, flüsterte er. Bjarne drehte sich weg und brummte dabei. Casper stellte die Tasse auf dem Nachttisch ab und legte sich zu Bjarne ins Bett.

»Was hältst du von einer gemeinsamen Dusche, lecker frühstücken und dann ab an den Strand?«

»Mh«, grummelte Bjarne nur. Casper schmunzelte. Bjarne würde auf immer und ewig ein Morgenmuffel bleiben. Casper beugte sich vor und verteilte Schmetterlingsküsse auf Bjarnes Hals, bevor er ihn umarmte und an sich zog.

»Und wir reden über unsere Reibereien und unser Zeitproblem. Ganz lange und ich habe auch keine Kuh, die gerade kalbt oder sonstige Schwierigkeiten hat, als Ausrede.«

»Du erdrückst mich«, waren die ersten Worte, die Bjarne hervorbrachte und Casper lachte. »Kaffee!«

Casper ließ Bjarne los und griff über ihn zur Tasse, die er ihm vor die Nase hielt. Bjarne richtete sich auf und nahm sie entgegen. Bevor er einen Schluck trank, roch er genüsslich daran.

»Bitte jetzt jeden Morgen eine Tasse ans Bett, ja?«, bat Bjarne und bot Casper etwas an, der an der Tasse nippte.

»Mal sehen, aber dann musst du zu Hause wohl sehr früh aufstehen.« Bjarne brummte etwas Unverständliches in den Kaffee.

Fast zwei Stunden später waren sie endlich auf dem Weg zum Strand. Sie liefen schweigend nebeneinander her. Bjarne überlegte, wie er mit den Themen beginnen sollte, die ihm auf der Seele brannten.

Casper hingegen kämpfte mit der Inselkarte und dachte darüber nach, wie sie wieder mehr Zeit miteinander verbringen konnten. Bjarne hatte recht gehabt. Er war fast nur noch im Stall oder im Büro. Ihre Beziehung war für ihn zu etwas Selbstverständlichem geworden. Zudem tauchte er kaum beim Fußballtraining auf und aus der Dorfjugend war er schon vor anderthalb Jahren ausgetreten.

»Links oder rechts rum?«, fragte Bjarne, als sie am Strand ankamen.

»Rechts, laut Karte sind wir da viel länger unterwegs«, antwortete Casper und faltete die Inselkarte zusammen.

Wieder gingen sie still nebeneinander her. Am Himmel ballten sich die dunklen Wolken und Bjarne hoffte, dass es nicht zu regnen beginnen würde. Er blickte zum Meer, das weit entfernt war. Er wusste nur nicht, ob zurzeit Ebbe oder Flut war.

»Wir können uns jetzt die gesamte Zeit anschweigen oder endlich reden und dann den Urlaub genießen«, durchbrach Casper die Stille zwischen ihnen, als er es nicht mehr aushielt. Normalerweise empfand er es als wohltuend mit Bjarne zu schweigen, aber in nun wurde ihm mulmig zumute.

Bjarne blieb noch einen kurzen Moment still und legte sich seine Worte ein letztes Mal im Kopf zurecht.

»Ich fange mit etwas an, das nicht mit unseren momentanen Problemen zu tun hat, in Ordnung? Aber es betrifft uns beide und ist vielleicht ein positiver Einstieg.« Er schob seine Hände in die Jackentaschen und wartete auf Caspers Reaktion.

»Okay. Schieß los.« Casper war gespannt, was jetzt kommen würde. Als sie losgegangen waren, hatte er schon ein bisschen Angst gehabt, wie das Gespräch laufen würde. Ruhig und besonnen oder verzettelten sie sich wieder in einem Streit? Doch nun war er erleichtert, dass Bjarne mit den positiven Sachen begann. Obwohl er keine Idee hatte, was Bjarne unter seinen Locken ausgebrütet haben könnte.

»Mir schwirrt da schon länger etwas im Kopf herum.« Bjarne machte eine kurze Kunstpause und schaute Casper von der Seite her an. »Was hältst du von einem Hofladen?« Er blieb stehen und hielt die Luft an. Bjarne wandte sich seinem Freund zu und beobachtete ihn. Casper hatte die Augen aufgerissen. Damit hatte er nicht gerechnet und war völlig baff.

»Ein Hofladen? Du meinst so richtig mit Gemüse, Fleisch und Obst?«, hakte Casper nach, ob er sich auch nicht verhört hatte. Bjarne sog wieder Luft in seine Lungen. Immerhin hatte Casper nicht direkt abgelehnt.

»Genau. Ich habe mal grob überlegt, dass ich während der Umbauphase noch im Restaurant arbeite, aber kurz vor der Eröffnung nur noch für den Hofladen da bin.« Casper ließ sich die Idee durch den Kopf gehen. Schlecht war sie nicht. Es gab in Annendorf kein Lebensmittelgeschäft, nur Handwerker, was schon mal dafür sprechen würde. Außerdem kauften die Leute gerne direkt vom Bauern, den sie kannten.

»Also generell finde ich das erst mal gut, aber wir haben kein Gemüse und Obst. Nur Futtermais, Gras und Weizen. Und wo willst du den Laden eröffnen? Wir können kein extra Gebäude bauen, mal abgesehen davon, dass wir kein Geld haben«, zählte Casper die Hürden auf, die ihm als Erstes in den Sinn kamen. Er wollte Bjarne den Hofladen nicht madig machen, denn generell konnte er es sich sehr gut vorstellen. Sie würden gemeinsam auf dem Hof arbeiten und sich jederzeit sehen können. Schon allein das sprach für den Laden.

»Lass uns weitergehen, mir ist kalt«, sagte Bjarne. Der Wind trug nicht dazu bei, dass es wärmer wurde. Sie nahmen ihren langsamen Schritt wieder auf. »Ich dachte mir, wir könnten die alte Scheune gegenüber vom Wohnhaus umbauen. Da haben wir gleich etwas Charme dabei. Gemüse und Obst könnte man regional bei einem Obst und Gemüsebauern einkaufen und für den Anfang muss es ja nicht viel sein.«

»Aber die haben alle eigene Läden, wozu sollen wir noch einen machen?«

»Weil wir neben der Scheune einen Hühnerstall mit einem großen Auslauf haben werden und Rindfleisch und vielleicht auch Schweinefleisch anbieten können.«

»Schweinefleisch? Ich bin aber kein Schweinebauer und wir haben Hühner?«, erwiderte Casper sofort. Bjarne hatte damit gerechnet.

»Ist ja erst mal nur eine Idee«, beschwichtigte er ihn. »Du könntest darüber nachdenken und vergiss die Vorteile nicht. Wir arbeiten zusammen auf dem Hof, hätten gemeinsame Abende und wären nicht mehr in gegensätzlichen Schichten.«

Casper blickte Bjarne von der Seite an. »Wie lange brütest du schon darüber? Das ist doch nicht mal eben so entstanden.« Bjarne grinste ihn nur an.

»Okay, ich denke darüber nach, wir wollen auch bald das Haus umbauen, da könnte man …« Mehr wollte Bjarne nicht und freute sich insgeheim. Wenn er Casper so weit hatte, würde es nicht lange dauern und er würde sich mit ihm hinsetzen und einen detaillierten Plan ausarbeiten. Jetzt musste er sich in Geduld üben.

Sie wanderten eine Weile still nebeneinander her. Der Wind hatte in der Zwischenzeit zugenommen und zupfte an ihren Jacken. Das war etwas, das Bjarne manchmal in Annendorf vermisste. Spazierengehen mit dem Wind vom Meer, der immer einen Hauch von Weite mitbrachte und der den Kopf durchpustete.

Bjarne zwang sich, seine Gedanken wieder auf das zu richten, was er jetzt ansprechen wollte. Es war um einiges schwerer und er hatte Angst vor der Antwort, die er bekommen könnte.

»Also, wollen wir noch über uns sprechen?«, begann wieder Casper. »Wirklich viel Zeit haben wir in den letzten Wochen oder Monaten nicht miteinander verbracht.«

Bjarne holte tief Luft. Wie sollte er beginnen? Fand er die richtigen Worte? Er wollte diesen Urlaub, damit sie wieder Zeit füreinander hatten und sich wiederfanden.

»Was ist mit dem neuen Futterberater, diesem ...«, Bjarne suchte in seinem Gedächtnis nach dem Namen. »... äh, Moritz, oder?« Casper blieb stehen.

»Was? Nichts ist da.« Seine Mundwinkel verzogen sich zu einem ungläubigen Lächeln. Dachte Bjarne wirklich, dass da etwas laufen würde? »Wie kommst du darauf?« Bjarne war ebenfalls stehen geblieben und drehte sich zu ihm um.

»Ich sehe doch, dass ihr miteinander flirtet und ...«

Jetzt wurden Caspers Augen ganz groß. Was ging in diesem gut aussehenden Lockenkopf nur vor? Schnell überbrückte er die zwei Schritte, die zwischen ihnen lagen.

»Da ist nichts. Überhaupt nichts. Dich hat noch nie gestört, wenn ich mit jemandem geflirtet habe.« Er griff nach Bjarnes Händen.

»Das stimmt, aber zwischen euch ist es anders. Ich kann es nicht beschreiben, es fühlt sich einfach so an. Wenn ich euch sehe, dann sehe ich die Leichtigkeit, die uns irgendwann verloren gegangen ist.«

Casper stockte kurz das Herz. Es war zurzeit nicht leicht zwischen ihnen, aber deswegen suchte er sich doch keinen anderen. Bjarne war für ihn sein ein und alles.

»Hey mein Schatz, ich liebe dich, nur dich. Moritz und ich reden nur ...«, Casper zögerte, bevor er weitersprach. Er genoss es schon, mit Moritz rumzualbern. »... vielleicht flirten wir auch ein wenig. Er hat genauso wie ich in Osnabrück studiert, hatte dieselben Profs. Das ist alles. Wir lachen manchmal darüber, aber unser Hauptthema sind die Kühe und das Füttern.« Casper zog Bjarne in eine feste Umarmung und küsste ihn auf die Mütze.

»Ich weiß, dass nicht immer alles Friede, Freude, Eierkuchen ist, aber es wirkt halt anders auf mich. Ihr telefoniert manchmal abends und du bist danach immer fröhlich und aufgekratzt. Das vermisse ich zwischen uns. Das war schon lange nicht mehr so.« Bjarnes Stimme klang belegt und Casper wusste nicht, was er darauf erwidern sollte. Es machte ihn betroffen, die Worte von Bjarne zu hören. Ihm war bis jetzt nicht klar gewesen, wie sein Freund sich fühlte, wenn er sich mit Moritz austauschte und welchen Eindruck er dabei hinterließ. Für ihn war Moritz jemand, mit dem er seine Probleme mit den Kühen besprechen konnte statt mit seinem Vater, da sie beide in dieselbe Richtung dachten. Nur war ihm nie aufgefallen, dass er danach so aufgekratzt wirkte. Er war nur jedes Mal froh, eine Lösung für sein Problem gefunden zu haben und vielleicht sprachen sie dann noch über andere Themen.

Jedoch jetzt, wo Bjarne es ansprach, wurde es ihm erst bewusst. Schweren Herzens gestand er sich ein, dass er Moritz mochte und er auch gerne mit ihm über andere Dinge als Landwirtschaft redete, aber das konnte er mit Bjarne ebenso und ihn liebte er, Moritz nicht.

Bjarne blickte auf den Boden, wartete auf eine Reaktion von Casper, der nur vor ihm stand und ihn anstarrte. Er befürchtete in diesem Moment das schlimmste, obwohl Casper ihm eben versichert hatte, dass da nichts sei und in seinem Magen zog sich alles zusammen. Unbewusst schob er eine Hand in seine Hosentasche, ertastete einen kalten Gegenstand und umschloss ihn. Wartete darauf, was Casper sagen würde.

»Du musst dir überhaupt keine Sorgen machen.« Casper nahm Bjarnes kaltes Gesicht zwischen seine Hände und strich mit dem Daumen über die Wangen. »Ich will nur dich. Und wie ich gestern schon sagte, es ist doch normal sowohl gute als auch schlechte Zeiten zu haben«, begann Casper endlich und Bjarne war froh, dass Casper sprach. »Aber solange wir miteinander reden, werden wir es immer schaffen.«

Nun streichelte Casper mit seinem kalten Handrücken über die angewärmte Wange von Bjarne. »Hab keine Angst. Ich bin hier, bei dir und will mit dir lachen und weinen, neben dir einschlafen und aufwachen, neben keinem anderen. Hörst du?« Casper sprach eindringlich auf Bjarne ein. »Wir verstehen uns nur gut, mehr ist da wirklich nicht.« Casper küsste Bjarne. Dieser nickte. »Glaubst du etwa, ich würde mir die Mühe machen, mein Elternhaus umzubauen, wenn ich nicht mit dir dort leben wollte?«

»Nun ja, dann würdest du mit jemand anderen dort leben. Umgebaut hättest du sowieso.« Bjarne schluckte sichtbar. »Ich weiß nicht, was das gerade ist. Immerhin war ich es, der am Anfang die offene Beziehung angeboten hat, aber ich will dich nicht mehr teilen. Zumindest zurzeit nicht. Vielleicht ändert es sich auch wieder.« Bjarne zog seine Hand aus seiner Hosentasche, ohne den Gegenstand mit rauszuholen.

»Ich will das auch nicht.« Casper gab seinem inneren Drang nach und drückte Bjarne ein weiteres Mal an sich. Er hoffte, ihm so seine Sicherheit wiedergeben zu können. Ihm durch Nähe zeigen zu können, wie viel er ihm bedeutete. »Dann sind wir uns doch einig. Wir müssen uns nur überlegen, was wir machen können, um unseren Alltag zu durchbrechen und Zeit miteinander zu verbringen. Und wie wir uns in Zukunft organisieren, damit wir nicht mehr überarbeitet sind und uns deswegen nur noch angiften.«

Casper griff nach Bjarnes Hand, die warm war. »Was ist, gehen wir weiter?«, fragte er und Bjarne nickte. »Außerdem haben wir unsere Leichtigkeit nicht verloren, uns kommt nur wie bei anderen Paaren auch der Alltag dazwischen. Dann sind wir gereizt und streiten«, fiel Casper noch ein, als sie ihre Wanderung erneut aufnahmen. Bjarne lächelte. Er glaubte Casper und Erleichterung durchströmte ihn, aber der kleine Stachel der Eifersucht und Angst saß und brauchte noch seine Zeit, bis er verschwunden war.

»Du bist so still. Hast du nichts zu erzählen? Keine Anekdoten von den Kollegen oder keine Kritik, wie hier im Restaurant gearbeitet wird?«, fragte Casper Bjarne amüsiert, als sie abends in einem Fischrestaurant saßen und bestellt hatten.

»Man muss auch mal genießen können«, antwortete dieser kurzangebunden und blickte sich zum ersten Mal um. »Ist doch schön hier. Überall hängen Netze, unechte Fische und Erinnerungen an die Nordsee. Fischrestaurant halt.«

»Ich werde das Gefühl nicht los, dass dir immer noch etwas auf der Seele brennt.«

»Quatsch, das bildest du dir nur ein.«

Bjarnes Hand verschwand in der Hosentasche und erneut schloss sie sich um den kleinen Gegenstand. Das machte er bereits den ganzen Tag. Als er das erste Mal mit dem Gedanken gespielt hatte, Casper mit diesem Urlaub zu überraschen, gab es noch keinen neuen Futterberater, den er als Konkurrenz empfand. Er hatte etwas anderes geplant, war sich aber nicht mehr sicher, ob er es durchziehen sollte. Ihre Getränke kamen und Bjarne konzentrierte sich auf das Hier und Jetzt.

»Du bist heute ganz schön weit weg.« Casper grinste Bjarne an. »Hey, jetzt lach doch auch mal.« Unter dem Tisch stupste er Bjarne mit dem Fuß an, als sein Handy in der Tasche vibrierte. Casper holte es hervor und las die Nachricht.

»Ist das von Sascha? Will er wissen, ob wir auch genügend Spaß haben?«, wagte Bjarne einen Scherz.

»Nee, das ist Moritz. Ob unser Termin morgen noch steht. Sorry, ich hatte versprochen keine Arbeit. Ich schreibe ihm schnell.« Zerknirscht tippte Casper eine Antwort, während Bjarne ihn dabei beobachtete.

»Das könntest du doch auch später und nicht, während wir hier sitzen«, grummelte Bjarne.

»Reg dich nicht auf. Bin schon fertig«, murmelte Casper und steckte das Handy wieder weg. Als er aufblickte, starrte Bjarne ihn böse an und er begriff. Wie konnte er so blöd sein? Sie hatten vorhin noch darüber gesprochen.

»'Tschuldigung. Es ist nicht wegen der Arbeit, sondern wegen Moritz. Wie kann ich dir zeigen, dass ich meine Worte vom Strand ernst meine?«

Bjarnes Hand verschwand wieder in der Hosentasche.

»Vertraust du mir nicht mehr?«, fragte Casper.

»Doch natürlich, du musst mir nichts beweisen.«

»Soll ich die Firma wechseln? Dann kommt ein Neuer.« In gewisser Weise konnte er Bjarne verstehen und nahm sich vor, nicht mehr mit Moritz zu flirten, aber wenn es Bjarne beruhigte, würde er sich nach einem neuen Berater umschauen.

»Nein, der ist ja erst neu.«

»Bjarne, ich bin nicht deine Eltern, hörst du? Nicht jeder in deinem Leben lässt dich im Stich. Abgesehen davon, dass Moritz Single ist und wir dieselben Interessen haben, will der sich austoben, wie er es so nett ausdrückt. Der ist viel lieber auf Partys unterwegs und möchte frei sein.«

»Nun ja, bei einer Affäre wäre er frei«, warf Bjarne ein und zog die Augenbrauen hoch. Casper seufzte.

»Blödes Beispiel. Ja, ich finde ihn attraktiv und du übrigens auch. Glaube nicht, dass ich nicht mitbekommen habe, wie du ihn gescannt hast, als ihr aufeinandergetroffen seid, aber er ist nicht du. Verstanden?«

Jetzt schmunzelte Bjarne. Stimmte, er hatte ihn sich angesehen. Er zog seine Hand aus der Hosentasche und griff über den Tisch nach Caspers, die mit dem Salzstreuer spielte.

»Ja, das ist er. Fang einfach nicht an, mir zu verschweigen, wenn ihr miteinander chattet oder telefoniert, in Ordnung? Und wenn du doch mal ... sprich mit mir. Ich kann mit Ehrlichkeit besser umgehen, als mit Schweigen oder Lügen.«

Casper drückte Bjarnes Hand.

»Versprochen. Können wir jetzt endlich den blöden Futterberater aus unseren Gesprächen löschen und uns erfreulicheren Dingen zuwenden? Zum Beispiel, dass Sascha und Becki der Meinung sind, dass ich mich als Patenonkel eigne?«

Bjarne lachte auf. Aber bevor er darauf antwortete, wollte er noch etwas anderes loswerden.

»Mein kleiner Hausgeist, ich weiß, dass du nicht meine Eltern bist und immer zu mir stehst. Das hast du oft genug bewiesen und dafür bin ich dir sehr dankbar.« Am liebsten wäre er jetzt aufgestanden und hätte Casper einen Kuss gegeben, aber das fand er hier im Restaurant nicht passend.

»Sehr gerne. Und man sollte die Hoffnung nie aufgeben. Vielleicht liegt nach unserem Urlaub eine Karte im Briefkasten und sie wünschen dir eine schöne Zukunft. Eventuell haben sie nur deine Handynummer verlegt. Es gibt so viele ‚vielleichts' in der Welt. Woher sollen wir wissen, welches zutrifft«, versuchte Casper Bjarne aufzuheitern.

Bjarne hatte nach dem Umzug vor vier Jahren von Hamburg nach Darrenberg seinen Eltern die neue Adresse per Postkarte mitgeteilt, aber bis heute keine Reaktion darauf erhalten. Seit dem fatalen Besuch, bei dem er Casper vorstellen wollte, hatte er sie nicht mehr gesehen. Es war, als ob sie ihn aus ihrem Leben gestrichen hatten.

Das wiederum mobilisierte Caspers Eltern, die für Bjarne Ersatzeltern geworden waren. Sie behandelten ihn wie ihren Sohn und nicht wie den Freund des Sohnes.

»Also, du als Patenonkel kann ich mir sehr gut vorstellen. Ich sehe schon, wie du mit dem Kind an deiner Seite durch den Stall schreitest und ihm alles erklärst.« Bjarne lachte und Casper fiel erleichtert mit ein. Hoffentlich hatten sie das Thema Moritz damit begraben.

Gerade als Casper darauf antworten wollte, kam ihr Essen. Geduldig wie immer wartete er, bis Bjarne von beiden Tellern probiert hatte. Solange Bjarne nicht zufrieden war, aß er keinen Bissen. Sie waren schon in Restaurants gewesen, in denen er das Essen zurückgehen ließ mit genauen Anweisungen für den

Koch. Casper hatte sich daran gewöhnt. Dieses Mal war alles zu Bjarnes Zufriedenheit und sie konnten essen.

»Was hältst du davon, wenn wir in Zukunft jeden Montagabend einfach nur für uns haben? Wir gehen ins Kino oder essen oder wozu wir auch gerade Lust haben. Montags habt ihr geschlossen und ich halte mich ab abends vom Stall fern. Nur du und ich. Kein Sascha, kein Leon«, schlug Casper vor, nachdem sie einige Minuten ihr Essen genossen hatten.

Bjarne überlegte nicht lange. »Nur du und ich? Kein Fußball, Schützenverein oder Sonstiges? Finde ich gut.«

Sie lächelten sich an. Als sie beide die Hälfte des Tellers leer hatten, tauschten sie wortlos. Auch dies war ein Ritual, das sich schnell etabliert hatte und über das sich ihre Freunde immer wieder amüsierten.

»Was hältst du von einer sehr ausgedehnten Versöhnung?«, fragte Bjarne, als sie fertig mit Essen waren.

»Fragst du mich das ernsthaft? Für Versöhnung bin ich immer zu haben, ganz egal, ob wir uns gestritten haben oder nicht.«

Kapitel 4

»Ist es nicht herrlich friedlich hier?«, fragte Casper und kuschelte sich an Bjarne. Sie saßen dick eingemummelt in einem Strandkorb auf den Dünen und beobachteten die Lichter auf dem Meer und die Sterne am Himmel. Nach dem Abendessen hatten sie beschlossen, noch einen Spaziergang zu machen und waren hier gelandet. Den Tag über hatten sie im Schwimmbad und im Museum verbracht, da es regnerisch und trübe war, aber gegen Abend hatte es aufgeklart.

»Schade, dass man den Anblick nicht einpacken und mitnehmen kann.«

Sie hatten seit gestern Abend nicht mehr über Moritz gesprochen und Casper hatte den Eindruck, dass Bjarne langsam seine alte Sicherheit zurückbekam.

»Weißt du, was wir schon ewig nicht mehr gesehen haben?«, fragte Bjarne und Casper beschlich eine Ahnung.

»Nein, das schauen wir nicht. Reichen die viermal nicht?« Bjarne kicherte leise.

»Schon gut, wollte dich nur ärgern. Wir brauchen den Film auch gar nicht mehr sehen. Ich habe ja meinen eigenen kleinen Hausgeist.« Bjarne zappelte an Caspers Seite und griff in seine Hosentasche.

»Was ist?«, beschwerte sich Casper und richtete sich auf.

»Moment, ich muss mal eben meine Hose richten.« Bjarne umfasste das Metallstück, das er seit Tagen in seiner Tasche herumschleppte und holte es heraus, hielt es aber in seiner Faust versteckt.

»Okay, kannst dich wieder anlehnen, bin fertig.«

»Und was ist mit meinem Spaß? Du kannst doch nicht alles alleine abgreifen?«, foppte Casper ihn und küsste ihn auf die Mütze. Es störte ihn massiv, dass Winter war und sie sich dick einpacken mussten. Da gab es so wenig freie Haut und Bjarnes Locken waren unter der Wollmütze versteckt.

Sie saßen eine Weile schweigend da, in der Bjarne all seinen Mut zusammensammelte. Ihm war heiß, obwohl eine kalte Brise wehte und seine Nase bestimmt schon abgefroren war. Dieser Moment war der Richtige, er musste sich nur trauen. Sein Herz begann schneller zu pochen. Na los, mach schon, feuerte er sich innerlich an. Er atmete tief durch und legte sich zum tausendsten Mal seine Worte zurecht.

»Casper«, begann er nicht gerade einfallsreich.

»Mh«, kam es nur zurück. Bjarne setzte sich aufrechter hin. Das, was er jetzt vorhatte, konnte er nicht in Lümmelstellung machen.

»Was ist denn los mit dir? Seit wir hier sitzen, bist du so unruhig«, nörgelte Casper.

»Ich muss dir was sagen. Oder besser dich etwas fragen. Aber erst was sagen«, stammelte Bjarne aufgeregt und sein Herz raste. Im Dunkeln versuchte er Caspers Blick zu finden, der sich ebenfalls aufgerichtet hatte und sitzend mit dem Rücken an der Seitenwand des Strandstuhles lehnte. Seine Hand umschloss noch immer fest das Metall, das mittlerweile die Wärme seiner Haut angenommen hatte.

»Alles in Ordnung?«, fragte Casper skeptisch, der keine Lust darauf hatte, wieder über Moritz zu sprechen.

»Du weißt, ich liebe dich.« Bjarne wandte sich Casper jetzt komplett zu und seine freie Hand begann mit einer Hosenfalte auf Caspers Bein zu spielen. Dieser blieb ruhig und ließ Bjarne die Zeit, die er brauchte. Er spürte, dass Bjarne etwas Wichtiges sagen wollte, und war drauf und dran seine Hände an der Hose abzuwischen.

»Ich liebe es, mit dir in Annendorf zu leben und zu arbeiten. Habe sogar den Treckerführerschein mit Anhänger gemacht, damit ich während der Ernte helfen kann.« Wieder hielt Bjarne inne. Es war gar nicht so einfach, wie er es sich vorgestellt hatte. Dabei waren es doch nur Wörter irgendwie zusammengewürfelt. Sein Atem wurde immer schneller. Casper blieb weiter still. Vom Strand hörten sie leises Gelächter und das Meeresrauschen.

»Ich möchte das nicht mehr hergeben und alles ganz offiziell machen.« Bjarnes Hand spielte immer noch mit der Falte, aber Casper überdeckte sie mit seiner und verschränkte ihre Finger miteinander.

»Oh mein Gott«, flüsterte Casper. Er konnte es nicht unterdrücken, war er sich doch jetzt ganz sicher, was kam. Beide schluckten und lachten im selben Augenblick auf.

»Machst du aus mir einen echten Mattenwald und heiratest mich?«, brachte Bjarne endlich atemlos hervor.

Casper atmete ein. Er hatte doch tatsächlich die Luft angehalten. Ein breites Lächeln bildete sich in seinem Gesicht und er konnte nicht fassen, dass Bjarne ihm wirklich einen Heiratsantrag gemacht hatte.

»Ja, ja natürlich. Also ein echter Mattenwald bist du schon, aber ich heirate dich sehr gerne.« Casper zog Bjarne zu sich heran und küsste ihn. Ihm standen die Tränen in den Augen und sein Herz wummerte genauso wie das von Bjarne.

»Ich habe noch eine Kleinigkeit für dich.« Bjarne atmete befreit auf und öffnete endlich seine Hand. Casper schaute auf die Innenfläche und sah es aufblitzen. Schnell kramte er sein Handy hervor und schaltete die Taschenlampe ein. Vorsichtig nahm er den Gegenstand in die Hand und betrachtete sein Geschenk. Ein Spider-Man Schlüsselanhänger.

»Da ist auch etwas auf der Rückseite eingraviert.« Bjarne drehte den Anhänger um und zeigte darauf. Es war das Datum ihres ersten Treffens in Osnabrück.

»Der ist total schön. Danke dir.« Wieder zog Casper Bjarne zu sich heran, um ihm einen Kuss zu geben. »Den werde ich nie benutzen können. Was ist, wenn ich ihn verliere oder zerkratze? Bei meinem Glück dauert es keine Stunde und er ist voller Kuhscheiße.«

»Natürlich benutzt du ihn. Das ist kein Artefakt, das nur zum Anstarren da ist«, widersprach Bjarne.

»Kannst du deine Mütze mal absetzen?«, bat Casper und Bjarne kam dem Wunsch nach. Ihm war klar, was Casper vorhatte. Der vergrub sogleich seine Finger in den Locken und küsste Bjarne jetzt noch einmal ausgiebig. Danach lehnte er sich an die Wand des Strandkorbes und blickte auf das Meer hinaus.

»Wie lange hast du diesen Urlaub geplant?«, fragte Casper glücklich.

»Oh, so etwa ein halbes Jahr, aber gebucht tatsächlich erst letzte Woche. Und ich war mir gar nicht sicher, ob ich das durchziehen würde. Vor allem, na ja, du weißt schon.« Bjarne kuschelte sich jetzt an Casper, nachdem er seine Mütze wieder aufgesetzt hatte.

»Ein halbes Jahr? Und ich habe nichts mitbekommen«, sagte Casper erstaunt.

»Wir haben den Umbau geplant, viel gearbeitet, sehr viele Termine gehabt. Da kann das schon mal untergehen.«

»Ich war überhaupt nicht auf den Gedanken gekommen dir einen Antrag zu machen. Zumindest noch nicht.«

»Ist ja nicht so, als ob um uns herum in den letzten beiden Jahren genug geheiratet wird. Da kann man auch nicht auf den Gedanken kommen«, foppte Bjarne Casper.

»Hast ja recht.« Sie wurden wieder still und sahen aufs dunkle Meer hinaus. »Meinst du, wir können das wirklich nicht einpacken und mitnehmen? Das würde so schön ins Schlaf- oder Wohnzimmer passen.«

Bjarne atmete tief ein, allerdings schon viel entspannter als vorhin. Es war ein schöner Gedanke. Er würde diese Momente auch sehr gerne in eine Schachtel packen und wenn er sie brauchte, hervorholen und wieder erleben.

Plötzlich traten zwei Menschen in ihr Sichtfeld und blieben bei ihnen stehen. Casper und Bjarne zuckten erschrocken zusammen. Die beiden waren so leise herangekommen, dass sie sie nicht gehört hatten.

»Entschuldigen Sie bitte«, sprach die Frau sie an.

Sie setzten sich beide aufrecht hin.

»Ja?«, antwortete Bjarne fragend.

»Es ist vielleicht nicht die feine englische Art, aber wir haben zugehört und alles mitbekommen. Wir saßen in dem Strandkorb dort drüben.« Sie zeigte nach rechts. Die beiden mussten über den Dünenweg gekommen sein und sich dort hingesetzt haben, als Casper und Bjarne bereits da waren. Als sie ankamen, waren alle Körbe leer gewesen.

»Oh«, war alles, was Casper herausbekam und wischte seine Hände an der Hose ab. Bei Menschen, die er nicht einschätzen konnte, überfiel ihn im Gespräch öfter Unsicherheit.

»Wir wollten es uns nicht nehmen lassen als unfreiwillige Zuhörer und Ihnen herzlich zur Verlobung gratulieren.«

Wäre es hell gewesen, hätten sie erkennen können, dass Casper die Hitze in die Wangen geschossen war.

Das Paar streckte ihnen die Hände entgegen und sowohl Bjarne als auch Casper ergriffen sie.

»Danke sehr.« Casper zog seine Hand zurück. Verlobung. Das Wort nahm sofort Platz in seinem Kopf ein. Er war jetzt verlobt. Wow. Das war noch nicht wirklich in ihm vorgedrungen. Als Jugendlicher hatte er nie zu hoffen gewagt, offen schwul leben zu können und jetzt war er verlobt, bald verheiratet.

»...sper, hörst du zu?«, holte Bjarne ihn aus seinen Gedanken und schnippte mit den Fingern vor seinem Gesicht, wie er es immer tat, wenn Casper nicht zuhörte.

»Was?«, fragte er.

»Wir wurden gefragt, ob die Herrschaften uns zu einem Sekt einladen dürfen.«

»Oh, warum?«, gab er nicht geistreich von sich.

Der Herr lachte auf. Anhand der Stimmen schätzte Casper sie etwas älter ein.

»Weil ihr Partner uns gerade erzählte, dass Sie nichts zum Anstoßen haben und unsere Ferienwohnung ist nur den Weg hinunter am Anfang des Ortes.«

»Wir haben Sekt, da wir morgen auf unseren vierzigsten Hochzeitstag anstoßen wollen«, ergänzte die Frau.

Bjarne blickte zu Casper, konnte aber aufgrund der Dunkelheit seinen Gesichtsausdruck nicht entziffern.

»Sie müssen natürlich nicht. Es war eine spontane Idee. Entschuldigen Sie bitte, wenn wir aufdringlich sind«, setzte sie hinterher. »Wir sind übrigens Luisa und Werner Burig.«

»Oh, nein, das ist sehr lieb von Ihnen. Was sagst du, Bjarne?«

»Ich wäre dafür. Das ist übrigens Casper Mattenwald und ich bin Bjarne Kobek.«

»Na dann, kommen Sie.«

Als Casper und Bjarne aufstanden, merkten sie erst, wie kalt es war. Ihre Beine waren ganz steif geworden.

Unterwegs erzählten sie in Kurzform ihre Geschichte. Wie sie sich über das Internet kennengelernt hatten, telefonierten, sich das erste Mal in Osnabrück trafen und später Bjarne von Hamburg an den Niederrhein gezogen war. Zu mehr blieb keine Zeit, da sie an der Wohnung angekommen waren.

Luisa holte die Gläser und Werner öffnete die schon gekühlte Flasche Sekt.

»Wir trinken euch jetzt aber nicht euren Sekt weg, oder?«, hakte Casper sicherheitshalber nach. Auf dem kurzen Weg waren sie schnell zum Duzen übergegangen.

»Ach Quatsch, wir freuen uns, mit jungen Leuten auf ihr Glück anstoßen zu können«, winkte Luisa ab.

Bjarne schaute auf die Uhr. »Wenn wir mit dem Anstoßen noch eine gute Stunde warten, können wir auf unsere Verlobung und euren Hochzeitstag anstoßen«, schlug er vor.

»Nein, dann stoßen wir noch einmal an. Heute ist euer Tag und morgen ist unserer«, wehrte Werner ab und hielt sein Glas zum Prosten vor sich.

»Also, auf euch und dass ihr in vierzig Jahren auf genauso

stürmische Zeiten ohne Reue zurückblickt, wie wir beide«, sagte Werner und sie stießen alle gleichzeitig mit den Gläsern zusammen.

»Feiert ihr ganz alleine hier auf der Insel?«, fragte Casper.

»Ja, wir haben unseren Kindern gesagt, dass wir diesen Hochzeitstag in Ruhe begehen und alleine sein wollen. In zehn Jahren dürfen sie dann gerne das große Tamtam auffahren«, antwortete Luisa strahlend.

»Setzt euch und erzählt mir von eurem Hof«, forderte Werner sie auf und Casper kam dem Wunsch nach.

Nach einer Weile drehte Bjarne den Spieß um und fragte Luisa und Werner nach ihrer Geschichte aus. Es dauerte nicht lange und sie stießen erneut an, dieses Mal auf den Hochzeitstag der beiden.

Kapitel 5

Sie hatten bis zwei Uhr nachts mit dem älteren Ehepaar zusammen gesessen und geredet. Erst gegen Mittag wachte Bjarne auf. Casper war am Vormittag auf das Sofa im Wohnzimmer umgezogen, um Bjarne nicht zu wecken, und zappte durchs Fernsehprogramm.

Immer wieder betrachtete er seinen Schlüsselanhänger und musste dabei lächeln. Er war verlobt. Ständig wiederholte er den Satz im Kopf und konnte es nicht so recht glauben. Als Bjarne endlich verschlafen auftauchte, hatte Casper schon zwei Tassen Kaffee getrunken und den Frühstückstisch gedeckt.

»Moin«, brummte Bjarne und blickte sich blinzelnd nach Casper um, der sich auf dem Sofa aufrichtete. »Gute Idee«, meinte er und legte sich auf Casper. Der lachte.

»Hast du noch nicht genug geschlafen?«

»Nein.« Er schlang seine Arme um Casper und kuschelte sich an ihn.

»Guten Morgen, Verlobter«, sagte Casper und zauberte Bjarne damit ein Lächeln auf die Lippen.

»Das klingt jetzt noch genauso schön wie gestern.«

»Heute noch einmal an den Strand und lange am Meer laufen? Morgen geht's leider schon wieder heim«, sagte Casper wehmütig.

»Ha, du bist doch froh, dass wir hier sind«, triumphierte Bjarne. Casper verdrehte die Augen, küsste ihn aber.

»Ja, es war eine sehr gute Idee von dir.«

»Was hältst du von ein wenig Frühsport?«

»Sehr viel, aber ist wohl eher Mittagssport.« Die Aussage brachte ihm einen Stups gegen den Oberarm und eine Kussattacke ein, die in einer Knutscherei endete.

Casper ließ seine Hände über Bjarnes Rücken bis zu den Boxershorts und darunter gleiten, weiter über den Hintern bis zum Beginn der Oberschenkel. Als seine Hände wieder zum Vorschein kamen, richtete Bjarne sich auf, zog sich aus und entledigte Casper ebenfalls seiner Kleidung, bis sie nackt aufeinanderlagen und weiter knutschten.

Bjarne löste sich. Mit seinen Lippen und den Händen begann er Casper langsam bis an den Rand der Lust zu treiben, bis er bei seinem Glied angekommen war. Mit der Zunge umspielte er es.

Casper seufzte leise und kam ihm mit dem Becken entgegen. Seine Hände vergruben sich in Bjarnes Locken. Herrjemine, wie schaffte der Kerl das nur, ihn immer so zu erregen? Er wollte mehr, jetzt, sofort! Doch jeder Versuch scheiterte.

Plötzlich war es kühl und Bjarnes Körpergewicht war verschwunden. Er öffnete die Augen und richtete sich mit dem Oberkörper auf. Suchend blickte er sich um, aber Bjarne war nicht zu sehen.

»Bin schon wieder da, mein kleiner Hausgeist«, beruhigte Bjarne ihn, als er zurückkam und hielt das Gleitgel und ein Kondom hoch. Bjarne hockte sich auf Caspers Oberschenkel, zog ihm das Gummi über und schmierte ihn mit Gel ein. Während er sich nach vorne beugte, um Casper wieder zu küssen, ließ er sich auf ihn gleiten und begann sich langsam zu bewegen. Casper hatte das Gefühl, eine Schnecke wäre schneller als sie beide und wollte das Tempo erhöhen.

»Nein, das genießen wir. Wir haben ganz viel Zeit«, bremste Bjarne ihn aus, der sich selbst zurückhalten musste, es aber so lang wie möglich hinauszögern wollte.

»Oh scheiße, mach endlich«, bettelte Casper. Bjarne wurde etwas schneller, aber nicht genug für Casper. Doch er hielt sein selbst gewähltes Tempo nicht mehr lange durch und erhöhte es. Sie stöhnten und keuchten leise. Casper griff nach Bjarnes Glied, was dieser vorher immer abgewehrt hatte, und begann es in einer Geschwindigkeit zu reiben, die es Bjarne unmöglich machte, lange durchzuhalten. Kurz darauf erreichte er seinen Höhepunkt und ließ Casper mit über die Klippe springen.

Anderthalb Stunden später kamen sie endlich los. Die Sonne versteckte sich hinter den Wolken, das Meer war unruhig und es wehte ein eisiger Wind. Casper verfluchte sich schon, dass er seine Handschuhe in der Wohnung gelassen hatte. Er hatte seine Hände tief in die Jackentaschen geschoben und würde sie erst wieder im Warmen hervorholen.

»Wir hätten doch drin bleiben sollen«, murrte er.

»Du wolltest doch an den Strand.« Bjarne lachte ihn aus.

»Mir war nicht klar, wie kalt es sein kann.«

»Hör auf zu jammern, genieße es lieber.« Bjarne streckte die Arme aus und drehte sich um sich selbst. Drei Sekunden später stürzte Casper sich auf ihn und sie landeten im nassen Sand.

»Shit, ist der kalt«, rief Casper aus, als er sich auf dem Boden abstützte. Dann küsste er Bjarne und stand wieder auf.

»Du bist aber auch eine Frostbeule«, kommentierte Bjarne lachend als er ebenfalls aufstand und sich den Sand abklopfte. Casper streckte ihm die Zunge raus und ging grinsend weiter, die Hände wieder tief in den Taschen vergraben.

»Hast du schon ein Hochzeitsdatum für uns festgelegt?«, fragte er stattdessen in Bjarnes Richtung, der ihn einholte.

»Nö, das sollten wir gemeinsam machen. Aber da wir dieses Jahr umbauen wollen, würde ich vorschlagen, verlegen wir den Termin auf nächstes Jahr«, schlug er vor.

»Ja, könnte sonst ganz schön viel werden. Vor allem, weil du auch noch einen Hofladen eröffnen willst.«

Ein Hund kam auf sie zugelaufen, wurde aber sofort wieder zurückgerufen.

»Du hast es dir überlegt?« Bjarne strahlte Casper an. Es ging schneller, als er gedacht hatte.

»Na ja, wir haben sowieso einen Kredit aufgenommen. Wir nehmen einen weiteren auf.«

Bjarne stieß einen Jubelschrei aus, fiel Casper um den Hals und drückte ihm einen Kuss auf die Lippen.

»Wenn wir zu Hause sind, kümmere ich mich sofort um Termine bei der Landwirtschaftskammer und wir benötigen einen Architekten, der uns unters... «

»Jetzt komm mal runter«, stoppte Casper ihn in seiner Euphorie. »Wenn wir zu Hause sind, reden wir erst mit meinen Eltern und dann kannst du dich in alles stürzen. Hast du etwa schon alles geplant?«

Bjarne schaute ihn unschuldig an. »Vielleicht habe ich ein Notizbuch mit den nötigen Infos?«

Casper schüttelte den Kopf. Hätte er sich denken können. Wenn Bjarne etwas anging, dann richtig. Früher wollte er ein eigenes Restaurant haben, aber offensichtlich hatte er seine Wünsche geändert.

»Ich habe mir auch etwas überlegt die letzten Tage. Wir wollen doch auf die komplette Breitseite des Hauses einen Balkon bauen.«

»Ja, wo das Schlafzimmer deiner Eltern hinkommt.«

»Genau, was hälst du davon, wenn ein kleines Appartement unter den Balkon gebaut wird oder auch aus zwei der Räume in der großen Eingangsdiele, in das ein Azubi einzieht?« Casper lief seitwärts, um Bjarne besser beobachten zu können. »Ich habe meinen Ausbilderschein. Warum sollte ich den nicht auch nutzen? Und zusätzlich dachte ich daran, in absehbarer Zeit eine Aushilfe für mich einzustellen. Das müsste einmal durchgerechnet werden, aber ich denke, so viel teurer als meine ganzen Überstunden kann es nicht sein.«

»Und wir haben mehr Zeit miteinander.« Bjarne lächelte Casper an, der nun wieder geradeaus lief.

Sie gingen eine Weile schweigend nebeneinanderher und ließen ihren Gedanken freien Lauf.

»Ich ziehe keinen weißen Anzug an. Dann sieht sofort jeder, wenn ich gekleckert habe«, durchbrach Casper die Stille.

Bjarne schmunzelte. »Es hat keiner verlangt, dass du einen weißen Anzug zur Hochzeit anziehen sollst.«

»Wollte ich nur schon mal erwähnen.«

Sie kehrte zurück, die Leichtigkeit. Nicht in den großen Schritten, aber sie kam, zumindest hoffte Bjarne es. Er schob seine Hand zu Caspers in seine Jackentasche und verschränkte ihre Finger miteinander.

»Irgendwann will ich auch wie Luisa und Werner zurückblicken können und sagen: Es waren stürmische Zeiten, aber ich wollte sie mit niemand anderem als dir erlebt haben.«

»Und mir hältst du vor romantisch zu sein. Du bist selbst ein heilloser Romantiker und ein Kuschelmonster«, zog Casper ihn auf und drückte ihm einen Kuss auf den Mund. »Aber das ist eine schöne Vorstellung.«

»Wir haben noch keine Muscheln gesammelt«, fiel Bjarne in dem Moment ein. Casper blickte ihn zweifelnd an.

»Das werden wir auch nicht, weil die später sowieso im Müll landen. Können wir vielleicht einfach in die Wohnung und uns aufwärmen?«

Kapitel 6

»Ich kann nicht fassen, dass ich gerade heute verschlafen habe.« Casper und Bjarne standen schwer atmend auf der Fähre, die sie mit Ach und Krach erreicht hatten. Es war kurz nach zehn am Vormittag und sie waren erst vor einer dreiviertel Stunde aufgestanden. Casper war zwar wie jeden Morgen früh wach, dann jedoch wieder tief und fest eingeschlafen.

»Wir hätten den Wecker stellen sollen, aber ich habe wie immer darauf vertraut, dass du spätestens um acht Uhr wach bist«, schnaufte Bjarne. »Auf dem Festland kaufen wir uns als erstes Kaffee und was zu essen.«

»Also Kaffee kaufe ich mir schon hier auf der Fähre.«

»Gute Idee. Sobald wir abgelegt haben. Vielleicht gibt es auch hier etwas zu essen.«

Sie traten an die Reling und blickten in den Hafen, wo die Mitarbeiter das Schiff bereitmachten. Kurz darauf ging ein Ruck durch die Fähre und sie legten ab. Als sie das Hafenbecken verließen, stiegen Casper und Bjarne unter Deck, zogen sich die Jacken aus und Bjarne besorgte Kaffee. Die Brötchen sagten ihm nicht zu und er ließ lieber die Finger davon.

Gerade als Casper alleine war, vibrierte sein Handy. Als er sah, von wem die Nachricht kam, seufzte er. Das hatte ihm noch gefehlt.

»Na, hat Sascha dir geschrieben, dass er dich schon so sehr vermisst und gar nicht erwarten kann, dir den neusten Tratsch zu erzählen?«, zog Bjarne ihn auf.

»Nein, nicht Sascha«, begann Casper vorsichtig. »Es ist Moritz.«

»Oh« war alles, was Bjarne dazu sagte. Er hatte gehofft, den Namen Moritz das nächste Mal erst in vier Wochen zu hören. Weit gefehlt.

»Er wünscht uns eine gute Heimfahrt«, fügte Casper an und hielt Bjarne sein Handy hin, damit er es lesen konnte.

»Du musst mir nicht jedes Mal die Nachrichten zeigen. Ich glaube es dir ja.« Beide griffen gleichzeitig zu ihren Kaffeebechern und tranken einen Schluck.

»Ich habe ihm nicht gesagt, dass wir heute wiederkommen. Das muss mein Vater die Woche gemacht haben. Der hat doch den Termin übernommen.« Casper hatte das Gefühl die Erklärung hinterher setzen zu müssen.

»Du brauchst dich auch nicht zu rechtfertigen. Ich komm klar«, beruhigte Bjarne ihn.

»Okay.«

»Hast du ihm schon geantwortet?«, konnte Bjarne sich nicht verkneifen.

»Nein. Wollte ihm nur danken.«

Bjarne fuhr sich durch die Haare und verspürte den Drang nach frischer Luft. Warum konnte dieser dämliche Typ Casper nicht in Ruhe lassen? Reichte es nicht, wenn sie sich monatlich sahen?

»Dann mach das doch eben.« Bjarne blickte aus dem Bullauge und kurz zog sich sein Magen zusammen. »Findest du es hier auch so stickig drin? Ich geh raus.«

Bjarne packte seine Jacke, Mütze und Schal und verschwand durch die Tür. Casper hatte wirklich gehofft, dass das Thema Moritz vom Tisch war, aber es war immer noch ein rotes Tuch für Bjarne. Er antwortete Moritz kurz angebunden, schnappte sich seine Sachen und begab sich zu Bjarne an Deck. Der schaute zu, wie sich die Insel immer weiter entfernte und kleiner wurde. Auf dem Schiff pfiff der Wind ihnen wieder ungeschützt um die Ohren und Casper fror nach wenigen Sekunden fast die Nase ab. Er umarmte Bjarne von hinten und legte ihm den Kopf auf die Schulter.

»Ich werde mit der Zeit damit klarkommen. Keine Sorge«, sagte Bjarne. Casper küsste ihn auf die Wange.

»Ich will ja nichts sagen, aber wir frieren bestimmt fest, wenn wir noch länger hier stehen, und der Sonne traue ich nicht zu, uns aufzutauen«, versuchte Casper einen Scherz zu machen. Zumindest schmunzelte Bjarne darüber.

»Das kann ich nicht verantworten. Aber bevor wir reingehen, machen wir noch ein Selfie mit uns und der kleiner werdenden Insel.«

Auf dem Festland holten sie ihr Auto ab und stürmten die erste Bäckerei, die sie finden konnten, um zu frühstücken.

»Ist dir aufgefallen, dass wir morgen und übermorgen auch noch frei haben und erst am Montag wieder in Annendorf sein müssen?«, fragte Casper.

»Ja, ich dachte, wir nutzen die zwei Tage, um deine Kartons endlich auszuräumen und Ordnung zu schaffen.«

»Oder wir fahren nicht nach Hause, sondern stattdessen

nach Hamburg«, schlug Casper vor. Bjarne war kurz geneigt, dem Vorschlag zuzustimmen, aber er wollte dieses Wochenende alleine mit Casper verbringen. Sie mussten früh genug wieder unter Menschen.

»Nein, ein anderes Mal.«

»Wir könnten bei deinen Eltern vorbeifahren und ihnen von der Verlobung erzählen.« Bjarne starrte Casper mit großen Augen an.

»Das meinst du wirklich ernst, oder? Glaubst du tatsächlich, dass sie uns anhören werden? Sie werden uns wie beim letzten Mal die Tür vor der Nase zuschlagen. Ich kann nicht fassen, dass du das vorschlägst.« Bjarne schmiss seine halb aufgegessene Brötchenhälfte auf den Teller. Ihm war der Appetit vergangen bei der Erwähnung seiner Eltern.

»Du wirst es ihnen sowieso schreiben und eine Einladungskarte schicken. Wieso also nicht gleich persönlich?«

»Du hast echt den Arsch offen, Casper. Ich will mir das nicht von meinen Eltern vermiesen lassen!«, schrie er nun fast und wurde wütend. »Und wenn du nicht aufhörst darüber zu reden, wird es mir das auch!«

Bjarne stand brüsk auf und marschierte aus dem Laden. Im Auto setzte er sich hinters Steuer und wartete, bis Casper nachkam.

»Kein Wort mehr über meine Eltern!« Drohend sah er zu Casper, als dieser einstieg. »Ich will die nächsten Tage nichts mehr von ihnen hören und schon gar nicht sehen.«

»Alles klar.« Casper konnte verstehen, warum Bjarne so reagierte. So sehr Bjarne darauf hoffte, sich mit seinen Eltern wieder zu versöhnen oder sich zumindest anzunähern, hatte Casper auch seinen letzten und zugleich ersten Kontakt mit ihnen vor Augen. Die bohrenden Blicke in seinem Rücken spürte er noch heute.

Bjarne würde garantiert, wenn er endlich so weit war, seinen Eltern schreiben und wieder darauf hoffen, dass sie sich melden würden. Und wie die letzten Male, weil kein Lebenszeichen zurückkam, würde Casper ihn trösten.

»Lass uns einfach nach Hause fahren und meinen Scheiß wegräumen«, schlug Casper einen fröhlichen Ton an, der völlig misslang. Nach der Sache mit Moritz hätte er nicht noch Bjarnes Eltern ansprechen sollen, aber er konnte nicht anders. Er wollte Bjarne wenigstens die Möglichkeit geben. Vielleicht hätte er es gewollt und sich nur nicht getraut, etwas zu sagen. Jetzt herrschte Klarheit.

Statt einer Antwort startete Bjarne das Auto und fuhr los. Erst als sie eine dreiviertel Stunde später auf der Autobahn waren, sprach er das erste Mal wieder: »Wann erzählen wir es den anderen? Deinen Eltern heute noch, oder?«

»Können wir. Oder wir behalten es noch etwas für uns.«

»Ich habe die Karte gestern an meine Eltern abgeschickt.« Bjarne, dessen Wut verraucht war, riskierte einen Seitenblick zu Casper, bevor er sich wieder auf die Straße konzentrierte. Dieser lächelte.

Dann fügte Bjarne hinzu: »Wir können es ihnen heute beim Abendessen erzählen. Und tu mir bitte einen Gefallen und hör auf, bei wichtigen Entscheidungen und Mitteilungen auf meine Familie Rücksicht zu nehmen. Wir wissen, dass wir auf die nicht zählen können.«

»Gut, dann erfahren es meine Eltern heute Abend beim Essen. Das wird eine Überraschung.« Casper strahlte vor Vorfreude und trommelte auf dem Armaturenbrett herum.

»Hör auf, oder ich werfe dich raus«, beschwerte sich Bjarne und lachte.

»Bjarne Mattenwald.« Casper ließ die Worte auf seiner Zunge zergehen. "Casper und Bjarne Mattenwald. Das klingt toll", sagte Casper und Bjarne griente.

Reichen 56 Punkte zum Glück?

Band 2

Kapitel 1

»Mensch Casper, kannst du deine Sachen nicht mal dort hinlegen, wo sie hingehören? Überall liegen die herum!«, hörte Casper Bjarnes wütende Stimme bis ins Badezimmer und drückte auf die Toilettenspülung. Kaum hatte er die Hose geschlossen und wusch sich die Hände, kam Bjarne mit Schmutzwäsche hereingestürmt, die er in den Wäschekorb warf. Dabei funkelte Bjarne Casper an.

»Sorry, ich gelobe Besserung«, murmelte dieser und zog den Kopf ein. Wenn Bjarne sauer war, ließ er ihn sich oft erst mal austoben. Danach konnte man mit ihm reden. Casper griff nach einem Handtuch und trocknete sich die Hände. Ihr Urlaub war gerade vier Wochen her, aber sie steckten noch immer fest. Sie kamen nicht so schnell aus ihrem Tief, wie sie gehofft hatten.

»Das machst du seit Wochen und es passiert nichts. Überhaupt nichts. Was bitte schön ist so schwer daran, morgens nach dem Aufstehen seine schmutzigen Klamotten mit ins Bad zu nehmen oder sich direkt im Bad umzuziehen und die Wäsche in den Wäschekorb zu werfen?« Bjarne schnappte sich den Korb und verschwand wieder, während Casper das Handtuch zurück an seinen Platz hängte. Kurz darauf hörte er die Wohnungstür ins Schloss donnern.

»Na der hat heute aber gute Laune, passend zum Montag«, murmelte Casper, als er das Bad verließ und ins Wohnzimmer ging. Er nahm seinen Teller und das Glas von gestern Abend, bevor Bjarne sich darüber aufregte und stellte es in der Küche in die Spüle.

Dann tigerte er durch die Wohnung und sammelte seine abgelegten Sachen ein. Hier ein Fußball, dort eine Uhr. Im Schlafzimmer lag vor seinem Nachttisch wie ein Mahnmal die große Tasche mit den Spielertrikots und Hosen seiner Fußballmannschaft. Er war diese Woche mit Waschen dran.

Dabei hatte er auf ein paar ruhige Minuten am Nachmittag mit Bjarne gehofft, bevor er wieder zur Arbeit musste. Caspers Eltern waren am Wochenende in den Urlaub gefahren, dadurch gab es mehr Arbeit für ihn wie sonst. Er war froh, dass auf dem Acker in den nächsten Wochen weniger los war.

Seufzend schüttelte Casper den Kopf und konzentrierte sich auf seine Umgebung. Bjarne war ein Ordnungsfanatiker und normalerweise kam er damit klar, nur hin und wieder hatte er das Gefühl, dass Bjarne übertrieb. Eigentlich kam Bjarne mit Caspers Unordnung auch zurecht. Er war nun mal ein Chaot, aber heute Morgen war Bjarne definitiv mit dem falschen Fuß aufgestanden oder etwas anderes war passiert, während Casper auf dem Hof gewesen war.

Wieder hörte er die Wohnungstür. Dieses Mal leiser.

»Ob Bjarne sich etwas abgeregt hat?«, fragte Casper sich.

»Casper, wir haben eine Spülmaschine! Die wartet darauf befüllt zu werden!«, rief Bjarne erbost aus der Küche. Seufzend ließ sich Casper aufs Bett fallen. Wie gut, dass er das Geschirr nicht im Wohnzimmer hatte stehenlassen.

»Tut mir leid«, erwiderte Casper. Er schloss die Augen und

presste sich die Hände auf die Stirn. Einen Streit mit Bjarne konnte er nicht gebrauchen, denn sein Vormittag war anstrengend genug gewesen. Einer der Stallarbeiter hatte vergessen, ein Tor zu schließen und so hatten sich zwei Gruppen der Kühe vermischt und sie hatten den halben Morgen mit dem Sortieren verbracht.

Casper öffnete die Augen und blickte in Bjarnes Gesicht, der vor dem Bett stand und ihn anfunkelte.

»Was?«, fragte Casper.

»Du kommst frisch von der Arbeit, stinkst nach Stall und liegst im Bett ohne vorher geduscht zu haben.«

»Kannst du mir bitte sagen, was heute mit dir los ist? Ich bin keine fünf Minuten zu Hause und du brüllst mich an«, entgegnete Casper wütend, erhob sich aber und stand Bjarne gegenüber. Wozu sollte er sich duschen, wenn er gleich noch einmal zum Stall musste? Das lohnte überhaupt nicht.

»Du wolltest vor drei Wochen die leeren Kisten in den Keller bringen. Seitdem stehen sie neben dem Schrank und setzen Staub an.« Bjarne zeigte in die Ecke zwischen Kleiderschrank und Wand. In Caspers Augen der perfekte Platz, immerhin brauchten sie sie in ein paar Monaten wieder. »Dann hattest du letzte Woche versprochen, nach dem leckenden Abfluss in der Küche zu schauen. Wenn ich das könnte, hätte ich es längst getan. Mal ganz davon abgesehen, dass du alles stehen und liegen lässt, wo du es ablegst. Sei froh, dass dein Kopf angewachsen ist. Den würdest du sonst auch noch überall verlegen!«, zählte Bjarne weiter auf.

»Es tut mir leid, aber ich habe es vergessen, okay? Außerdem habe ich nach einem langen Tag keine Lust mehr, mich unter die Spüle zu legen.« Casper hatte seine Stimme erhoben, stampfte zur Schrankecke und zog die Kartons hervor. Die würde er jetzt in den Keller bringen. »War das dann alles oder hast du noch mehr?«

Als er endlich alle Kisten hervorgezogen hatte, griff er sich einige und lief in den Kellerraum. Nach dem dritten Mal war er fertig und zufrieden. Aber wahrscheinlich hatte er sie in Bjarnes Augen in die falsche Ecke gestellt.

»So, können wir jetzt darüber reden, was dich wirklich stört?«, fragte Casper, wühlte in seinem Werkzeugkoffer nach dem passenden Werkzeug und legte sich unter die Spüle. Bjarne setzte sich neben Caspers Beine, die aus dem Spülschrank hervorlugten. Er beugte sich vor und beobachtete Casper. Er spielte mit einer seiner Locken, mit der anderen Hand strich er über Caspers Oberschenkel.

»Meine Eltern haben zum ersten Mal einen Brief ungeöffnet zurückgehen lassen«, flüsterte Bjarne und klang verletzt. Bjarne dachte an den Moment zurück, als er den Umschlag aus dem Briefkasten geholt und ihn an Ort und Stelle eine geschlagene Minute angestarrt hatte. An das Gefühl der Verlorenheit und der tiefen Enttäuschung, nirgendwo richtig hinzugehören. Er wusste, dass das nicht stimmte, aber das waren die Menschen, die ihn haben aufwachsen sehen, seine Albträume mit ihm durchlebt hatten, an seinem Bett saßen, wenn er krank war. Sie wollten nichts mehr mit ihm zu tun haben. Ihm waren damals die Tränen hochgestiegen.

Casper ließ die Hände sinken, hob den Kopf vorsichtig an, damit er ihn sich nicht anschlug, und sah zu Bjarne.

»Nicht dein Ernst«, stieß er hervor. »Der, in denen du ihnen ausführlich von unserer Verlobung erzählst?« Bjarne nickte. Casper griff nach Bjarnes Hand auf seinem Bein und drückte sie. »Warum sagst du das denn nicht gleich, statt dich an mir abzureagieren?«

»Weil es einfacher ist, damit umzugehen«, gab er zerknirscht zu. »Wobei mich deine Unordnung schon sehr stört. Und deine ewigen Versprechungen etwas zu machen und es dann wochenlang liegenzulassen. Aber sobald Sascha dich bei der Hausrenovierung braucht, stehst du Parade bei Fuß.«

Casper wandte sich wieder dem tropfenden Abfluss zu, um die Reparatur zu beenden.

»Du weißt, dass du zu unserer Familie gehörst, oder? Meine Eltern betrachten dich ebenso als Sohn, wie mich.« Casper überging den letzten Teil von Bjarnes Geständnis. Hier ging es nicht um ihn als Chaot.

»Schon klar, aber ich habe nicht damit gerechnet, dass sie jetzt nicht einmal mehr Briefe annehmen.« Casper war fertig und bedeutete Bjarne, dass er aufstehen musste, damit er aus dem Küchenschrank kam. Casper nahm Bjarne in den Arm und küsste ihn.

»Ich hatte wirklich die Hoffnung, dass es mit den Jahren besser wird. Aber nach fast acht Jahren verliere sogar ich langsam die Hoffnung.« Tränen stiegen in Bjarnes Augen. Casper umschloss sein Gesicht mit den Händen.

»Hey, ich bin hier und werde nicht gehen. Ich liebe dich, so wie du bist.« Wieder küsste Casper ihn und drückte ihn fest an sich. Er fuhr mit seiner Hand durch Bjarnes kurze Locken. »Ich bin mir sicher, irgendwann werden sie sehr bereuen, dass sie die vielen tollen Sachen im Leben ihres Sohnes verpasst haben.«

In dem Moment klingelte Caspers Handy.

»War ja klar«, murmelte Bjarne an Caspers Schulter, löste

sich aus der Umarmung und verließ die Küche. Seufzend folgte Casper dem Geräusch des klingelnden Telefons, bis er es im Bett fand und das Gespräch entgegennahm.

Er ging zu Bjarne ins Bad, der putzte. »Du weißt schon, dass wir das am Samstag gemeinsam machen können, oder? Dafür brauchst du wirklich nicht deinen freien Tag opfern«, unterbrach er ihn.

»Ich muss mich aber jetzt abreagieren.« Bjarne blickte nicht auf, sondern schrubbte weiter das Waschbecken. »Wer war das? Ein Mitarbeiter, weil deine Kühe nicht ohne dich können?« Casper entging der genervte Unterton nicht und es tat ihm leid, Bjarne jetzt allein lassen zu müssen.

»Ja, eine Kuh, die Hilfe beim Kalben braucht. Tut mir leid, aber ich beeile mich.«

»Musst du nicht. Ich treffe mich gleich noch mit Leon am Hof. Wir wollen uns die alte Scheune für den Hofladen anschauen. Also, bis später.« Casper trat zu Bjarne, gab ihm einen Kuss auf den Kopf. Dann fuhr er zum Hof.

Eine halbe Stunde später parkte Bjarne seinen Wagen neben dem von Casper und ging zur alten Scheune, die gegenüber dem Wohnhaus stand und als Lager für Überflüssiges genutzt wurde. Leon war noch nicht da, aber Bjarne betrat schon einmal das Gebäude.

Er schaute sich um. In dem riesigen Raum mit den hohen Deckenbalken und links und rechts Schober für Heu und Stroh entdeckte er alte Möbel, Trettrecker mit Anhängern und Kettcars, Kisten und Kartons mit Dekosachen und Spielzeugen.

Sogar alte Landmaschinen und poröses Pferdegeschirr fand er, als er den hinteren Teil betrat. Es würde eine Mammutaufgabe werden, alles durchzuschauen und die Scheune auszuräumen. Aber Marion hatte ihm zugesagt, dabei zu helfen.

»Na, hier kann man eine Zeitreise durch die letzten hundert Jahre machen, oder?« Bjarne zuckte zusammen, als er Leons Stimme hörte. Er hatte einen Karton geöffnet, in dem sich Schulsachen von Casper befanden, und las in einem Aufsatz von ihm.

»Hey Leon, habe dich gar nicht gehört«, begrüßte er ihn und ließ das Schulheft schnell in den Karton zurückfallen.

»Was hast du da Interessantes gelesen?«, fragte Leon und ehe Bjarne es verhindern konnte, hatte Leon das Heft aus dem Karton gefischt und blätterte darin. »Oh mein Gott, an das Thema kann ich mich noch erinnern«, sagte er lachend. »Das auch. In dem Jahr müsste auch ...« Er blätterte durch die Seiten, bis er fand, was er suchte. »Ja, genau. Hier ist er: Soll man immer die Wahrheit sagen? Bei dem Thema habe ich eine Vier bekommen.«

»Und jetzt wollen wir das Heft beiseitelegen, es geht uns nämlich nichts an, was Casper dazu geschrieben hat.« Bjarne nahm es Leon aus der Hand und legte es in den Karton zurück. »Lass uns wegen des Hofladens gucken.«

Leon sah sich um. »Was hast du dir denn vorgestellt? Es muss eine Menge gemacht werden.« Er schlenderte prüfend durch den Raum. »Das Holz ist schon ein paar Jährchen alt. Es muss abgedichtet und die Wände gedämmt werden, das Dach sieht nicht mehr brandneu aus ...«

Leon, der Tischlermeister war, ging mit Bjarne durch die Scheune und die wenigen Räume, die es an der einen Seite gab und zählte auf, was ihm alles auffiel. Bjarne erklärte, wie er sich den Hofladen vorstellte.

»Ich würde gerne direkt im hinteren Teil eine Gastronomieküche bauen. Marion und Casper hatten die Idee, den Laden mit einem Café zu verbinden.«

»Die Idee finde ich super. Und vormittags könntest du nur Kaffee und Tee anbieten. Lara und ihre Freundinnen treffen sich im Moment immer reihum mit den Babys, obwohl sie viel lieber in ein Café gehen würden. Aber das Nächste ist erst in Darrenberg. Sie könnten sich mit den Babys hier treffen. Das ist fußläufig zu erreichen und nach dem Quasseln kaufen sie das nötigste hier ein. Was hältst du davon?« Leon schaute Bjarne freudig an. »Du könntest eine Spielecke einrichten für die Kinder.«

»Meinst du wirklich, sie würden hierher kommen?«

»Natürlich. Lara liegt mir jedes Mal, wenn sie bei uns waren, in den Ohren, dass sie so viel Geschirr hat und alles durcheinander ist.« Leon war seit zwei Jahren verheiratet und seit einem halben Jahr Vater. »Und zusätzlich zum frischen Gemüse und Obst könntest du hier im vorderen Teil einen Bereich für Kommissionsware anbieten. Da könnten selbst genähte Decken und Topflappen, Häkelsachen und sowas verkauft werden.«

»Ich sollte dich als Geschäftsführer anstellen. Du sprühst vor lauter Ideen.« Bjarne lachte. Leon lief mit strahlenden Augen durch die Scheune und deutete gestikulierend die einzelnen Bereiche an.

»Erst einmal muss ich den Kredit für den Umbau genehmigt bekommen«, dämpfte Bjarne seinen Tatendrang. »Allerdings kann ich mit deinen Ideen dem Architekten genau sagen, was ich möchte. Und die Landwirtschaftskammer, das Bauamt und

und und müssen alle auch noch zustimmen.« Bjarne holte tief Luft. Eine lange Liste von Dingen, die erledigt werden mussten, bis überhaupt mal begonnen werden konnte.

»Das wird hier der Renner.« Leon klopfte Bjarne auf die Schulter. »Wenn du auch den Gemüse- und Obstbauer mit ins Boot bekommst und die Hühner für frische Eier hast. Für Milch und Fleisch sitzt du an der Quelle. Man muss nicht mehr für alles extra nach Darrenberg fahren. Pass auf, übernächstes Jahr hast du hier Angestellte rumlaufen«, prophezeite Leon Bjarne. Dieser schüttelte lachend den Kopf und versuchte, es sich vorzustellen. Noch war es für ihn so weit entfernt und ein Traum, doch in seiner Vorstellung konnte er schon alles vor sich sehen. Er war froh, sich mit Leon getroffen zu haben. Es lenkte ihn von seinem Gedankenkarussell ab. Heute Morgen hätte er fast abgesagt.

»Jetzt aber mal etwas anderes«, änderte Leon das Thema. »Habt ihr einen Hochzeitstermin festgelegt?«

Leons Worte rissen Bjarne aus seinen Gedanken und sein Magen verknotete sich. Wieder dachte er an den ungeöffnet zurückgeschickten Brief an seine Eltern. Aber das wollte er nicht mit Leon besprechen. Erst mal musste er selbst damit klarkommen.

»Nein. Dieses Jahr auf jeden Fall nicht mehr. Diese Woche beginnt der Umbau des Hauses, Casper sucht seinen ersten Auszubildenden und ich werde hiermit beschäftigt sein und zusätzlich meine Arbeit im Restaurant haben. Wann sollen wir da noch heiraten?«

»Ihr solltet euch bald kümmern. Auch für nächstes Jahr. Ich sag's nur.« Damit ließ Leon das Thema fallen, wanderte aber nachdenklich erneut durch die Scheune. Bjarne wollte nachfragen, ob ihm noch etwas eingefallen war, als Leon wieder sprach. »Zwischen euch ist aber alles in Ordnung, oder?«

»Klar, nur die üblichen Streitereien über die Zahnpastatube und den Toilettendeckel.« Bjarne grinste Leon unsicher an und hoffte, dass Leon nicht nachhakte. Er fuhr sich mit der Hand durch die Haare und kratzte sich am Hinterkopf. Hatte Casper mit ihm gesprochen? Bestimmt nicht, Sascha wäre Caspers erste Anlaufstelle.

»Nur so. Hatte schon im Dezember das Gefühl, dass etwas zwischen euch steht. Bei Feten hängt ihr nicht mehr so aufeinander wie sonst. Du beobachtest Casper mit Argusaugen, sobald er mit einem anderen flirtet, dabei war dir das sonst immer egal. So Kleinigkeiten halt.«

Nun verschränkte Bjarne seine Hände am Hinterkopf und holte tief Luft. Wenn Leon das schon beobachtet hatte, wer noch alles? Caspers Eltern, ihre Freunde? Waren sie nur zu höflich, es nicht anzusprechen? Ihm sackte das Herz in die Hose und Traurigkeit über seine und Caspers Situation machte sich in ihm breit. Casper hatte ihm immer wieder versichert, dass er sich keine Sorgen machen brauchte, aber der Stachel saß und ließ sich nicht entfernen, so sehr er es auch wollte.

»Du weißt, dass du mit mir reden kannst, oder? Immerhin werde ich dein Trauzeuge sein. Hat Casper was mit einem anderen laufen?«, hakte Leon vorsichtig nach.

Jetzt lächelte Bjarne.

»Nein, hat er nicht und wir haben die Abmachung, wenn einer von uns mal möchte, reden wir darüber. Aber ich bin mir ehrlich gesagt nicht mehr sicher, ob ich dazu stehen kann.« Bjarne suchte sich einen Stuhl, setzte sich und barg sein Gesicht in den Händen.

»Casper hat seit Januar einen neuen Futterberater. Ein Typ in unserem Alter. Gutaussehend, schwul oder zumindest bi. Die beiden verstehen sich super und er redet andauernd von ihm.« Bjarne stockte, hob seinen Kopf wieder an und sah zu Leon. Dieser betrachtete ihn aufmerksam, zog sich seinerseits einen Stuhl heran.

»Hast du Casper darauf angesprochen?«

»Klar, schon vor vier Wochen als wir auf der Insel waren. Er sagt, da wäre nichts. Sie verstünden sich nur gut. Ich glaube ihm ja auch, aber ...«

»Aber wenn du die beiden zusammen siehst, hast du ein anderes Bild vor Augen?«, beendete Leon Bjarnes Satz. Dieser nickte traurig.

»Hast du morgen Abend frei? Ich schwänze das Training und komme zu dir. Ich sag einfach, dass ich kurz vor einer Erkältung stehe oder so. Dann können wir in Ruhe reden.«

»Wirklich?« Bjarne sah ihn erleichtert an. »Das wäre toll. Danke dir.«

Casper öffnete die Tür zur Wohnung und wurde mit dem Duft von Lasagne begrüßt. Im Wohnzimmer erblickte er den kleinen Esstisch, der eingedeckt war und hörte Bjarne in der Küche hantieren. Da fiel es ihm wieder ein. Montag, ihr gemeinsamer Abend, an dem sie sich mit keinem anderen trafen. Diese Woche war Bjarne für die Ausrichtung zuständig.

Casper ging in die Küche und begrüßte Bjarne mit einem Kuss. »Das riecht total lecker. Soll ich dir einen Wein öffnen? Dachte wir gehen heute ins Kino.«

»Nein, keinen Wein und kein Kino. Nur wir beide hier zu Hause.« Bjarne schnüffelte an Casper. »Was hältst du davon, wenn du schnell unter die Dusche springst? Und keine Gammelklamotten anziehen«, bat er Casper, als der sich auf den Weg ins Bad machte.

Er zog sich neben der Dusche aus und dachte daran, gleich alles in den Wäschekorb zu legen. Casper hatte sich gerade die Haare eingeseift und stand unter der Brause, als sich die Duschtür öffnete und Bjarne zu ihm trat.

»Habe mir überlegt, ich könnte ebenfalls eine Dusche vertragen.« Bjarne umschlang Casper von hinten und bekam das Wasser mit Schaum ins Gesicht. Casper lehnte sich kurz an, wuschelte aber dann weiter durch seine Haare.

»Wollen wir über deine Eltern reden?«, fragte Casper, als er fertig mit abschäumen war.

»Nein, heute fällt kein Wort mehr über die Personen. Jetzt gibt es nur uns.« Bjarne griff nach Caspers Penis, fuhr ihn zärtlich auf und ab und küsste Casper auf die Schulter.

»Okay, die Abendgestaltung gefällt mir auch viel besser.« Casper wollte sich drehen, doch Bjarne hielt ihn in der Position und rieb sich an ihm. Caspers Glied richtete sich auf und er stützte sich an der Wand ab. Seinen Kopf lehnte er an Bjarnes Schulter und schloss die Augen. Das Wasser prasselte auf sie hinunter. Ohne Vorreden bückte Bjarne sich nach dem Gleitgel und bereitete ihn vor. Casper stöhnte leise.

»Kann ich?«, fragte Bjarne und Casper nickte. Langsam führte er seinen Schwanz in Casper ein und seufzte. In dem Moment knurrte Caspers Magen und sie lachten beide. »Ich mach auch schnell, versprochen.«

Er hielt sein Versprechen. Bjarne wusste, so konnte er es

nicht lange aushalten, aber das wollte er auch nicht. Dies sollte nur das Vorspiel werden. Casper hatte keine Ahnung, was ihn gleich erwartete.

Als Casper nach seinem Schwanz greifen wollte, hielt Bjarne seine Hand auf. »Nein, der ist tabu. Du darfst ihn heute nicht anfassen.«

»Was? Ich ... Bjarne, bitte!«, bat Casper ihn.

»Nein, der gehört heute mir«, erwiderte Bjarne atemlos. Er spürte seinen kommenden Orgasmus und nach weiteren Stößen kam er, lehnte sich an Casper, dessen Hand er immer noch in seiner hielt, Caspers andere lag abstützend an der Wand, das Glied steif.

»Bjarne, bitte, ich ...«, bettelte Casper weiter.

»Du darfst dich jetzt abtrocknen, ins Bett gehen und deinen Schwanz nicht anfassen«, beendete Bjarne den Satz, stellte die Dusche aus und öffnete die Tür.

Er trat hinaus, holte ein Handtuch und begann Casper und sich abzutrocknen, während er ihn küsste. Dabei streifte er ständig über Caspers Steifen, nahm seine Eier in die Hände oder knabberte an seinen Brustwarzen. Casper stöhnte jedes Mal auf und stieß mit dem Becken in Bjarnes Richtung.

»Ich darf wirklich nicht?«, fragte Casper nach, und musste sich zusammen reißen, da er immer wieder zu seinem Schwanz greifen wollte, um sich Erleichterung zu verschaffen.

»Nein«, antwortete Bjarne. »Vertraust du mir?«, fragte er stattdessen.

»Scheiße, verdammt ja«, seufzte Casper, als Bjarne seinen steinharten Penis wieder in die Hand nahm.

Was hatte Bjarne geplant?, schoss ihm durch den Kopf, doch er hatte keine Angst davor. Sie waren über vier Jahre zusammen und kannten sich. Bjarne würde nie etwas machen, das ihn verletzen würde.

»Komm mit ins Schlafzimmer.« Bjarne ging vor und Casper folgte ihm aufgeregt und hielt seine Hände bewusst auf dem Rücken.

»Leg dich bitte auf den Rücken. Ich könnte dir deine Qual etwas angenehmer machen.« Casper legte sich auf das Bett und beobachtete Bjarne, dem wieder Erregung anzusehen war und der einen Schal unter der Bettdecke hervorzog. »Na, was sagst du?« Bjarne setzte sich neben Caspers Kopf, zog den Schal durch eine Querstrebe, sein Penis wippte sachte auf und ab und er griff nach Caspers Händen. Sanft band er sie fest.

»Heilige Scheiße«, murmelte Casper, ließ es aber willig geschehen. Erneut knurrte sein Magen.

»Ah, warte, da kann ich etwas gegen machen.« Als Bjarne Casper die Hände am Kopfteil festgebunden hatte, küsste er ihn, drehte sich und schob sein Glied zwischen Caspers Lippen in seinen Mund. Er beugte sich zu Caspers Penis, drückte ihn vorsichtig zur Seite und nahm nacheinander seine Eier in den Mund. Bjarne bewegte sein Becken langsam auf und ab und Caspers Zunge spielte mit ihm. Stöhnend beschleunigte er seine Beckenbewegungen, bis er Casper losließ. Dieser ächzte frustriert, weil er wieder warten musste. Kurz bevor Bjarne kam, entzog er sich Casper.

»Ich bin gleich wieder da«, sagte er atemlos, verließ das Schlafzimmer und kehrte mit einer Schüssel zurück. »Du hast doch Hunger.« Er holte einen Löffel heraus, auf dem dunkle Mousse au Chocolat war.

»Was hast du vor?«, fragte Casper und hoffte, dass der Löffel in seinem Mund landen würde. Aber Bjarne grinste ihn nur frech an. Dann drehte er den Löffel und ließ die Mousse auf Caspers Brust fallen. Er verteilte sie, küsste Casper und leckte die Masse auf. Vor allem bei den Brustwarzen verweilte er lange, wohlwissend, dass Casper es liebte und es ihm noch mehr einheizte. Immer wieder riss Casper an dem Schal, hoffend darauf, dass er sich befreien konnte, um sich selbst zu erlösen.

»Schatz, bitte, ich kann nicht mehr«, flehte Casper, was nur mit einem Lächeln beantwortet wurde und einem Griff an seine Eier.

Als Bjarne die Mousse von Casper geleckt hatte, holte er das Gleitgel aus dem Nachtschrank und rieb Caspers Schwanz damit ein. »Du willst endlich kommen?« Er verteilte Gel um sein Loch, bereitete sich vor und setzte sich auf Casper. In Erwartung des ersten kurzen Schmerzes ließ er sich sinken, beugte sich nach vorne und verwickelte Casper in einen langen Zungenkuss. Ansonsten verharrte er seiner Position.

»Bitte«, unterbrach Casper den Kuss und versuchte, sich unter Bjarne zu bewegen.

»Du bist steinhart. Das muss ich auskosten.« Bjarne grinste ihn an und küsste ihn, bevor er langsam begann sein Becken anzuheben und wieder zu senken.

»Oh Gott, verdammt«, jaulte Casper auf, zerrte am Schal und kam Bjarne mit dem Becken entgegen. »Jetzt mach bitte endlich!«

Bjarne richtete sich auf, Casper komplett in sich, umfasste seinen Schwanz und rieb mit seiner Hand darüber. Casper schloss die Augen und stöhnte.

»Bitte, Bjarne, bitte, ich platze gleich.« Bjarne betrachtete Casper, der es trotz des Bettelns genoss und wollte ihn nicht länger auf die Folter spannen.

Er beugte sich wieder nach vorne, rieb seinen Schwanz und küsste ihn, während er sie zum Orgasmus brachte.

»Krieg ich jetzt etwas Mousse?«, fragte Casper, als er normal atmen konnte und Bjarne lachte.

»Das ist so typisch mein kleiner Hausgeist. Ich binde dich los, dann können wir erst Lasagne essen, dann Mousse und danach …« Bjarne ließ den Satz im Raum hängen, befreite Casper, der sich unter Bjarne hervor schälte und zur Schüssel griff. Bjarne ließ ihn gewähren.

»Meine Güte, das ist so lecker«, brachte er genießerisch zwischen zwei Bissen raus.

Kurze Zeit später saßen sie nur mit Boxershorts bekleidet am Esstisch im Wohnzimmer und aßen die lauwarme, trotzdem leckere Lasagne.

»Also, wollen wir jetzt über den Brief reden?«, begann Casper erneut. Auch wenn Bjarne gebeten hatte, heute nicht mehr darüber zu sprechen, wollte er das abgebrochene Gespräch vom Vormittag nicht unbeendet lassen. Es wurmte ihn, dass er Bjarne allein gelassen hatte und so, wie er Bjarne kannte, würde er in der Nacht kein Auge zumachen, weil er über seine Eltern grübelte.

»Nein, ich will heute wirklich nicht mehr drüber reden. Ich habe mir vorgenommen, so zu tun, als ob nichts wäre.« Casper nickte und ließ das Thema vorerst fallen.

Kapitel 2

Bjarne brachte das vorgekochte Mittagessen zum Hof und durchquerte mit dem Topf in den Händen die Diele des Bauernhauses. Da Marion und Thomas im Urlaub waren, übernahm er das Kochen. Er hätte auch Marions Küche nutzen können, doch es war nicht sein Reich und er hasste es, wenn jemand anderes seine Ordnung durcheinanderbrachte.

Aus dem Büro hörte Bjarne Caspers Lachen dringen und eine weitere Stimme, die darin einstimmte und fragte sich, wer das war. Bestimmt ein Vertreter, der das beste Futter überhaupt hatte. Er hatte schon durch das fremde Auto auf dem Hof gesehen, dass Casper jemanden zum Termin da hatte. Den Eintopf stellte er auf dem Herd ab und war unschlüssig, ob er Casper stören durfte. Generell hatte dieser nichts dagegen, aber er mochte die Besprechung nicht unterbrechen.

Bjarne beschloss, erst einmal in die obere Etage zu gehen und sich ein wenig vorzustellen, wie es werden würde. Der Umbau des Hauses sollte morgen beginnen. Nicht mehr lange, und Casper und Bjarne würden offiziell zusammenwohnen. In ihrer eigenen Wohnung, die sie gemeinsam eingerichtet hatten und nicht nur als Übergangslösung in seiner kleinen Bude. Thomas und Marion hatten ihr Schlafzimmer im oberen Stockwerk letzte Woche geräumt und waren ins Erdgeschoss gezogen.

Hier musste nicht viel umgebaut werden. Nur die Raumaufteilung von guter Stube für Besuch, alter Stube für den Alltag und Esszimmer wurde neu aufgeteilt, tapeziert und Farbe an die Wände gebracht. Die gute Stube war dem Schlafzimmer gewichen. Der Raum wurde sowieso selten benutzt.

Bjarne ging von Zimmer zu Zimmer und rief sich die Pläne des Architekten in Erinnerung. Es wurden Wände eingerissen, andere neu eingezogen. Sie bekamen ihren eigenen Hauseingang von außen angebaut und das Treppenhaus zu Marion und Thomas wurde zugemauert bis auf eine Wohnungstür ins Erdgeschoss. So hatte jeder sein Reich.

Als Bjarne auf die Uhr blickte, waren fünfzehn Minuten vergangen und er hoffte, dass Caspers Termin beendet war und sie essen konnten. Er hatte lange geschlafen, von gestern Abend aufgeräumt und bisher nichts gegessen. Beim Gedanken an den Vorabend huschte ihm ein Lächeln übers Gesicht. Casper hatte nicht gezögert, als er ihn nach seinem Vertrauen gefragt hatte. Er hatte sich voll und ganz auf ihn eingelassen. In diesen Momenten fragte Bjarne sich, warum ihn in der letzten Zeit ständig Zweifel überkamen.

Der Besuch war noch da, als er vor der Bürotür stand. Was soll's, überlegte er, klopfte an und betrat das Büro. Direkt in der Tür blieb er stehen und ihm gefror das Lächeln auf den Lippen.

Moritz saß gegenüber der Tür direkt in Bjarnes Blickfeld. Schön weiterlächeln, dachte Bjarne, nichts anmerken lassen. Im nächsten Moment fragte er sich, mit welchem Auto Moritz gekommen war. Normalerweise erkannte er es und konnte sich auf eine mögliche Konfrontation mit dem Futterberater vorbereiten.

»Bjarne, schön, dass du da bist. Trink einen Kaffee mit uns.« Casper deutete einladend neben sich auf den leeren Stuhl.

»Hallo Moritz«, begrüßte Bjarne ihn kurz und knapp und wandte sich Casper zu.

»Wollte gar nicht groß stören. Ich habe das Mittagessen fertig und dachte, wir essen gemeinsam«, versuchte er sich rauszureden. »Ich wusste nicht, dass du heute einen Termin mit Moritz hast, und verschwinde wieder. Gib Bescheid, wenn du so weit bist.«

»Quatsch, setz dich hin.« Caspers Augen glänzten und Bjarnes Zweifel kehrten mit Wucht zurück. Casper freute sich bestimmt, Moritz zu sehen. Dabei hatte er ihm gestern Abend vorm Einschlafen noch gesagt, dass er ihn lieben würde.

»Jetzt setz dich schon. Du hast doch frei heute und dir brennt nichts auf den Nägeln«, forderte Casper ihn auf, erhob sich und schob Bjarne auf den Stuhl neben sich. Moritz tippte angeregt in seinem Laptop, der vor ihm stand. Casper holte eine Tasse, stellte sie vor Bjarne und goss ihm Kaffee ein.

Bjarne griff nach dem Becher, starrte auf die schwarze, dampfende Flüssigkeit und schob die Tasse von einer in die andere Hand. Er begriff sich selbst nicht mehr. Sonst hatte er keine Probleme damit, wenn Casper flirtete, war sogar stolz darauf, dass sie Interesse zeigten. Aber Moritz war ein rotes Tuch für ihn. Er fühlte sich wie ein Konkurrent an, als ob er neben ihm bestehen müsste.

»Also Casper, ich druck dir eben die Futter-Unterlagen für die kommenden Wochen aus«, meldete sich Moritz zu Wort. »Hast du übrigens schon gehört, dass Professor Klampe aufhört?« Moritz' kleiner Drucker spuckte Papiere aus.

»Nein, im Ernst? Ich dachte, der wird mit hundert Jahren

noch im Hörsaal stehen und Studenten unterrichten. Wo hast du das her?« Casper reagierte überrascht.

»Von Johannes Lepper. Kennst du den?«

»Aus Heidendorf? Ja. Der war mit mir in Osnabrück.«

»Genau der, da war ich gestern. Der hatte in der Uni angerufen, weil er etwas wissen wollte vom Prof und da hat er ihm das erzählt.«

»Sehr schade. Ich fand ihn immer klasse.«

Während Bjarne dem Gespräch der beiden lauschte, fragte er sich, was er hier sollte, und trank einen Schluck. Prompt verbrannte er sich die Lippen.

»Autsch«, entfuhr es ihm und Casper drehte sich zu ihm.

»Was hast du gemacht?«

»Nichts, nur den Mund verbrannt. Nicht so schlimm«, wehrte Bjarne ab und hielt sich einen Finger an die Lippe.

»Zeig mal her.« Casper zog die Hand weg und schaute sich die Stelle an. Dann drückte er ihm einen Kuss auf.

»Besser? Ist nichts zu sehen.«

Moritz klappte geräuschvoll den Laptop zu, griff zu den Papieren im Drucker und schob sie zu Casper.

»Hier, damit deine Damen nicht hungrig sein müssen.« Er grinste Casper an, der seine Aufmerksamkeit wieder Moritz schenkte.

Bjarne atmete tief durch. Er kam sich wie das fünfte Rad am Wagen vor, das nur hervorgeholt wurde, wenn einem anderen Reifen die Luft ausging. Zusätzlich spürte er die aufgeladene Stimmung zwischen Moritz und ihm. Wie bei einem Hahnenkampf, dachte Bjarne.

»Tja, ich störe euch dann mal nicht länger«, meinte er, stand auf und wollte gehen, als Casper nach seinem Arm griff.

»Du störst nicht. Was hältst du davon, wenn wir Moritz mal zum Abendessen einladen?«, schlug Casper vor und schaute begeistert von einem zum anderen. Bloß das nicht, dachte Bjarne und rang sich ein gequältes Lächeln ab.

»Sehr gerne, aber im Moment habe ich keine Zeit. Zu viel zu tun.« Moritz blickte dabei vor allem Casper an und verzog bedauernd den Mund. Und obwohl Bjarne Erleichterung und Hoffnung durchströmte, dass dieser Moment länger andauern würde, hatte er seinen Blick ebenfalls auf Casper gerichtet, wollte sich seine Reaktion nicht entgehen lassen. Das Lächeln war aus Caspers Gesicht gewichen und Bjarne konnte ihm die Enttäuschung über die Absage ansehen. Der Stachel bohrte tiefer, stach heftiger ins Herz und die Widerhaken fuhren aus. So gern er ihn entfernen würde, so sehr setzte er sich fest.

»Schade, du verpasst ein Wahnsinnsessen. Gestern Abend hat Bjarne eine so leckere Lasagne gemacht und die Schokomousse war der Hammer«, schwärmte Casper und Bjarne verschluckte sich, als er an den Einsatz der Mousse dachte.

»Aber wenn du irgendwann mal Zeit hast, kannst du gerne jemanden mitbringen. Vielleicht hast du dann einen Freund«, schaltete sich Bjarne hastig ein, bevor Casper die Gelegenheit zum Weitersprechen hatte.

»Ich denke nicht, dass ich einen Freund mitbringen werde. Ich halte nichts von monogamen Beziehungen. Glaube nicht daran, dass man sein Leben nur mit einer Person verbringen kann.« Dabei guckte er wieder zu Casper und grinste.

Bjarne hustete und blickte Casper mit großen Augen an. Sein Magen verknotete sich. Da hatte er es. Von wegen Moritz würde nichts von Casper wollen, wie er es seit Wochen predigte. Das war eine eindeutige Anmache und Casper bekam es nicht mal mit. Am liebsten hätte er ihn gepackt und geschüttelt. Wie konnte man mit so einem Brett vorm Kopf herumlaufen?

»Warst du denn noch nie verliebt?«, fragte Casper Moritz.

»Natürlich, aber ich schaue mich trotzdem gerne um und habe Spaß mit anderen. Es gibt so viele gut aussehende und nette Männer. Warum also nicht? Vorausgesetzt der Partner hat kein Problem damit.« Er nahm seine Tasse in die Hand und leerte sie.

»Und wenn er es hat?«, meldete sich Bjarne zu Wort. Sein Mund war ausgetrocknet und er trank einen Schluck.

»Dann wird es nichts auf Dauer.« Provozierend sah Moritz Bjarne an. Dieser musste sich zusammennehmen, um ihm keine reinzuhauen. Dieser Kerl schaffte es, dass er über seine Vorsätze, niemals Gewalt anzuwenden, hinwegsehen wollte.

»Und wenn der Typ sich als deine große Liebe herausstellt?«

»Das weiß man doch gar nicht so früh«, winkte Moritz ab.

»Also ich wusste sehr schnell, dass Casper der Richtige für mich ist!« Das klang schärfer als gewollt. Bjarne wollte Moritz nicht die Genugtuung geben, ihm zu zeigen, wie er sich fühlte, sondern eher cool und überlegen wirken. Casper sah zwischen ihnen hin und her, wie beim Tennis.

»Das soll es geben. Habe ich schon von gehört. War bei mir bisher noch nicht so.« Moritz schob den Stuhl zurück, erhob sich und hängte sich seine Taschen mit Laptop und Drucker um. »Ich muss jetzt weiter. Wir sehen uns in vier Wochen.« Er reichte Casper die Hand, der aufgestanden war, und hielt sie für Bjarnes Geschmack einen Ticken zu lang fest. Bjarne blieb sitzen, nahm aber die dargereichte Hand von Moritz entgegen. Er wollte sich keine weitere Blöße geben. Dann verließ Moritz das Büro.

»Du warst ganz schön bissig«, meinte Casper zu Bjarne, als Moritz verschwunden war.

»Und du hast nicht mitbekommen, wie er dich angemacht hat.« Bjarne stand abrupt auf. »Ich habe keinen Appetit. Das Essen steht auf dem Herd. Ich fahre nach Hause.« Bjarne drehte sich um und ließ einen sprachlosen Casper zurück. Und dabei hatte Casper gehofft, dass er Bjarne gestern Abend überzeugt hatte, dass Moritz für ihn nicht mehr war als ein Freund und er nur Bjarne und keinen anderen haben wollte.

Seufzend ging Casper in die Küche und überlegte, wie er Bjarne klarmachen konnte, dass er sich keinen anderen Partner wünschte. Auf Dauer machte es ihn mürbe, wenn Bjarne jedes Mal so eifersüchtig reagierte, wenn Moritz ins Spiel kam. Das war er nicht von ihm gewohnt.

Kapitel 3

Leon nahm ein Schluck von seiner Cola. Er saß bei Bjarne im Wohnzimmer auf einem Flügel des Ecksofas. Bjarne hockte auf dem anderen, starrte auf sein Bier und knibbelte das Papier von der Flasche.

»Dann fang mal an. Wo liegt das Problem? Normalerweise liebst du es, wenn andere mit Casper flirten und du nach einer Weile dazwischen gehen kannst«, forderte Leon Bjarne zum Reden auf. Dieser überlegte, was er sagen sollte, und holte tief Luft. Es fiel ihm unendlich schwer, darüber zu sprechen. Als ob da eine dicke, unsichtbare Mauer war, die sich einfach nicht einreißen ließ.

»Ja, und deswegen verstehe ich mich nicht«, seufzte Bjarne. »Ich war immer derjenige, der sich absolut sicher war. Casper brauchte sonst ständig die Bestätigung, dass ich nicht wieder gehen würde. Aber bei diesem Moritz ist das so anders.« Bjarne ließ sich gegen die Rückenlehne der Couch fallen und blickte an die Decke. »Der hat ihn heute vor meinen Augen angemacht und Casper hat das nicht mal mitbekommen!«, brachte Bjarne wütend hervor. Zumindest war er der Meinung, dass Casper es nicht wahrgenommen hatte. Dementiert hatte er es ihm gegenüber nicht. »Nein, er lädt ihn auch noch zum Essen ein und ich soll es kochen!«, schnaubte er.

»Wie angemacht? War der heute auf dem Hof, oder was?«
Leon richtete sich kerzengerade auf.

»Ja, er kommt alle vier Wochen.« Bjarne sah traurig zu seinem besten Freund. »Moritz hat ihn angeschmachtet und ihm groß und breit erklärt, dass er nichts von Monogamie hält und wenn ihm ein geiler Typ unter die Nase gerät, er zugreift. Dabei hat er die ganze Zeit Casper angeglotzt!«

»Wow und du warst dabei. Das ist heftig. Und Casper? Wie reagiert der?« Leon konnte nicht glauben, dass Casper das nicht mitbekam. Bei den Frauen früher hatte er das sofort verstanden und sie meistens freundlich aber bestimmt abgewimmelt, soweit er sich erinnerte.

»Der hat zurück gestarrt. Was ist, wenn ich … wenn ich nicht mehr interessant genug bin? Ich bin Koch, habe von Landwirtschaft keine Ahnung und mit Moritz kann er sich stundenlang austauschen. Sie kennen dieselben Leute, tauschen sich über Probleme aus und sprechen darüber.« Bjarne trank einen langen Schluck aus seiner Flasche und schaute zu Leon.

»Du weißt schon, dass du einen Knall hast, oder?« Leon beugte sich vor. »Boah Mann, glaubst du wirklich, deswegen liebt Casper dich nicht mehr? Lass ihn doch mit Moritz oder wem auch immer über Landwirtschaft quatschen. Ich habe auch keine Ahnung, was Lara in ihrem Büro macht. Für mich sitzt sie nur da und tippt auf ihrer Tastatur herum. Na gut, im Moment eher nicht, weil sie mit dem Baby zu Hause ist.« Leon nahm ein Schluck aus seinem Glas und griff nach der Schüssel mit Chips, die keiner angerührt hatte, und schob sich welche in den Mund.

»Also, ich habe zwar Casper noch nie in einer Beziehung außer mit dir erlebt, und wenn wir mal außer Acht lassen, dass er uns jahrelang verschwiegen hat, dass er schwul ist, würde ich behaupten, ist er ein ehrlicher Typ. Ihr redet sehr viel und offen miteinander. Und wenn Casper sagt, da ist nichts, dann ist da nichts. Vielleicht schwärmt er für diesen Moritz, na und? Dich liebt er!«

»Das mit dem Schwärmen hättest du weglassen sollen.« Genau das machte Bjarne solche Angst. Er setzte sich wieder aufrecht hin.

»Bjarne, er will dich heiraten. Er baut mit dir das Haus um und lässt dich in der alten Scheune schalten und walten. Der will ein Leben mit dir. Also, wovor hast du Angst?«

»Was ist, wenn es nicht mehr passt?«, flüsterte Bjarne und sprach zum ersten Mal aus, was ihn schon länger beschäftigte. Ein schmerzhafter Stich fuhr ihm durch den Körper. »Wir streiten ständig über Nichtigkeiten, haben kaum Zeit füreinander. Er ist ein totaler Chaot, natürlich nicht absichtlich, und ich mag es ordentlich. Ständig reden wir drüber. Es wurde ja schon besser, aber irgendwie hört es nicht auf. Wir beide haben so viel zu tun und …« Bjarne ließ den Rest des Satzes in der Luft hängen. Er hatte wirklich darauf gehofft, dass es nach ihrem Urlaub ruhiger zugehen würde, aber der Alltag hatte sie fest im Griff.

»Solche Phasen gibt es immer wieder. Die vergehen auch. Hat jeder. Sascha und Becki genauso wie Lara und ich. Ihr habt viel um die Ohren, plant einiges, da kann das kleinste Fitzelchen ausschlaggebend für einen Streit sein«, sagte Leon verständnisvoll. »Aber da ist doch noch mehr. Los raus damit.« Leon hatte Bjarne in den letzten Jahren gut kennengelernt und kannte die Anzeichen, wenn er nicht mit dem eigentlichen Grund rausrücken wollte. Er hatte oft genug mit ihm über seine

Eltern gesprochen, wenn sie ihn mal wieder verletzt hatten oder ganz am Anfang, als er seine Freunde aus Hamburg vermisste und sich hier erst eingewöhnen musste.

Casper und Sascha saßen nach dem Fußballtraining in Saschas Auto vor Bjarnes Wohnung und sprachen über Sascha.

»Ich wollte so viel wie möglich in Eigenleistung machen, damit wir Geld sparen.« Er klopfte leise mit den Fingern auf das Lenkrad. »Durch die Babyausstattung kommt nochmal ein Batzen hinzu. Becki kann nicht so, wie sie gerne wollte, weil ihr ständig schlecht ist und ihr Kreislauf nicht mitmacht. Und ich möchte nicht, dass sie dann alleine im Haus was macht.« Sascha seufzte. »Warum ist erwachsen sein eigentlich so kompliziert?« Er hatte das Gefühl, im Moment würde ihm alles über den Kopf wachsen. Aber es half ihm schon, mit Casper darüber zu reden. Er mochte Becki damit nicht belasten. Er hatte es unterschätzt ein Haus zu renovieren. Bei der Besichtigung hatte er nicht geahnt, was da alles auf ihn zukommen würde.

»Keine Ahnung, aber wenn du die Antwort hast, gib mir Bescheid. Und wenn du herausgefunden hast, wie man den Herzmenschen versteht, hätte ich auch gerne eine. Es ist so kompliziert, wenn man nicht weiß, was in ihnen vorgeht. Aber wie gesagt, wenn du Hilfe brauchst, gib Bescheid«, bot Casper an, was Sascha zum Lachen brachte.

»Genau, ihr baut die Scheune zum Laden um, das Familienhaus in zwei Wohnungen, in der Diele kommt ein Ein-Raum-Appartement für den zukünftigen Azubi hinzu, aber ich soll dich um Hilfe bitten. Du hast selbst genug zu tun.«

Casper fiel in das Lachen ein. »Hast recht. Aber vielleicht finde ich zwischendurch helfende Hände. Bei uns machen das meiste Handwerker. Bjarne hat es nämlich nicht so mit Handwerken. Der kann kochen, Texte formulieren und mit Menschen umgehen.«

»Und Moritz? Was ist mit dem? Was kann er?«

»Nicht du auch noch! Es reicht mir schon, dass Bjarne andauernd davon anfängt.« Casper verdrehte die Augen, lehnte sich am Sitz an und drehte seinen Kopf zu Sascha. Er verstand einfach nicht, was alle mit Moritz hatten. Konnte man sich nicht mit einem Menschen verstehen, ohne sofort in ihn verliebt zu sein? Und Sascha sprang auf denselben Zug auf. Doch statt sich mit Sascha zu streiten, antwortete er lieber vernünftig. Er hatte nicht die Kraft für eine Auseinandersetzung.

»Das ist eine von den Sachen, die ich nicht begreife. Bjarne ist immer so empfindlich, wenn es um Moritz geht. Er war noch nie eifersüchtig, aber bei Moritz ... Ja, ich finde, dass er gut aussieht, aber ansonsten ist da nichts. Wirklich.«

»Na ja, du erzählst schon viel von dem Kerl. Das ist sogar mir schon aufgefallen.« Sascha hielt kurz inne und überlegte, ob er den nächsten Satz sagen sollte, entschied sich aber dafür. »So war das am Anfang bei Bjarne auch.«

»Ach, so ein Quatsch.« Casper zog die Schultern hoch. »Wir haben nun mal viele Gesprächsthemen. Aber die habe ich mit Bjarne auch. Egal was ich sage oder mache, der glaubt mir einfach nicht, dass ich nur ihn will!« Er ließ die Schultern wieder sinken..

»Schon mal überlegt, dass Bjarne gar nicht eifersüchtig ist, sondern Angst hat?«

»Wovor sollte er denn Angst haben?« Casper riss die Augen

auf. Überrascht stellte er fest, dass er sich die Frage bisher nie gestellt hatte, weil es völlig abwegig für ihn war. Und auch jetzt noch war er ahnungslos. »Ich liebe ihn, will nur ihn. Glaubst du, ich würde ihn heiraten, wenn ich es nicht ernst meinen würde?«

»Manchmal frage ich mich ernsthaft, ob du nicht eine Brille brauchst. Bjarne hat vielleicht Angst davor, auf einmal alleine da zu stehen. Du bist die einzige Familie, die er noch hat. Du hast ihm wieder eine gegeben, nachdem er seine verloren hat. So etwas steckt man nicht mal eben so weg. Egal, wie lange das her ist.« Sascha machte den Eindruck, als ob er Casper gleich schütteln würde. »Leon ist derselben Meinung.«

»Du sprichst mit Leon über Bjarne und mich?«, fragte Casper entgeistert, der noch dabei war, das vorher Gesagte zu verdauen. Konnte es wirklich sein, dass Bjarne Angst hatte? Er behauptete zwar, dass er damit klar käme, dass seine Eltern sich von ihm abgewandt hatten, aber Casper kam der gestrige Streit in den Sinn. Der zurückgeschickte Brief hatte Bjarne zugesetzt und er weigerte sich, darüber zu sprechen. Normalerweise war eher Bjarne derjenige, der über alles reden und reinen Tisch machen wollte.

»Natürlich, ihr seid unsere besten Freunde. Da macht man sich Gedanken.«

Nachdenklich blickte Casper aus der Frontscheibe und entdeckte ein ihm bekanntes Auto. »Leon sitzt gerade oben bei Bjarne. Von wegen er ist krank.« Er deutete auf das Fahrzeug und Sascha folgte seinem Blick. Dann kam Casper ein Gedanke. »War das etwa geplant?«

»Tatsächlich. Nein, wir haben uns nicht abgesprochen. Nur mal über euch. Ich dachte wirklich, der ist krank.«

»Du glaubst mir doch, oder?«, fragte Casper Sascha. Er brauchte die Bestätigung seines besten Freundes. Wenigstens von ihm, der ihn sein gesamtes Leben kannte.

»Natürlich.« Sascha nickte bekräftigend. Das tat Casper gut. »Aber sei ehrlich zu dir selbst, Casper.« Casper bejahte und starrte aus der Frontscheibe. Das war er. Definitiv. In seinem Leben war für Moritz nur Platz als ein Freund.

»Warum führen wir eigentlich immer solche Gespräche im Auto?«, fragte Casper, fischte seine Tasche vom Rücksitz und hatte den Türgriff in der Hand.

»Keine Ahnung. Anscheinend sind wir hier am ungestörtesten.« Sascha grinste ihn an.

»Danke trotzdem. Und frag mich, wenn du Hilfe brauchst. Das quetsch ich dazwischen.«

Casper stieg aus und die beiden verabschiedeten sich, bevor er die Tür zuschlug.

Leon und Bjarne saßen im Wohnzimmer und sprachen über den Hofladen, als Casper dazu stieß.

»Hey Leon, siehst gar nicht so krank aus. Hättest auch zum Training kommen können«, begrüßte Casper ihn.

»Och, man merkt es vielleicht nicht, aber das Kratzen im Hals ist schon schlimm. Fühlt sich an, als ob eine Erkältung kommt«, redete Leon sich raus, grinste allerdings dabei. »Na, ich werde mal nach Hause gehen, mich auskurieren und nicht weiter meine Viren hier verbreiten. Habt noch einen schönen Abend.« Bjarne begleitete Leon bis zur Wohnungstür und verabschiedete ihn.

Derweil hatte Casper sich die Schüssel mit Chips und die halb volle Flasche Bier von Bjarne geschnappt und es sich auf der Couch gemütlich gemacht.

»Und worüber habt ihr gesprochen? Über uns?«, fragte Casper Bjarne, als der sich neben ihn setzte und sich an ihn kuschelte.

»Wieso ist das wichtig?«

»Nur so. Sascha hat mich darauf angesprochen, weil er und Leon sich über uns austauschen.«

»Was?« Bjarne richtete sich auf und guckte Casper erstaunt an. Der trank einen Schluck aus der Flasche und schob sich Chips in den Mund, bevor er nickte.

»Ja.«

»Leon hat auch damit angefangen.« Bjarne wollte sich nicht weiter darüber auslassen, was er genau mit Leon besprochen hatte. Ihm brannte noch das Erlebnis von heute Mittag auf den Fingern. Vor dem Training war Casper so in Eile, dass er keine Zeit gehabt hatte. Doch jetzt saß er entspannt neben ihm. Bjarne fasste sich ein Herz. Casper reagierte bisweilen genervt, wenn er das Gespräch auf Moritz brachte, jedoch war es auch von ihm nicht nett gewesen, Casper einfach stehenzulassen. Der hatte bisher noch nichts weiter dazu gesagt, sondern so getan, als ob es nie passiert wäre.

»Mal was anderes. Was war das mit Moritz heute Mittag? Du willst ihn zum Essen einladen?« Bjarne nahm Casper die Flasche ab, um selbst zu trinken. Casper seufzte.

»Ich dachte mir, wenn du ihn näher kennenlernst, merkst du vielleicht, dass da nichts ist. Aber ich bin mir nicht mehr sicher, ob das so gut ist.« Casper steckte sich wieder Chips in den Mund. »Was hältst du davon, wenn wir das Thema Moritz fallenlassen?«, schlug er vor und leerte die Flasche, die er Bjarne wieder abgenommen hatte. »Ich hole uns zwei Neue.« Casper stand auf und ließ Bjarne keine Zeit, etwas zu erwidern.

Seit Moritz gegangen war, lief die Szene im Büro ständig vor Caspers Augen ab. Sein Verständnis für Bjarne wuchs zwar, aber mit seiner Verunsicherung deswegen war er überfordert. Hinzu kam, dass er sich definitiv nicht mehr sicher war, Moritz und Bjarne öfter aufeinandertreffen zu lassen. Nur wie sollte er es anstellen, wenn Bjarne jeden Tag auf dem Hof arbeitete? Weshalb glaubte Bjarne ihm nicht einfach? Das war sonst nie ein Problem.

Casper kehrte zurück und kuschelte sich an Bjarne.

»Hast du deinen Eltern nochmal geschrieben?«, fragte er Bjarne, um ihn von dem leidigen Thema Moritz abzubringen, als er seine Position gefunden hatte.

»Nein, ich habe beschlossen, ihnen nicht mehr zu schreiben. Es ist ja nicht nur dieser Brief. Letztes Jahr Weihnachten ist das Päckchen auch wieder gekommen. Das ist doch der beste Beweis, dass sie mich aus ihrem Leben gestrichen haben. Und das werde ich jetzt auch endgültig machen.«

Casper zog Bjarne fest an sich und drückte ihm einen Kuss auf den Kopf. »Ich bin hier. Wir sind deine Familie. Das habe ich deinen Eltern damals schon gesagt und das meine ich auch jetzt noch. Wir bauen uns unsere eigene Familie.«

Bjarne nickte. So sicher, wie er sich gab, fühlte er sich nicht und Casper merkte das. Seine Stimme hatte beim Sprechen gezittert und seine Hände strichen über Caspers Arm.

»Ich weiß und ich bin sehr dankbar deswegen.«

Casper unterdrückte ein Gähnen und trank einen Schluck. »Wollen wir noch die Serie weitergucken?«

»Oder ins Bett gehen und kuscheln?«

»Eine sehr gute Idee. Ich trinke nur schnell aus.«

Bjarne lachte und überspielte damit seine Niedergeschlagenheit. Über kurz oder lang würde Casper sich nicht mehr so einfach abspeisen lassen.

Kapitel 4

»Herr Mattenwald? Sind Sie hier?«, tönte eine fremde dunkle Stimme durch den Stall. Casper verdrehte die Augen. Warum müssen die Leute immer schreien? Die mögen es schließlich auch nicht, wenn man durch ihr Haus bölkte. Er gab der Kuh, die er abtastete, einen sanften Klaps und krabbelte durchs Fressgitter auf die Futtertenne.

»Ich bin hier.« Er ging den drei Männern entgegen, die ihn gerufen hatten.

»Wir sind die Tischler für die Wand, die eingezogen werden soll«, sagte der Älteste, als er bei ihnen war und zögerte, Casper die Hand zu reichen. Schmunzelnd beobachtete Casper, wie er sich dagegen entschied. Er zog sich die Handschuhe aus und auf seinem Overall klebten Hinterlassenschaften der Kühe. Damit konnten die meisten Menschen nicht umgehen.

»Ja, mein Partner, Herr Kobek, müsste eigentlich da sein und Ihnen alles erklären.«

»Tut mir leid, aber es ist keiner da. Sie müssten mitkommen oder wir fahren wieder und machen einen neuen Termin aus.«

Casper fluchte innerlich und fragte sich, wo Bjarne steckte. Er hatte so viel zu tun, musste noch zu den Kälbern und heute Morgen waren die Kühe der Meinung alle auf einmal zu kalben. Und natürlich waren seine Eltern im Urlaub.

»Kommen Sie mit.« Er wischte sich die Hände an der Hose ab, holte aus dem Stallbüro seinen Schlüssel und die Männer gingen über den Hof ins Wohnhaus.

Als die Tischler ihre Utensilien aus dem Wagen räumten, bremste Bjarne neben Caspers Wagen und stieg aus.

»Sorry, ich habe verschlafen. Tut mir so leid!« Hastig kam er um sein Auto auf Casper zu. Der blitzte ihn wütend an.

»Nun ist zu spät. Ich hatte dich nur um diese eine Sache gebeten«, motzte er Bjarne an und marschierte los Richtung Stall. Bjarne fuhr sich mit den Händen durch die Haare.

»Na, das habe ich verkackt«, murmelte er und beeilte sich, um hinter Casper herzukommen.

»Tut mir wirklich leid. Ich konnte nicht einschlafen letzte Nacht und hab zusätzlich den Wecker vergessen zu stellen«, entschuldigte er sich. Casper blieb stehen und wandte sich Bjarne zu.

»Ist ja nicht so, als ob wir gestern noch drüber gesprochen hätten. Du hast gesagt, dass du dich vor der Arbeit um die Handwerker kümmern kannst, wenn ich die Nachmittage übernehme. Dann tu das auch gefälligst! Ich habe hier einen Arsch voll Arbeit, Patrick hat sich krank gemeldet, ich musste beim Melken helfen, bis Ersatz da war und konnte erst mit einer Stunde Verspätung anfangen! Entweder schaffen wir das hier gemeinsam, so wie wir es abgesprochen haben, oder es endet im Chaos!«, ließ Casper seinen Frust raus. Bjarne unterbrach Casper nicht, wusste er doch, dass er recht hatte. »Ich schaff das nicht alles alleine«, setzte Casper hinterher.

»Weiß ich doch.« Bjarne wollte Casper über den Oberarm streichen, aber dieser entzog sich ihm und enttäuscht ließ er den Arm sinken. Der war sauer. »Hör zu, ich kann bis um drei bleiben, dann muss ich erst zur Arbeit. Kümmer du dich um deine Sachen und ich bleibe dafür hier.« Casper brummte und ging weiter zum Stall. Er hatte seine Wut rausgelassen und er fühlte sich schon wieder besser. Außerdem war ihm klar, dass Bjarne es nicht mit Absicht getan hatte. Er war selbst in der Nacht durch das Herumgewälze von Bjarne ständig wach geworden und deswegen müde und reizbar.

Bjarne schaute Casper hinterher, bis er im Stalleingang verschwunden war. Er hätte sich in den Arsch beißen können für seine Blödheit. Zudem war er hundemüde. Aber in seinem Kopf schwirrten abwechselnd seine Eltern und Moritz herum und er konnte sie nicht wie sonst in eine dunkle Ecke vertreiben und seine Ruhe haben.

Bjarne atmete tief ein. Als Erstes würde er nach den Handwerkern sehen, dann einen starken Kaffee kochen und sich um das Mittagessen kümmern. Ob Casper wohl etwas dagegen hätte heute nochmal Lasagne zu essen?

Kapitel 5

»Ich sage dir, das war ein Tag. Die ganze Woche ist schon so anstrengend. Wäre ich in einem Bürojob würde ich sagen: Wie gut, dass Freitag ist.« Casper betrat die Wohnung, hielt das Handy ans Ohr und lauschte. »Du meinst also, das wäre kein Problem? ... Ja ... ja, alles klar ... was hast du gesagt?« Casper legte die Schlüssel in der Schale an der Garderobe ab, zog einhändig seine Jacke aus und hängte sie an einen Haken. »Ach, einfach anstrengend. Papa ist ja nicht da und da bleiben die Kälber auch an mir hängen und ein Mitarbeiter ist krank geworden. Einfach so viel auf einmal. Kommt ja ständig alles zusammen.«

Er betrat telefonierend das Wohnzimmer und blieb in der Tür stehen. Auf dem Sofa saß Bjarne, der ihn wütend anblitzte. Was machte der denn schon zu Hause? Habe sein Auto gar nicht gesehen, dachte Casper im selben Moment.

»Moritz, ich muss auflegen. Wir hören uns. Ja, tschüß.« Casper legte auf und schob das Handy in die Hosentasche, blieb aber stehen. Sofort machte sich das schlechte Gewissen in ihm breit, nur weil er mit Moritz telefoniert und Bjarne es mitbekommen hatte.

»Hey Schatz, musst du nicht arbeiten?«, fragte er Bjarne.

»Ich konnte früher gehen, kaum was los«, giftete Bjarne und

Casper verdrehte innerlich die Augen. Sein schlechtes Gewissen war verflogen, angesichts dieser Begrüßung. Er überlegte, was er wohl wieder falsch gemacht haben könnte.

»Was ist los? Habe ich die Spülmaschine nicht richtig eingeräumt? Bei der Waschmaschine das falsche Programm gewählt?«, fragte er genervt und lehnte sich am Türrahmen an. Die Arme hatte er vor der Brust verschränkt. »Ich habe heute echt keinen Nerv, Bjarne. Die Woche war anstrengend und ich möchte einfach nur unter die Dusche und auf die Couch.« Casper wartete Bjarnes Antwort gar nicht ab, drehte sich um und steuerte das Bad an. Die Dusche würde er sofort umsetzen und sich den Dreck des Tages vom Leib waschen.

»Was ist das?«, fragte Bjarne, der ihm hinterhergekommen war und mit einem kleinen rechteckigen und roten Papier vor seiner Nase wedelte. Casper hatte sich den Pulli ausgezogen und warf ihn demonstrativ in den Wäschekorb, bevor er den Zettel ergriff.

»Das ist eine Messeeinladung von Moritz Firma«, erklärte er Bjarne und reichte ihm das Papier zurück. Dann zog er sich weiter aus, bis er nackt war und trat unter die Dusche.

»Habe ich durch Zufall zwischen deinen Fachzeitschriften gefunden. Und sogar schon angemeldet hast du dich. Ist dir mal in den Sinn gekommen, dass ich mitkönnte?«

»Herrgott Bjarne, darf ich vielleicht erst mal duschen?« Er stellte die Brause an und das Wasser prasselte auf ihn nieder. »Ich dachte, so eine Landwirtschaftsmesse ist langweilig für dich. Ich schaue mir Trecker und Arbeitsgeräte an, quatsche mit anderen Bauern und lass mich beraten, was man besser machen könnte!«, rief Casper aus der Dusche, während er seine Haare schamponierte.

»Du hättest fragen können!«

»Dir geht's doch gar nicht um die Messe, sondern darum, dass die Einladung von Moritz kommt.« Casper öffnete die Duschtür und sah Bjarne an. »Soll ich mit Moritz schlafen, damit du endlich hast, was du mir vorwirfst?«

»Das habe ich überhaupt nicht gesagt!« Bjarne wusste, dass er laut war und die Nachbarn eventuell jedes Wort hörten, aber er konnte in diesem Moment nicht anders. Er zitterte vor Wut. Auf ihn wirkte es so, als ob Casper die Messe vor ihm verheimlichen wollte. Vor allem nach dem Termin, in dem Moritz Casper vor seinen Augen angemacht hatte.

»Was muss ich machen, damit du mir glaubst? Da ist verdammt nochmal nichts!« Bjarne setzte sich auf den Toilettendeckel, während Casper sich einschäumte. Seine Bewegungen waren schnell und wütend. Langsam riss Caspers Geduldsfaden endgültig.

»Offen sein. Glaubst du, dich zu einer Messe alleine anzumelden und mir nichts zu sagen, hilft?«

»Das habe ich einfach vergessen. Es tut mir leid!«

»Wann hättest du es mir denn erzählt? Nach der Messe? Wenn du freudestrahlend nach Hause gekommen wärst mit einem neuen Shirt und Mütze von Moritz' Firma? Nicht mal im Kalender hast du es eingetragen.«

Casper kam aus der Dusche, griff sich das Handtuch und trocknete sich ab. Bjarne verfolgte jede seiner Bewegungen und knickte ununterbrochen eine Ecke der Anmeldung hin und her. In ihm kämpfte der Stachel in seinem Herzen mit Caspers Worten.

Er glaubte ihm, trotzdem fand er die Einladung zwischen den Zeitschriften und nicht am Kühlschrank, wo sie sonst solche Mitteilungen hinhingen. Und dann war da noch ... Er wollte nicht weiter drüber nachdenken, schob es fort.

»Meine Güte, ich hätte es später schon eingetragen. Im Moment ist mein Kopf einfach mit anderen Dingen beschäftigt. Außerdem weiß ich nicht einmal, ob ich überhaupt hingehen werde. Falls es dir noch nicht aufgefallen ist, aber wir bauen gerade um!«

Casper hängte das Handtuch an seinen Platz zurück und verließ nackt das Badezimmer. Bjarne folgte ihm ins Schlafzimmer, wo Casper sich eine Boxershorts aus dem Schrank holte und sich anzog.

»Was willst du von mir hören, Bjarne?« Casper hob die Arme in die Höhe. »Was kann ich machen oder sagen, damit das aufhört? Ich weiß es nicht. Ich bin ratlos.« Casper stieg in seine Jogginghose, richtete sich auf, stellte sich direkt vor Bjarne und blickte ihm in die Augen. Er konnte sehen, dass Bjarne noch mehr beschäftigte. Ihm etwas auf der Zunge lag, aber er es nicht sagen konnte.

Bjarne blieb stumm. Konnte darauf nichts erwidern, wusste keine Antwort auf die Frage. Er fühlte sich vollkommen hilflos seinen eigenen Emotionen ausgeliefert. Hatte Angst Casper zu verlieren und er wusste, dass er mit seinem Verhalten im Moment genauso dazu beitrug.

Casper wendete sich kopfschüttelnd ab, ergriff einen Pullover, der über einem Stuhl hing und zog ihn über. Dann holte er eine Tasche aus dem Schrank, öffnete die Schublade mit den Unterhosen und Socken und begann einige davon in die Tasche zu packen.

Bjarne erwachte aus seiner Starre.

»Was machst du da? Casper?«

»Ich kann das gerade nicht. Diese Streitereien, du redest immer nur um den heißen Brei herum, aber nie darüber, was dich wirklich beschäftigt. Sag Bescheid, wenn es so weit ist.«
Casper packte Jeans, Shirts und Pullover in die Tasche, ging ins Bad und kam kurz darauf mit der vollen Kulturtasche zurück. Bjarne blieb im Schlafzimmer. Nicht fähig etwas zu sagen.

Als Casper fertig war, zog er seine Jacke an, nahm seinen Schlüssel und ging zu Bjarne. Müde rieb er sich mit einer Hand übers Gesicht.

»Ich liebe dich, Bjarne. Nur dich, niemand anderen. Die ganzen anderen sind mir völlig egal. Wenn du bereit bist, über das zu reden, was dich beschäftigt, und ich glaube nicht, dass es nur um Moritz geht, sondern auch um deine Eltern, bin ich da. Ich schreibe dir nachher, wo ich untergekommen bin.«

Casper trat zu Bjarne, der mit Tränen in den Augen vor ihm stand. Es tat ihm in der Seele weh, Bjarne so zu sehen, aber er war im Moment nicht fähig, diese Auseinandersetzungen zu führen. Es stahl ihm die Luft zum Atmen, raubte ihm seine Kraft, die er benötigte und machte ihn mürbe.

Er nahm ihn kurz in den Arm, drückte ihn fest an sich und gab ihm einen Kuss.

Dann verließ er die Wohnung.

In Wunden bohren

Band 3

Kapitel 1

»Hast du schon mit Bjarne gesprochen?«, fragte Sascha Casper. Sie waren dabei in Saschas neuem Haus einen der alten Teppiche zu lösen.

»Nein, habe ich nicht.« Casper zerrte heftiger am Teppichende und kehrte Sascha den Rücken zu. Er hatte keine Lust mit seinem besten Freund zum hundertsten Mal in dieser Woche darüber zu debattieren, warum er sich noch nicht bei Bjarne gemeldet hatte. Seiner Meinung nach sollte dieser den ersten Schritt machen, wenn er so weit war.

»Nicht, dass ich mich nicht freue, dich für meine Renovierung an den Abenden zur Verfügung zu haben, aber ihr solltet es klären. Du kannst nicht immer davon laufen, vor allem, wenn eure Wohnung fertig ist.«

»Lass uns das hier fertigmachen, in Ordnung? Möchte gerne ins Bett.« Casper richtete sich auf, drückte den Rücken durch und griff dann nach dem Spachtel, um eine hartnäckige Klebestelle des Teppichs zu bearbeiten. Sascha beobachtete ihn kurz und wollte noch etwas sagen, entschied sich aber dann dagegen. Er musste sich eine andere Strategie überlegen. Schweigend arbeiteten sie weiter.

Natürlich vermisste Casper seinen Bjarne sehr, alleine im Bett schlafen, war hart. Ihre kleinen Neckereien fehlten ihm, die Küsse, allgemein die Nähe. Wenn er nicht aufpasste, würde er hier noch losweinen und Sascha nicht lange fackeln und ihn zu Bjarne zerren.

Im Flur öffnete sich laut knarrend die alte Haustür und holte Casper aus seinen Gedanken. Julia und Becki brachen kurz darauf in Gelächter aus.

»Pause, gibt Pizza«, rief Julia laut, als sie sich gefangen hatte. Garantiert hatte sie Becki eine lustige Begegnung mit einem Patienten erzählt. Sie war Anfang der Woche aus Essen gekommen und übernachtete bei einer Freundin.

»Sehr gut, das kommt im richtigen Moment.« Sascha ließ das Ende des Teppichs fallen und setzte sich zu den Frauen an den klapprigen Tisch im Wohnzimmer. »Komm her, Casper. Wir machen gleich weiter.«

»Hey Casper, Bjarne war auf dem Hof mit einem fremden Mann«, sagte Julia, als er sich an den Tisch setzte.

»Er hat heute den Termin mit dem Architekten wegen des Hofladens.« Konnten sie nicht mal aufhören von Bjarne zu reden?, fragte Casper sich. Merkten sie denn nicht, wie schwer es ihm fiel, nicht alles stehen und liegen zu lassen und sofort zu Bjarne zu rennen? Er fehlte ihm so unsäglich, aber es war an Bjarne auf ihn zuzukommen. Mehrfach war er kurz davor gewesen, ihn anzuschreiben, löschte die Nachricht jedoch jedes Mal vor dem Absenden. Vor einer Woche hatte Casper ihm nur abends sehr kurz und bündig geschrieben, dass er bei Sascha untergekommen war.

»Wann vertragt ihr euch denn wieder?« Julia biss von ihrer Pizza ab. »Und könntest du mich mal aufklären, was eigentlich vorgefallen ist? Keiner will was sagen.« Sie blickte Casper fragend an.

»Können wir vielleicht mal über etwas anderes reden? Ich habe keine Lust darauf!« Casper warf das angebissene Stück in den Karton zurück, stand auf und widmete sich wieder dem Teppich im zukünftigen Büro.

Es verletzte ihn enorm, dass Bjarne sich bis jetzt nicht bei ihm gemeldet hatte. Er hatte darauf gehofft, dass er am nächsten Tag zu ihm kommen oder zumindest anrufen würde. Meistens lenkte Bjarne ein, wenn sie sich gestritten hatten, aber dieses Mal kam kein Lebenszeichen, außer einem nichtssagenden »Okay« auf seine letzte Nachricht. Seitdem nichts mehr. Er war Casper sogar aus dem Weg gegangen, wenn er auf dem Hof war. Er wusste von Julia, dass die beiden sich getroffen hatten. Bjarne hatte sie abgeholt, aber auch da, nichts.

»Ach Scheiße!« Casper trat auf den bereits gelösten Teppich ein, ließ sich auf den Boden sinken und verbarg sein Gesicht in den Händen. Wenn sie das schon nicht klären konnten, ohne dass er weglief, wie sollte es in Zukunft werden? Sie würden immer wieder solche Phasen durchlaufen. Hatte er bei seinen Eltern mitbekommen, aber da ist keiner ausgezogen.

Casper hörte Sascha näher kommen, als dieser über die kaputten Fliesen im Flur ging.

»Du solltest auf Bjarne zugehen. Jeder sieht, wie unglücklich du ohne ihn bist.« Sascha setzte sich neben ihn und boxte ihn sachte gegen den Oberarm. »Ihr gehört doch zusammen.«

Casper lugte unter seinen Händen hervor. »Warum meldet er sich nicht?«

Sascha zuckte mit den Schultern. »Vielleicht fällt es ihm schwer, darüber zu reden. Es ist nicht immer alles so einfach wie es scheint. Fahr zu ihm. Manches braucht seine Zeit. So wie du deine brauchtest beim Outing.« Sascha war froh, nicht schon wieder angefaucht zu werden und dass Casper dieses Mal zuhörte.

»Mal sehen. Jetzt arbeitet er. Samstags und sonntags ist immer viel los im Restaurant und vormittags arbeite ich.«

»Wenn du fertig bist mit Ausreden suchen, gib Bescheid. In der Zwischenzeit wartet noch eine Pizza auf dich und dieser Teppich muss heute noch raus. Sonst kriege ich Ärger mit Becki.« Casper rang sich ein Lächeln ab, atmete durch und begab sich wieder zu den anderen.

»Was ist das hier auf dem Teller? Auf keinen Fall ein Steak! Das ist ein Turnschuh nach einem Marathon! Mach das neu!« Bjarne nahm die Pfanne vom Herd und schmiss sie fast auf die Arbeitsplatte. Luca, der das Steak gebraten hatte, zuckte zusammen. Seit einer Woche war Bjarne unerträglich, keiner konnte es ihm recht machen. Tief in seinem Innersten wusste er das auch, mochte es aber nicht zugeben.

»Timo, du solltest das Gemüse schneiden und nicht den Spinat blanchieren«, blaffte er den Auszubildenden an.

»Das hatte ich ihm gesagt. Er ist mit dem Gemüse fertig«, meldete sich Luca zu Wort. Bjarne erwiderte darauf nichts, sondern schaute sich das Gemüse an und brummte nur Unverständliches. Dann verschwand er in seinem Büro und Luca und Timo seufzten erleichtert auf. Wenn Bjarne erst einmal dort war, kam er nicht so schnell wieder heraus.

Bjarne setzte sich an seinen Schreibtisch und rief den Dienstplan auf. Doch statt sich darauf zu konzentrieren, begaben sich seine Gedanken auf Wanderschaft. Er blickte durch das kleine

Fenster, das zur Küche führte. Allerdings erfasste er nicht, was dort vor sich ging. Er musste immer an die letzten Worte von Casper denken. Wieder griff er nach seinem Handy, öffnete den Chat mit ihm. Aber weiter kam er nicht. Was sollte er ihm schreiben? »Sorry, tut mir leid, ich habe überreagiert«? Und war Casper überhaupt bereit, mit ihm zu reden? Er seufzte. Er sollte sich melden. Immerhin wollte er mit Casper alles klären und ihn zurückhaben.

Als Bjarne wieder von seinem Handy aufblickte, sah er seine Chefin Ina auf sein Büro zukommen. Sie betrat es und schloss die Tür hinter sich.

»Können wir über deine momentane Laune reden?« Sie lehnte sich mit dem Oberkörper an die Tür und verschränkte die Arme vor der Brust. Ihre kurzen braunen Haare standen wie immer in alle Richtungen und mit dem Fuß tippte sie nervös auf und ab.

»War eine rhetorische Frage, oder?« Bjarne legte das Handy beiseite.

»Wenn du so weitermachst, kündigen bald alle und darauf habe ich keine Lust. Gutes Personal findet man nicht an jeder Ecke.« Sie rückte ihren Kellnergürtel zurecht, mit dem sie ihr Portemonnaie, sowie einen Block und Stift transportierte. Bjarne fiel auf, dass die Schnalle schon wieder ein Loch nach vorne gerückt war.

»Tut mir leid, ich achte drauf.« Er schämte sich dafür, dass sie es angesprochen hatte und er genau wusste, dass sein Verhalten in den letzten Tagen unter der Gürtellinie war.

»Es ist halt nicht die feine englische Art, deine Wut und deinen Frust an den Kollegen rauszulassen. Kauf dir einen Boxsack auf den du einprügeln kannst oder geh laufen oder mach irgendetwas anderes, bevor du zur Arbeit kommst. Und vor allem, klär deine privaten Angelegenheiten. Dann geht's dir gleich viel besser«, redete Ina auf ihn ein. »Entschuldige dich bitte bald bei ihnen.« Sie deutete mit dem Finger auf die zwei Kollegen, die in der Küche ihre Arbeit ruhig und schnell erledigten. Bjarne nickte. Bevor das Abendgeschäft losging, würde er die beiden Mitarbeiter in sein Büro rufen und mit ihnen reden. Bis dahin hatte er Zeit, sich seine Worte zurechtzulegen.

»Jetzt zu etwas anderem«, wechselte Ina das Thema. »Hast du die Mittagsangebote für die nächste Woche fertig? Dann kann ich die morgen früh runtertippen und auf der Homepage veröffentlichen.«

»Ja, warte kurz.« Bjarne riss ein Blatt von seinem Block ab und reichte es Ina.

»Brauchst du ein paar Tage frei? Nächste und übernächste Woche bekämen wir noch hin, aber dann ist Ostern und wir sind schon ausgebucht über die Feiertage.«

Kurz spielte er mit dem Gedanken, doch dann kam ihm die leere Wohnung ohne Casper in den Sinn und er verwarf ihn. Ihm reichten die Vormittage und Nächte, in denen sein Gedankenkarussell nicht stoppte. Er brauchte die Arbeit.

»Nein, danke für das Angebot. Aber ich krieg das hin.«

Ina schaute Bjarne prüfend an, verließ aber ohne ein weiteres Wort das Büro. Das schätzte Bjarne sehr an ihr. Sie sagte, was sie zu sagen hatte, zwang einem nie ihre Meinung auf, sondern vertraute ihren Mitarbeitern.

Erneut griff er nach seinem Handy, rief den Chat mit Casper auf und starrte drauf. Über kurz oder lang konnte er dem Gespräch nicht mehr aus dem Weg gehen. Aber es fiel ihm schwer, darüber zu reden, denn Moritz war nur die Folgeerscheinung des eigentlichen Problems.

Bjarne fuhr sich durch die Locken, schaute ein weiteres Mal in die Küche und ein schlechtes Gewissen zusätzlich zu seiner Beschämung beschlich ihn, weil er die Mitarbeiter tatsächlich widerlich behandelt hatte. Jetzt würde er erst den Dienstplan beenden und sich dann bei ihnen entschuldigen.

Kapitel 2

»Sascha, was sollen wir hier an einem Sonntagvormittag? Ich will duschen und den Stalldreck loswerden.« Casper und Sascha standen im zukünftigen Wohnzimmer der neuen Wohnung auf dem Hof. »Hast du wieder irgendeine blöde Überraschung oder so was geplant?« Casper rieb sich seine Hände an der Hose ab und blickte Sascha zweifelnd an.

»Vielleicht will ich dir ja mal bei deiner Wohnung helfen?« Sascha schaute Casper unschuldig an und lief in den Flur. Casper kam hinterher und hörte Stimmen die Treppe hochkommen. Sascha hielt die Plastikfolie beiseite, die als provisorische Tür in der neu errichteten Wand diente und dahinter erschien Leon mit Bjarne im Schlepptau.

Wortlos drehte Casper sich um, als er Bjarne entdeckte und verschwand im Wohnzimmer. Er war auf eine Konfrontation mit ihm nicht vorbereitet und wollte sich keine weiteren Vorwürfe anhören. Denn nichts anderes konnte es sein, wenn er sich nicht von alleine gemeldet hatte und wahrscheinlich auch nur auf Leons Wunsch hier war. Trotzdem bekam Casper ein klein wenig Hoffnung, dass sie sich aussprechen würden. Aber er erstickte sie direkt im Keim, wollte sich vor einer Enttäuschung bewahren.

Sein altes Sofa stand noch im Wohnbereich. Er setzte sich

darauf, verschränkte die Arme vor der Brust und wartete. Die anderen drei folgten ihm. Bjarne schaute kurz zu Casper, nur um sich dann ans Fenster zu stellen und raus zu starren. Leon winkte Casper zur Begrüßung zu.

»Könnt ihr bitte miteinander reden? Das ist doch sonst auch kein Problem zwischen euch«, begann Sascha. »Ich kenne kein Paar, dass so viel bespricht wie ihr.« Er lief im Raum auf und ab und gestikulierte dabei mit den Armen.

Leon lehnte sich an eine Wand. »Ich muss übrigens wieder los. Redet miteinander.« Sascha und Leon gingen wie aufs Stichwort zur Tür.

»Wir sind denn mal weg«, sagte Sascha und die beiden verließen den Raum. Casper und Bjarne hörten das Rascheln der Plastikplane und die leiser werdenden Fußtritte auf der Treppe, dann waren sie alleine. Sie starrten vor sich hin. Casper die gegenüberliegende Wand an und Bjarne aus dem Fenster. Nach einigen stillen Minuten stand Casper auf und tigerte im Raum auf und ab.

»Hast du nichts zu sagen? Nach einer Woche fehlen dir immer noch die Worte? Nicht dein Ernst, oder?« Casper blieb in der Mitte des Raumes stehen und blickte auf Bjarnes Rücken. Ratlos hatte Casper die Arme gehoben.

»Verdammt Bjarne, sag endlich was!«, schrie er ihn an, als dieser sich nicht regte. Erst in diesem Moment drehte Bjarne sich um. Hilflos zuckte er mit den Schultern und kaute auf seiner Unterlippe.

»Ich ... es ist ...«, begann Bjarne, konnte aber keine vollständigen Sätze bilden. Wie sollte er Casper klarmachen, was ihn bewegte? Das würde er nie verstehen.

»Ich glaube dir, wenn du sagst, dass du mich liebst. Ich

will nichts mehr als dich wieder bei mir zu wissen«, versuchte Bjarne es erneut. Fieberhaft überlegte er, was er sagen sollte, welche Worte ausdrücken würden, was er empfand.

Casper hatte sein Herumtigern aufgegeben und stand mit verschränkten Armen im Raum. Keinen Augenblick ließ er Bjarne aus den Augen.

»Dann sage mir endlich, was du hast«, sagte Casper und die Machtlosigkeit gegenüber der Situation, in der sie sich befanden, war deutlich aus seiner Stimme herauszuhören.

»Was wäre, wenn ich doch will, dass Moritz nicht mehr dein Berater ist?«, sagte Bjarne stattdessen ruhiger, als er sich fühlte und fixierte Casper, da er seine Reaktion nicht verpassen wollte, gepaart mit der Angst vor der Antwort. Was wäre, wenn er es rigoros ablehnen würde? Andererseits stand Casper vor ihm und sah schrecklich aus. Es tat Bjarne in der Seele weh, zu sehen, wie sehr Casper litt. Das war das Letzte, was er wollte.

»Das geht erst in einem Jahr. Habe ich die Tage im Vertrag nachgeschaut. Ich bin gebunden.«

Für Bjarne klangen die Worte wie ein Schlag ins Gesicht. Casper hatte bereits in Betracht gezogen, Moritz für ihn so schnell wie möglich ersetzen zu lassen. Er war bereit, mit jemand anderem zu arbeiten, damit Bjarne sich wohlfühlte. Das war etwas, mit dem Bjarne nicht gerechnet hatte.

»Tja, wenn du nichts weiter zu sagen hast, ich habe noch zu tun.« Casper ließ langsam die Arme sinken und ging zur Tür. Bjarne starrte ihm hinterher. Das zweite Mal innerhalb weniger Tage.

»Warte, geh nicht.« Bjarne war mit ein paar schnellen Schritten bei Casper und bekam ihn am Oberarm zu fassen, als er beinahe aus der Tür und im Flur war. »Gib mir bitte Zeit. Das mit Moritz werde ich schon hinkriegen. Bitte, komm wieder nach Hause«, bettelte Bjarne.

Casper drehte sich nicht um, schüttelte den Kopf, sagte aber nichts. Was brachte es, wenn Bjarne nicht bereit war zu reden? »Und was ist dann? Wie viel Zeit brauchst du? Einen Tag, einen Monat oder ein Jahr?«, fragte Casper und wischte sich die Hände an der Hose ab. Sein Herz pochte heftig in der Brust. Niemals hätte er gedacht, dass sie mal in solch einer Situation stecken würden.

»Wir wollen heiraten, Bjarne. Wir bauen hier eine Wohnung für uns. Glaubst du im Ernst, das würde ich alles machen, wenn ich Moritz hätte haben wollen? Und wenn ich ihn wollte, hätte ich längst mit dir geredet. Hätte ich euch beide haben wollen auch. Wann geht das in deinen verdammten Schädel?«

Casper entzog sich Bjarnes Griff und drehte sich zu ihm um. Dieser kaute wieder auf seiner Unterlippe und blickte auf den Boden. Casper hätte ihn zu gern in den Arm genommen, aber es ging nicht. Eine innere Sperre hielt ihn zurück. Solange Bjarne nicht bereit war, alles zwischen ihnen zu klären, konnte er es nicht.

»Ich weiß«, erwiderte Bjarne. »Nur wenn ich euch gemeinsam sehe, ist es wie zu unserer Anfangszeit.« Bjarne krochen die Tränen in die Augen. Er fand Caspers Blick, konnte ihn jedoch nicht deuten.

Casper atmete tief ein.

»Solange du mir nicht glaubst, kann ich das nicht. Tut mir leid. Ich bin so müde. So müde davon, dir immer wieder aufs Neue beweisen zu müssen, dass da nichts ist. Dass ich mit dir zusammen sein will. Du weißt, wo du mich findest, wenn du so weit bist.«

Casper ließ Bjarne alleine zurück und ging zu den Kälbern. Er brauchte jetzt eine Aufmunterung, musste erleben, dass sein Leben noch Sinn ergab, obwohl Bjarne nicht bei ihm war. Es war gut, dass er den Funken Hoffnung vorhin vergraben hatte. Holte ihn aber wieder hervor. Sie bekamen das garantiert in den Griff. Daran musste Casper glauben. Er konnte und wollte die Zeit mit Bjarne nicht über den Haufen werfen.

Bjarne ließ seinen Tränen freien Lauf und setzte sich aufs Sofa. Als es ihm besser ging, suchte er seine Taschen nach dem Handy ab und wählte Dominiks Nummer. Eigentlich hätte er lieber Leon angerufen, aber der hatte dieses Treffen mit initiiert und Sascha und er wollten, dass sie sich vertrugen und nicht weiter stritten.

»Na du untreue Tomate. Schön, dass du dich auch mal wieder meldest«, beantwortete Dominik fröhlich seinen Anruf. Das war zu viel für Bjarne und er weinte erneut.

»Hey, was ist los? Bjarne, sag doch was«, sagte Dominik besorgt. »Was hat der blöde Bauer angestellt?«

»Der ist kein blöder Bauer«, schluchzte Bjarne ins Telefon. Langsam beruhigte er sich. »Und er hat nichts gemacht. Eher ich.« Bjarne rieb sich über sein Gesicht und erzählte Dominik stockend von den letzten Wochen.

»Warte kurz, nur zum Verständnis. Casper ist ausgezogen und hat dich alleine gelassen? Der Arsch bändelt mit dem Berater oder was auch immer an und lässt dich hängen? Hat er sie noch alle?«, donnerte Dominik ins Telefon.

»Nein, du hast das falsch verstanden«, bremste Bjarne ihn, bevor er sich weiter hineinsteigerte.

»Was bitteschön habe ich denn falsch verstanden? Ist Casper ausgezogen?«

»Ja, aber ...«

»Hat er mit dem blöden Kerl geflirtet?«

»Ja, ab...«

»Bjarne, hör auf dir das schön zu reden. Dein ach so toller Bauer, wegen dem du aus Hamburg weggezogen bist, hat dich mit dem Typen hintergangen und dich als den Schuldigen hingestellt.«

Bjarne seufzte. Dominik konnte sich immer so aufregen. Es war dann unmöglich, mit ihm ein vernünftiges Gespräch zu führen. Er hätte Dominik nicht anrufen sollen.

»Kannst du mir bitte zuhören und mich ausreden lassen?«, versuchte er seinen Freund wieder herunterzuholen. Er hörte, wie Dominik auf der anderen Seite tief durchatmete.

»Okay, fang an.«

»Casper hat nichts mit Moritz. Zumindest sagt er das und ich glaube ihm. Aber ich habe Angst, dass da etwas zwischen den beiden werden könnte und ich komme da nicht gegen an.« Er hielt kurz inne, überlegte, ob er seinen nächsten Gedanken Dominik sagen sollte. Er fuhr sich durch seine Haare.

»Pack ein paar Sachen und komm nach Hause, Bjarne. Vielleicht brauchst du etwas Abstand. Wir gehen feiern, reden ein bisschen und haben Spaß.«

»Es lässt sich aber nicht alles mit feiern lösen. Was ist, wenn Casper sich wirklich in den Kerl verliebt? Was mach ich denn dann?« Selbst Bjarne hörte die Verzweiflung in seiner Stimme und es schnürte ihm die Kehle zu.

»Dann wirst du lernen, damit zu leben.« Dominiks Antwort so schlicht, legte sich wie ein Felsbrocken auf Bjarnes Herz und die Tränen suchten sich schon wieder einen Weg in seine Augen. Er sollte sich für heute krankmelden. So wie er aussah und sich fühlte, konnte er nicht arbeiten. Er ließ sich seitlich auf die Couch fallen.

»Sweetheart, du bist nicht allein. Hier in Hamburg sind deine Freunde. Du kannst immer zu uns zurück. Jederzeit.«

Bjarne liefen die Tränen lautlos über die Wangen. Aber das war genau das, was er nicht wollte. Er war sich sicher, nie wieder einen anderen so lieben zu können wie Casper. Er war seine Familie.

»Danke«, sagte er trotzdem. »Ich muss auflegen und mich für die Arbeit fertigmachen.«

»Okay, melde dich bald wieder. Ich möchte wissen, wie es dir geht, in Ordnung?«, bat Dominik und Bjarne sagte ihm zu. Sie verabschiedeten sich und Bjarne ließ die Hand mit dem Telefon sinken. Er wischte sich die Tränen aus dem Gesicht, wählte die Nummer seiner Chefin und meldete sich krank. Sobald er dazu in der Lage war aufzustehen, würde er nach Hause fahren. Eigentlich sollte dies hier mal sein Zuhause werden. Er hoffte inständig, dass er nicht alles kaputtgemacht hatte und das noch werden würde.

Bjarne lag bereits den ganzen Nachmittag auf dem Sofa und schaute eine Serie, von der er nichts mitbekam. Mittlerweile war es draußen dunkel geworden und der Fernseher war die einzige Lichtquelle im Raum.

Seine Gedanken kreisten nur noch um Casper. Er hatte nie Probleme gehabt, auszusprechen, was ihn bewegte. Aber jetzt konnte er es nicht. Seine Hände spielten mit der Fernbedienung, ständig schob er den Deckel des Batteriefachs auf und zu. In seiner Vorstellung kam Casper nicht mehr zurück und er lag wie ein Häufchen Elend auf ebendiesem Sofa und wusste nicht, wie es weitergehen sollte.

Plötzlich hörte Bjarne, wie von außen ein Schlüssel in der Wohnungstür gedreht wurde. Wie immer hakte das Schloss bei der Hälfte und die Tür wurde fester in den Rahmen gezogen, damit es sich zu Ende drehte.

Bjarne setzte sich auf. Konnte nicht glauben, dass er das Geräusch hörte. Doch es war definitiv seine Tür. Sein Herz klopfte schneller. Hatte Casper es sich anders überlegt? Bjarne schaltete die kleine Stehlampe an, stand auf und stellte sich in die Wohnzimmertür. In dem Augenblick betrat Casper den Flur und drückte die Tür von innen zu. Seine Reisetasche, die er in der Hand hielt, baumelte an seiner Seite. Ihre Blicke trafen sich. Casper räusperte sich.

»Sascha glaubt, es ist wieder alles in Ordnung und das wir uns versöhnt hätten. Ich wusste nicht wohin«, sagte Casper, der überrascht war, Bjarne um diese Zeit anzutreffen. Normalerweise arbeitete er jetzt. Eigentlich hatte er vorgehabt schon zu schlafen, wenn Bjarne nach Hause kam und ihm so aus dem Weg zu gehen.

Er betrachtete Bjarne, der schlimm aussah. Er hatte rot geweinte Augen und ein fleckiges, blasses Gesicht. Bei diesem Anblick zog es ihm das Herz zusammen. Er konnte es nicht ertragen, wenn sein Bjarne litt.

Bjarnes Hoffnung auf Versöhnung schwand. »Dies ist ebenso dein Zuhause wie meins. Das weißt du doch.«

Casper nickte. »Ich schlafe auf dem Sofa.« Er ließ seine Tasche fallen, legte seinen Schlüssel mit dem Spider-Man Anhänger an der Garderobe ab und holte seine Decke und sein

Kissen aus dem Schlafzimmer. Bjarne stand noch immer im Türrahmen, machte aber jetzt Platz.

»Das musst du nicht. Du kannst im Bett schlafen und ich geh aufs Sofa. Immerhin bin ich schuld hieran.«

Casper hatte die Decke und das Kissen auf der Couch abgelegt, den Wohnzimmertisch beiseitegezogen und wollte gerade das Sofa ausziehen. Er blieb stehen und wandte sich Bjarne zu, der mitten im Raum stand.

»Es geht hier nicht darum, wer Schuld hat oder nicht.« Casper verschränkte die Hände kurz am Hinterkopf und ließ sie dann wieder sinken. »Es geht darum, dass du mir sagst, was du fühlst und was in dir vorgeht. Und solange du mir nicht vertraust – so fühlt es sich nämlich für mich an – werden wir in dieser Situation verharren. Wir müssen jetzt halt den anderen vorgaukeln, dass alles in Ordnung ist.« Casper fragte sich zum wiederholten Male, seit er bei Sascha aufgebrochen war, wie er das anstellen sollte.

Bjarnes Magen zog sich zusammen, aber er nickte. Er war froh morgen und übermorgen noch frei zu haben. So hatte er zwei Tage Zeit, sich wieder in den Griff zu bekommen.

»Ich würde gerne schlafen.« Casper schaltete den Fernseher aus und zog das Sofa aus, dann ging er an Bjarne vorbei zu seiner Tasche, mit der er im Badezimmer verschwand.

»Natürlich«, murmelte Bjarne überflüssigerweise und er schlich ins Schlafzimmer. Er schloss die Tür hinter sich und legte sich so, wie er war ins Bett, kroch unter die Bettdecke und fühlte sich schrecklich einsam und allein. Mit einer Hand fuhr er über Caspers Betthälfte, wie er es schon die ganze Woche getan hatte. Ob Casper sich wohl auch so fühlte?, fragte er sich. Er hörte im Badezimmer die Toilettenspülung und kurz darauf den Wasserhahn. Dann war wieder Stille, bis einige Minuten später erneut das Wasser angestellt wurde. Als Nächstes wurde die Badezimmertür geöffnet. Casper schlüpfte jetzt bestimmt unter seine Decke im Wohnzimmer.

»Gute Nacht mein kleiner Hausgeist«, flüsterte Bjarne und schloss die Augen. Bloß schnell einschlafen und morgen aus diesem Albtraum erwachen.

Kapitel 3

Casper saß im Büro und kümmerte sich um den nie enden wollenden Papierkram, den sonst seine Mutter erledigte. Da diese aber im Urlaub war, wollte er zumindest das Gröbste selbst wegarbeiten. Er gab gerade die gelieferten Futtermengen in die Kontraktliste ein, als die Tür aufging und Sascha im feinen Arbeitsanzug im Raum stand.

»Hey, Casperle«, begrüßte er Casper, der nur die Hand hob und nicht mal aufschaute. »Was machst du noch hier? Es ist halb sieben. Solltest du nicht zu Hause sein?«, fragte Sascha, was Casper nun doch überrascht aufsehen ließ.

»Warte, da passt etwas nicht. Wenn du mich gar nicht mehr hier vermutet hast, was machst du dann hier?«, stellte Casper die Gegenfrage.

»Ich habe dein Auto vor dem Haus gesehen und dachte, sagst mal Hallo.«

Casper verlor jegliches Interesse an den Lieferscheinen und betrachtete Sascha aufmerksam.

»Wenn du früher einfach mal nur Hallo sagen wolltest, hast du dich vor irgendwelchen Sachen gedrückt. Raus mit der Sprache, wozu hast du keine Lust?«

Sascha kam zu Caspers Schreibtisch und zog sich einen Stuhl heran.

»Becki will gleich in ein Babygeschäft und Kinderwagen, Bett und so aussuchen«, sagte Sascha und klang alles andere als erfreut.

»Aber du freust dich doch aufs Baby, oder etwa nicht?«, hakte Casper nach. Bisher hatte er eher den Eindruck, als ob es Sascha nicht schnell genug gehen und er am liebsten bereits alles fertig haben würde.

»Ja, aufs Baby schon, aber es hat einem keiner gesagt, was das bedeutet. Weißt du eigentlich, worauf man alles achten muss?« Er stützte die Ellenbogen auf den Knien ab und knetete seine Hände. »Was ist, wenn ich den falschen Kinderwagen kaufe oder nicht das richtige Bett? Und Becki gerät jetzt schon in einen Kaufrausch. Das ist alles so teuer.« Sascha sank in sich zusammen.

»Hast du vielleicht Geldsorgen? Habt ihr euch übernommen?« Casper hatte noch im Ohr, dass Sascha in letzter Zeit öfter von Geld gesprochen hatte und wie viel die Babysachen kosteten.

»Nein, im Moment haben wir zwei volle Gehälter, aber wie soll das erst werden, wenn Becki nicht mehr ganztags arbeitet? Wir haben den Hauskredit, das Baby und wir müssen auch etwas zum Essen auf den Tisch bekommen.«

Casper rollte mit seinem Stuhl direkt neben Sascha und legte einen Arm um seine Schultern. »Hey, ihr schafft das schon. Ansonsten, keine Ahnung, vielleicht kann ich euch auch helfen zur Überbrückung.« Casper drückte Saschas Schulter, bevor er ihn wieder losließ.

»Ach Quatsch, hast selbst genug an der Backe. Das wird schon klappen. Schaffen andere auch. Mir kommen nur zurzeit die Zahlen immer wieder aufs Bett gekrochen.« Sascha seufzte.

»Wollte nur mal jammern und sah es als Einladung, als dein Auto noch vor der Tür stand.«

»Wer mir Asyl gewährt, darf so viel jammern wie er will bei mir. Stehe fast jederzeit zur Verfügung.«

In dem Moment ging erneut die Tür zum Büro auf und Bjarne stand in der Tür. »Casper, ich ...«, setzte er an, doch als er Sascha sah, stoppte er. »Hallo Sascha.«

Sascha hob grüßend die Hand. »Hab dein Auto gar nicht gesehen«, sagte er überrascht, Bjarne hier anzutreffen.

»Bin auch eben erst angekommen«, antwortete er Sascha und sah dann Casper an. »Ich fahre jetzt zu Leon und Lara Babysitten. Wir sehen uns später zu Hause.«

»Ist gut. Eventuell schlaf ich schon. Sei bitte leise«, bat Casper ihn. Er wünschte sich, dass Bjarne zu ihm kommen und ihn küssen würde. Wie gerne würde er Bjarnes Lippen wieder auf seinen spüren.

»Okay.« Bjarne drückte die Türklinke herunter, bewegte sich aber nicht. Er wartete, ob Casper noch etwas sagen würde, doch sie sahen sich nur kurz an bis Bjarne zurücktrat und die Tür von außen schloss.

»Und bei euch ist wieder alles in Ordnung, ja?«, fragte Sascha vorsichtig und blickte Casper ungläubig an.

Der wandte sich unter dem Blick und rollte die paar Zentimeter zu seinem Schreibtisch zurück. »Ja, habe ich dir doch gestern gesagt. Schlaf ich etwa noch in eurem Gästezimmer? Nein, oder?«

Sascha wollte gerade zu einer Antwort ansetzen, als sein Handy klingelte. Er ging ran und versicherte Becki, dass er schon fast zu Hause war. Dass er bei Casper auf dem Hof im Büro saß, verschwieg er ihr.

»Hast du ein Glück von Becki gerettet worden zu sein. Aber wir sind noch nicht durch.« Sascha stand auf, trat zu Casper und tippte mit dem Zeigefinger auf seine Schulter. Dann umarmte er ihn zum Abschied und stellte den Stuhl zurück.

Casper atmete tief ein. Einem flüchtig Bekannten konnten Bjarne und er vielleicht etwas vormachen. Aber nicht Sascha. Casper überlegte seit Tagen, wie er damit umgehen sollte, falls Bjarne weiterhin so eifersüchtig und verschlossen blieb. Auf Dauer konnte er das nicht. Ihn machten schon die letzten Wochen fertig. Aber ein Leben ohne Bjarne konnte er sich einfach nicht vorstellen. Widerwillig widmete er sich wieder den Lieferscheinen, gab es jedoch nach kurzer Zeit auf. Heute hatte er keinen Nerv mehr dazu und fuhr nach Hause.

Mit einer Scheibe Brot und einem Bier setzte er sich vor den Fernseher, konnte sich aber auf nichts konzentrieren. Er schaltete das Gerät ab und versuchte zu schlafen. Doch die Gedanken kreisten. Wie lange konnten sie die Scharade aufrechterhalten, bis es knallte? Was würden seine Eltern sagen, wenn sie bemerkten, was zwischen ihnen los war? Julia hatte heute beim Mittagessen schon so getan, als ob sie ihr Verhalten nicht mitbekommen hätte, aber Casper war sich sicher, dass sie sie beide beobachtet hatte und nur nichts sagte.

Irgendwann schlief Casper doch noch ein und bekam nicht mit, als Bjarne nach Hause kam, im Türrahmen des Wohnzimmers stehen blieb und auf seine Atmung lauschte.

Kapitel 4

Julia deckte den Tisch für das Mittagessen, während Bjarne am Herd stand und in der Sahnesauce rührte. Julia sprach von ihrem Klinikalltag – Anfang des Jahres hatte sie ihre Weiterbildung zur Fachärztin in der Allgemeinmedizin begonnen – und Bjarne blieb still. Versuchte, an den richtigen Stellen ein zustimmendes »Hm« einzufügen, zu lachen oder eine Frage einzuwerfen. Doch er bekam gerade mal die Hälfte mit und hätte nicht wiederholen können, was Julia erzählte.

Als Casper in die Küche kam, war das Essen fertig. Er stellte sich neben Bjarne. Seine körperliche Nähe zu spüren, war auf der einen Seite das, was ihm absolut fehlte, aber andererseits fiel es ihm gleichzeitig so schwer. Doch immerhin wollten sie nach außen hin den Schein wahren. Das bedeutete auch, dass er Bjarne küssen musste. Er erschrak bei seinem Gedanken, denn eigentlich liebte er es, Bjarne zu küssen. Als er sich zu ihm beugte, nahm er seinen Geruch wahr, schloss kurz die Augen und redete sich ein, alles war wie immer. Er küsste ihn flüchtig auf die Wange und wünschte sich, dass Bjarne seinen Kopf drehen würde und er seine Lippen traf. In diesem kurzen Augenblick schob er die letzte Woche beiseite.

Bjarne hielt ganz still, rührte nicht mal im Topf und fühlte der Berührung nach. Er kannte niemanden, der es so verstand wie Casper Schmetterlingsküsse zu geben. Im selben Augenblick zerschnitt es sein Herz, da ihm klar wurde, dass Casper das nur machte, weil Julia im Raum war.

»So ihr zwei, können wir essen? Ich habe Hunger«, unterbrach Julia sie, die am Tisch saß. Casper setzte sich dazu und Bjarne stellte das Essen in die Mitte, nahm seinen Platz ein und sie bedienten sich.

»Wie geht's jetzt eigentlich oben weiter?« Sie schob sich eine Gabel mit Tortellini in den Mund. »Die Handwerker machen doch die Wand endlich zu, oder? Und die Treppe wird auch schon geliefert. Können wir die Wand für die Haustür einhauen? Wollte schon immer mal auf eine Wand einhämmern.« Casper war bis heute nicht hinter Julias Geheimnis gekommen, wie sie es schaffte, zeitgleich zu reden und zu essen. Er würde jedes Mal hungrig vom Tisch aufstehen. Wobei er im Moment sowieso nicht viel Hunger hatte. Er aß nur das nötigste und wenn er Bjarne so ansah, ging es ihm ähnlich. Der schob seine Tortellini auch mehr hin und her, statt sie zu essen.

»Ja, sobald die Treppe steht, klopfen wir in die Wand einen Durchbruch für die neue Tür. Wenn du Glück hast noch diese Woche. Du darfst das gerne komplett übernehmen.« Bjarne schob sich eine Gabel mit Tortellini in den Mund und kaute darauf herum.

»Oh ja, das wäre echt cool. Lasst uns gleich mal gucken gehen.« Julia klatschte begeistert in die Hände.

»Aber beschwer dich nicht, wenn du nächste Woche lädiert im Krankenhaus rumrennst«, warnte Casper sie.

»Ach Quatsch.« Julia winkte ab.

»Also hier wollt ihr die Tür hinhaben? Kommt gleich die richtige Haustür rein?«, fragte Julia, die sich wie eine Alleinunterhalterin fühlte, als sie kurze Zeit später eine Etage höher im Flur standen.

Sie überlegte, was zwischen ihrem Bruder und Bjarne vorgefallen war und beobachtete die beiden. In Ordnung war ihrer bescheidenen Meinung nach gar nichts, jedoch hütete sie sich, das auszusprechen. Der Schuss konnte nur nach hinten losgehen und sie wäre mittendrin.

»Ja, aber erst, wenn die Treppe steht. Hoffentlich Ende der Woche.« Casper trat kurz zur Seite, weil einer der Handwerker an ihm vorbei wollte.

Julia ging nachdenklich von einem Raum zum nächsten.

»Also das alte Schlafzimmer von Mama und Papa wird euer Schlafzimmer und das Bad daneben bleibt auch, richtig?«

Casper folgte ihr und fragte sich, was das werden sollte. Bjarne blieb im Flur stehen und wollte nach Hause. Es war für ihn die reinste Hölle mit Casper in einem Raum zu sein, ohne ihm nah sein zu können. Er hörte die beiden wieder näherkommen.

»Und aus unseren Zimmern macht ihr ein großes Wohnzimmer mit Küche und Essbereich«, zählte Julia weiter auf, als sie im Flur ankamen.

»Ja.« Casper zog das Wort in die Länge und wartete darauf, dass Julia zum Punkt kam.

»Wo bitte schlafe ich, wenn ich zu Besuch komme?«, platzte sie heraus und drehte sich zu Casper. »Und was ist, wenn ihr

Kinder haben wollt? Wo kriegen die ihr Zimmer? Ihr müsst hier unbedingt noch weitere Räume machen.«

Bjarne schaute zu Casper. Auch das war ein noch unausgesprochenes Thema zwischen ihnen und er war, trotz der momentanen Situation, neugierig, wie Casper darauf reagierte. Er würde gerne irgendwann Vater werden. Bisher hatte er sich nur nicht getraut, das zur Sprache zu bringen und jetzt erst recht nicht.

Julia ging in den kleinen abzweigenden Flur, der zu Schlafzimmer und Bad führte. Dort gab es eine Tür, durch die man zum Söller kam und sie betrat ihn.

»Kinder?«, murmelte Casper leise. »Wir können nicht mal miteinander reden. Wie sollten wir da Kinder kriegen?«

»Casper«, setzte Bjarne an, doch der hob seine Hand.

»Sag jetzt nichts Falsches. Komm mir nicht mit: Aber das können wir. Weil, wenn wir es könnten, dann hättest du es schon längst getan.« Casper wurde mit jedem Wort lauter.

Julia tauchte wieder auf.

»Was ist denn hier los?«, fragte sie überrascht.

»Nichts ist los! Rein gar nichts, außer dass mein Verlobter es nicht schafft mit mir zu reden.« Mit beiden Händen zeigte Casper auf Bjarne, der auf den Boden blickte. »Ich bin mir nicht mal sicher, ob er mir vertraut. Vielleicht hätte ich mit Moritz schlafen sollen. Das hätte er mir dann nicht geglaubt und alles wäre gut gewesen!« Casper ließ seinem Frust freie Bahn. Bjarne wurde immer kleiner, wenn er gekonnt hätte, wäre er in dem viel gerühmten Loch verschwunden.

Die Handwerker hatten aufgehört zu arbeiten und beobachteten gespannt, was passierte.

»Ich glaube, Sie haben Mittagspause, oder?«, rief Julia den

beiden zu, die sofort murrend abzogen. Casper und Bjarne registrierten es nur am Rande. Sie waren zu sehr auf sich fixiert und hatten die Handwerker vergessen.

»Ich glaube und vertraue dir. Es ist nicht nur Moritz.« Bjarne schob einen Dreckklumpen auf dem Boden mit dem Fuß hin und her.

»Was dann? Ist es so schlimm, dass du es mir nicht sagen kannst? Bist am Ende du derjenige mit einer Affäre und sagst es nicht?« Casper schrie Bjarne an und es befreite ihn, nichts mehr vorzuspielen. Er konnte es nicht und hätte es nie machen sollen.

Bjarne blickte Casper mit großen Augen an, aus denen das Entsetzen sprach. »Das glaubst du nicht wirklich, oder?«

Julia war sich nicht sicher, ob sie gehen sollte oder lieber bleiben. Casper sah so aus, als ob er sich gleich auf Bjarne stürzen würde. Allerdings hatte sie bei einem Streit der beiden hier nichts verloren und verschwand nach unten, um die Küche aufzuräumen. Sollten sie das mal allein klären, dachte sie.

Weder Bjarne noch Casper bemerkten, dass Julia sie alleine gelassen hatte.

»Was soll ich denn glauben? Los, sags mir!« Casper breitete seine Hände fordernd aus. »Du reagierst eifersüchtig, wenn ich von Moritz rede. Siehst du uns zusammen, verhältst du dich wie ein Platzhirsch, der seine Beute verteidigen muss. Merkste selbst, oder?«

Bjarne wandte sich ab, ging ins zukünftige Wohnzimmer und setzte sich auf das alte Sofa. Tränen traten in seine Augen. Er konnte Casper verstehen, wahrscheinlich würde es ihm genauso ergehen, würde Casper sich so wie er verhalten.

»Und jetzt wieder weglaufen!« Casper kam ihm hinterher

und baute sich vor ihm auf. »Ich kann und will das nicht mehr. Wie soll ich dir helfen, wenn du mir nicht sagst, was los ist? Läuft es nicht so in einer Beziehung? Man unterstützt und hilft sich gegenseitig?« Er stemmte seine Fäuste in die Hüften und sah auf Bjarne hinab. Der hatte seine Ellenbogen auf den Oberschenkeln abgestützt und sein Gesicht in den Händen verborgen.

»Was heißt das?«, fragte Bjarne mit zitternder Stimme. Er hatte schreckliche Angst vor der Antwort.

In diesem Moment befürchtete er, dass Casper alles hinschmeißen würde und seine Sorge, alleine zu sein, zutraf. Er konnte den Tränenstrom, der sich ansammelte, kaum noch aufhalten.

»Dass du gefälligst endlich den Mund aufmachen sollst. Dass ich keine Lust mehr auf dieses Theater habe, dass ich mir keine Zukunft vorstellen kann, in der wir uns anschweigen.«

Casper holte Luft, er bebte und fürchtete sich davor, was er in seiner Wut noch sagen würde, aber die Worte wollten raus, hatten sich angesammelt, ließen sich nicht mehr zurückhalten und mussten raus.

»Willst du so leben?« Casper wischte mit den Händen über seine Hose. »Hast du mir nicht erst auf der Insel gesagt, dass du mit mir und nicht neben mir leben willst? Dann zeig es endlich auch.«

Das war zu viel für Bjarne. Er schluchzte laut auf und ließ den Tränen freien Lauf. Casper schloss die Augen, sah Bjarne leiden und war noch hilfloser als all die Tage zuvor. Er wusste nicht, was er jetzt machen sollte.

Tief Luft holend, setzte er sich neben Bjarne und zog ihn an sich. Ließ ihn weinen, bis das Schluchzen langsam verklang.

Sein Puls fuhr auf normale Geschwindigkeit zurück und beruhigend streichelte er Bjarne über den Rücken.

»Was ist los? Warum kannst du mir nicht sagen, was in dir vorgeht?«, fragte er sanft.

Bjarne suchte nach Worten, fand jedoch keine Passenden. Stattdessen kuschelte er sich noch enger an Casper, nahm den vertrauten Geruch von Stall und Casper in sich auf.

»Ich glaube, ich ... ich ...«, schluchzte Bjarne um Worte ringend, während ihm die Tränen die Wangen hinunterliefen. »Ich glaube, ich trauere um meine Eltern«, brachte er einen vollständigen Satz hervor und weinte leise an Caspers Schulter weiter. Der sagte nichts. Es war das Erste, was Bjarne von sich gab, ohne dass er Moritz vorschob. Also wartete er, bis Bjarne so weit war.

»Ich weiß, das klingt komisch, weil sie nicht gestorben sind.« Bjarne beruhigte sich langsam und endlich laut ausgesprochen zu haben, was ihn seit Wochen bewegte, tat unheimlich gut. Es nahm ein Gewicht von ihm, machte es aber auch greifbar und wahr.

Trotzdem durchströmte ihn Erleichterung. Erleichterung, Casper wieder nah zu sein und sich ihm mitgeteilt zu haben, auch wenn Bjarne viel Überwindung gekostet hatte.

»Ich finde nicht, dass es merkwürdig klingt.« Casper war heilfroh, dass Bjarne endlich sprach. Er drückte ihm einen Kuss auf den Kopf.

»Eher sogar normal. Du verabschiedest dich gerade von dem Gedanken, dass du sie jemals wiedersehen wirst. Ich kann mir nicht mal im Ansatz vorstellen, wie das ist. Das wird auch nicht von heute auf morgen vorbei sein. Ich würde sogar behaupten, das ist ein Trauerprozess, durch den du gerade gehst.«

Bjarne nickte an Caspers Schulter. Ihm war das in den vergangenen Wochen ebenfalls bewusst geworden und ihm wurde klar, dass der Lösungsprozess von seinen Eltern und der Verlust der Hoffnung auf Versöhnung schon sehr viel früher als er dachte, eingesetzt hatte. Er richtete sich leicht auf, um Casper anzusehen.

»Weißt du, seit ich den Beschluss gefasst habe, dir einen Antrag zu machen, beschleicht mich ständig die Angst, dich auch zu verlieren. Und dann kam Moritz daher. Ihr habt euch sofort gut verstanden, miteinander geflirtet, geschrieben und telefoniert. Es war anders als all die Male davor. Er versteht deine Alltagsprobleme mit den Kühen, kann dir helfen und ich stehe immer nur daneben und bin das fünfte Rad am Wagen.«
Bjarne löste sich aus der Umarmung und setzte sich gerade hin. Mit dem Ärmel seines Pullovers wischte er sein Gesicht trocken. Casper blickte ihn an und endlich machte es klick in ihm. Sascha hatte es angedeutet. Es war keine Eifersucht, oder nicht nur, sondern eher eine große Angst, die in Bjarne gewütet hatte.

»Ich kann gar nicht mehr ohne dich, Bjarne. Moritz mag meinen Alltag verstehen, aber du kennst mich. Spürst wie es mir geht ohne zu fragen. Mit dir kann ich über all meinen Scheiß reden und mit dir baue ich mein Leben auf.« Casper deutete mit einem Arm einen Kreis an. »Ich habe dich die letzte Woche so vermisst. Es war so kalt im Bett ohne dich.« Bjarne lächelte und griff nach Caspers Hand.

»Ich dich auch. Habe so schrecklich geschlafen, wie schon lange nicht mehr. Ich wusste nur einfach nicht, wie ich dir sagen sollte, was da in mir vorging. Mir wurde es selbst erst vor Kurzem klar.«

Casper legte seinen Arm auf der Rückenlehne ab und begann mit Bjarnes Locken zu spielen. Er beugte sich vor und küsste Bjarne. Genoss es, wieder seine Lippen zu spüren, die Nähe zwischen ihnen.

»War nicht einfach.« Casper stupste Bjarne sachte an. »Aber jetzt hat das Gespenst einen Namen und wir gehen gemeinsam damit um.«

Bjarne nickte. Er kuschelte sich an Casper, legte seine Arme um ihn und wünschte sich, dass sie auf ewig in einem Kokon bleiben könnten, in dem es ruhig und friedlich war.

Als Casper abends nach Hause kam, fand er Bjarne in der Küche. Er hatte den kleinen Tisch fürs Abendbrot gedeckt und schon zwei Flaschen Bier bereitstehen. Casper zog Bjarne in eine Umarmung und küsste ihn. Wie hatte er diesen Kerl vermisst.

»Wie geht's dir?«, fragte Casper, als er Bjarne losließ. Seine Hände fuhren an Bjarnes Armen hinab und am Ende verflocht er ihre Finger miteinander. Dieser lächelte ihn an.

»Ganz gut wieder. Auf jeden Fall bedeutend besser als heute Morgen. Da dachte ich noch, es ist aus zwischen uns.« Casper zuckte zusammen. So weit hatte er nicht gedacht und es tat ihm unendlich leid, dass Bjarne durch seine persönliche Hölle gehen musste.

Bjarne bemerkte es und trat näher an Casper heran. Ihre Nasen berührten sich und er küsste Casper sanft. Kostete das Gefühl der weichen Lippen aus.

»Ich habe mich einfach für blöd oder so gehalten. Wie kann

man um seine Eltern trauern, obwohl sie doch noch leben und für den Gedanken geschämt. Sie sind ja nicht tot.« Bjarne legte seine Stirn an Caspers. So standen sie schweigend da, genossen die Nähe des anderen, die Berührungen und waren froh, wieder gemeinsam auf einem Weg unterwegs zu sein.

»Du bist weder blöd noch musst du dich schämen. Wie gesagt, ich finde das völlig normal. Und wenn du weinen willst deswegen, weine, wenn du drüber reden willst, rede. Ich bin hier bei dir und nirgendwo anders. So schnell wirst du mich nicht los.« Casper holte tief Luft. Er wollte noch etwas sagen, überlegte kurz, ob es der richtige Moment war. Aber gab es den überhaupt? Er musste ehrlich sein. Das hatten sie sich versprochen.

»Wobei du mich schon an meine Grenzen gebracht hast.«

»Ich weiß. Das tut mir so unendlich leid.« Bjarne streichelte zärtlich über Caspers Wange.

»Mach so was nie wieder, okay?«

»Ich werde mein Bestes versuchen.«

Casper grinste und küsste Bjarne noch einmal, dann ließ er ihn los. »Lass uns endlich essen, ich habe Hunger.« Er setzte sich an den Tisch und Bjarne nahm ihm gegenüber Platz.

Während er den ersten Bissen kaute, fiel Bjarnes Blick auf eine landwirtschaftliche Zeitung, die Casper morgens beim ersten Kaffee gelesen hatte. Auf der Titelseite war ein Messehinweis.

»Wirst du zu der Messe gehen?«, fragte Bjarne und spürte noch immer den altbekannten Stich beim Gedanken an Moritz. Wie lange würde es dauern, bis er den losgeworden war?

»Weiß ich nicht. Die ist erst im Juli. Ich habe aber heute die Anzahl angepasst. Ich kriege jetzt zwei Eintrittskarten. Du kommst nämlich mit, sollte ich gehen.« Casper grinste. »Dann kannst du dich langweilen bis zum Umfallen und vielleicht ein paar Inspirationen für den Laden holen.« Bjarne schüttelte den Kopf, lächelte aber.

»Ich bin gespannt.«

»Können wir noch einmal zu der Sache mit den Kindern kommen? Wäre das denn ein Thema für uns?«, fragte Casper zögernd und trank einen Schluck. Nach der Versöhnung mit Bjarne, hatte ihn der Gedanke den gesamten Nachmittag beschäftigt. Er wollte zumindest wissen, wie Bjarne Einstellung dazu war.

Bjarne blickte überrascht auf. Er hatte nicht damit gerechnet, dass Casper es ansprechen würde und heute schon gar nicht. Für ihn war das Thema in weite Ferne gerückt.

»Ich habe nie darüber nachgedacht und hatte das bereits im Teenie-Alter abgehakt.« Wieder griff Casper nach seiner Flasche. Seine Kehle kam ihm so trocken vor. »Das bedeutet nicht, dass ich das grundsätzlich ausschließe. Ich kann es mir nur im Moment nicht vorstellen.«

»Wirklich?« Bjarnes Augen strahlten. »Ich wäre gerne Vater. Allerdings ist das eine Verantwortung, die man wollen muss.«

Casper lachte. »Ich helfe jeden Tag kleinen Tierbabys auf die Welt. Glaube mir, ich weiß, was Verantwortung bedeutet. Ich habe einen ganzen Stall voll davon.«

Bjarne wollte zu einem Widerspruch ansetzen, als Casper dazwischen fuhr.

»Ich weiß, das ist etwas anderes. Aber wie gesagt, ich kann es mir schon vorstellen. So ein oder zwei. Aber mehr nicht.«

»Das wäre perfekt.« Bjarne knibbelte das Etikett von der Bierflasche und ließ Casper nicht aus den Augen. »Allerdings sind Adoptionen nicht einfach und ein langwieriger Prozess. Es könnte sein, dass wir nie Eltern werden. Wir müssen Kurse belegen, uns über das Alter des Kindes klar werden. Babys will jeder, aber was ist mit den älteren Kindern?« Bjarne holte Luft. »Ich würde mich sehr freuen, wenn wir das angehen.«

Casper schaute Bjarne mit großen Augen an. Ihm war zwar schon spätestens bei der Geburt von Leons und Laras Tochter klargewesen, dass Bjarne sich Kinder wünschte, so wie er sich um seine Patentochter kümmerte, aber wie tief dieser Wunsch anscheinend saß, wurde ihm erst jetzt bewusst. Worüber hatten sie nur die letzten Jahre geredet? Über Nonsens? Er hatte das Gefühl, die wirklich wichtigen Themen hatten sie umschifft. Unbewusst setzte er sich gerade hin.

»Wann hast du dir eigentlich angewöhnt, dich erst ewig mit Themen zu beschäftigen, bevor du mit mir sprichst? Wie lange hier schon?«

Bjarne errötete leicht.

»So etwa ein Jahr?«, brachte er langsam hervor.

»Und dann sagst du nichts?« Caspers Augen wurden immer größer. Was war mit ihrer Verabredung, ehrlich zueinander zu sein geworden? Sie mussten unbedingt in den nächsten Tagen darüber reden. Bjarne sollte mit ihm über alles sprechen können.

Bjarne zuckte mit den Schultern. »Es war nie Thema.«

Kurzentschlossen fasste Casper einen Entschluss.

»Vorschlag, erst mal bringen wir den Bau der Wohnung, die Azubi Bewerbungen, das kleine Apartment und deinen Hofladen auf die Reihe. Dann heiraten wir und danach beginnen wir uns mit Adoptionen zu beschäftigen.«

Bjarne stand auf, umarmte Casper von hinten und küsste

ihn auf die Wange. Das brachte Casper einen Aufschub, sich nicht jetzt schon für oder gegen Kinder entscheiden zu müssen und er war erleichtert. Er wollte Bjarne nicht vor den Kopf stoßen und dem Gedanken wenigstens die Chance zum Reifen geben.

»Das ist ein toller Vorschlag.«

»Aber wenn ich der Meinung bin, das passt nicht, werde ich es sofort sagen und wir stoppen alles.«

»Natürlich.« Bjarne verteilte kleine Schmetterlingsküsse auf Caspers Wange.

»Was hältst du davon, wenn wir üben gehen? Versöhnungssex soll doch angeblich der beste Sex sein, oder? Wie gut muss dann erst Versöhnungs-Übungssex sein?«, fragte Casper.

»Versöhnungs-Übungssex? Du weißt schon, dass wir üben können so viel wir wollen und nichts passieren wird? Aber durchaus eine hervorragende Idee. Schlaf nur nicht ein.«

»Als ob ich jemals beim Sex eingeschlafen wäre«, empörte sich Casper und stieß den Stuhl nach hinten. Bjarne rettete sich mit einem Sprung seitwärts und lachte.

»Ich wollte nur sichergehen.«

Casper drückte Bjarne an den Kühlschrank und küsste ihn, verwickelte ihn in einen Zungenkuss. Mit den Händen schob er den Pulli hoch und streichelte über den Oberkörper.

»Du solltest mehr Yoga machen. Da wächst ein Bäuchlein.«

Casper hatte den Kuss gelöst und wanderte jetzt mit seinen Lippen küssend und redend zum Hals.

»Erstens ist das Pilates und zweitens, seit wann bist du so oberflächlich?«

Casper kicherte. »Seit ich weiß, dass ich bald heirate. Nach der Hochzeit darfst du gerne zulegen.«

Er hatte sich aufgerichtet und grinste Bjarne frech an. »Lass uns ins Bett gehen. Ist viel gemütlicher.«

Er zog Bjarne den Pulli aus und ging voraus. Vor dem Bett ließ Casper den Hoodie fallen und wurde im nächsten Moment auf die Matratze gestoßen. Er drehte sich auf den Rücken, als Bjarne schon über ihm hockte.

»Du findest also, ich sollte abnehmen, ja? Dann fangen wir doch direkt mal mit dem Sport an.« Er beugte sich runter und küsste Casper. Bjarne setzte sich auf Caspers Beinen ab und zog ihn hoch, um ihm den Pullover über den Kopf zu streifen. Mit einem sanften Schubs gegen Caspers Oberkörper brachte er ihn dazu, sich wieder hinzulegen.

Dann stand Bjarne auf und stellte lächelnd Musik auf dem Handy an. Er öffnete langsam seine Jeans und mit kreisenden Bewegungen zog er erst die Hose und als Nächstes die Boxershorts aus.

Casper stützte sich auf seine Ellenbogen, um einen noch besseren Blick zu erhaschen. »Ich wusste gar nicht, dass du so was kannst.« Er richtete sich noch weiter auf und seine Erregung stieg, je länger er Bjarnes Tanz beobachtete.

»Man muss ja auch nicht immer alles sofort preisgeben.« Bjarne zog seine Augenbrauen hoch und Casper lachte.

Mit einem finalen Hüftschwung befreite er sich von seiner Boxershorts. Als Bjarne komplett nackt war, krabbelte er aufs Bett, griff nach Caspers Hose, öffnete sie und entkleidete ihn von seinen letzten Kleidungsstücken. Er küsste sich an den Innenseiten der Oberschenkel nach oben und seine Hände streichelten über das Glied. Bei den Eiern angekommen, leckte und saugte Bjarne daran. Casper stöhnte leise, immer noch aufgerichtet, den Kopf genießerisch mit geschlossenen Augen in den Nacken gelegt. Doch dann beförderte er Bjarne auf den Rücken und küsste und massierte ihn am ganzen Körper. Sie ließen sich Zeit, verwöhnten sich gegenseitig, bis Bjarne es nicht mehr aushielt und kam. Casper folgte ihm kurz darauf.

Still lagen sie kuschelnd im Bett, bis Bjarne nach einer Weile die Bettdecke über sie zog. Hin und wieder küsste Casper Bjarne schläfrig am Hals, bevor sie einschliefen.

Kapitel 5

Bjarne und Casper standen am Donnerstag nach dem Mittagessen in ihrer zukünftigen Wohnung im Flur vor der Wand, in der bald ihre neue Haustür sein würde.

»Meinst du, Julia wird sauer sein, dass sie jetzt doch kein Loch in unsere Wand schlagen darf?«, fragte Bjarne und schob seine Hände in die Hosentaschen.

»Bestimmt. Sie hatte sich schon so darauf gefreut.«

»Hoffentlich macht sie es nicht trotzdem. Aber wir können doch nichts dafür, dass Andi diese Woche nicht kann.«

»Die baut uns die Treppe glatt selbst noch auf.« Casper seufzte. Kurz darauf hörten sie Julia heraufkommen. Sie war nicht allein, sondern unterhielt sich mit jemandem. Casper und Bjarne drehten sich zu der mit Plastikplanen verhängten Türöffnung um. Bjarne erkannte die Stimme sofort, Casper brauchte einen Moment, aber als die beiden durch die Tür traten, war er sich sicher.

»Dominik, was machst du denn hier?«, fragte Casper überrascht und war nicht begeistert, Bjarnes Freund zu sehen.

»Hey Dominik, warum hast du nicht Bescheid gegeben, dass du kommst? Ich hätte dich vom Bahnhof abgeholt«, rief im selben Moment Bjarne erfreut.

Dominik antwortete nicht. Stattdessen stürmte er auf Casper

zu, holte mit der Faust aus und schlug sie ihm ins Gesicht. Casper taumelte zurück, griff sich sofort an die Stelle. Dominik hatte ihn am Wangenknochen getroffen. Das Ganze ging so schnell, dass Casper drei Sekunden brauchte, um zu begreifen, was passiert war. Seine linke Gesichtshälfte pochte und er war noch zu überrascht von dem Angriff, um zu reagieren, als Dominik rief: »Ich habe dir gesagt, wenn du Bjarne wehtust, bekommst du es mit mir zu tun!« Dominik holte ein weiteres Mal aus. Doch Bjarne sprang vor Casper und fing Dominiks Arm ab.

»Komm runter. Hör auf! Was soll das?« Bjarne fiel ein, dass er Dominik hätte anrufen und ihm erzählen sollen, dass Casper und er sich wieder versöhnt hatten.

»Du hast gesagt, dass er ausgezogen ist. Dass es da einen anderen Typen gibt, mit dem er viel rumhängt.«

»Deswegen musst du doch nicht gleich herkommen und Casper verprügeln.« Bjarne drehte sich zu Casper um. »Wie geht's dir? Sehr schlimm?«

Julia war schon bei Casper und betastete vorsichtig sein Gesicht. »Warte hier, ich hole etwas zum Kühlen.« Sie warf Dominik einen giftigen Blick zu, der seine Hand schüttelte. »Und du hältst dich von meinem Bruder fern!«, zischte sie, als sie an ihm vorbei zur Treppe ging.

»Geht, es pocht. Er hat genau meinen Knochen getroffen.« Casper strich über die schmerzende Stelle, während Dominik seine Hand rieb.

»Mensch, das ist mal wieder typisch für dich. Hättest du dich nicht erst mal melden können? Wir haben das geklärt und uns versöhnt«, motzte Bjarne Dominik an. Der schaute von Casper zu Bjarne und zuckte mit den Schultern.

»Woher soll ich das bitteschön wissen, wenn du mir nicht Bescheid gibst?«

»Kann ich denn ahnen, dass du herkommst, um Casper zu verprügeln? Boah, Dominik, manchmal hilft reden.« Bjarne riss sich zusammen. Er war so wütend auf Dominik, der oft erst handelte und dann dachte, dass er ihn fast vor die Tür gesetzt hätte. Trotzdem fühlte er sich geschmeichelt, dass er extra gekommen war, um ihm beizustehen.

Julia erschien wieder im Flur mit einem Handtuch und einer Tüte Kaisergemüse aus dem Gefrierschrank und reichte beides Casper.

»Hier, leg dir das auf die schmerzende Stelle, aber nicht ohne Handtuch. Sonst kriegst du Gefrierbrand.«

»Danke dir.« Casper wickelte das Gemüse ins Handtuch und drückte es auf seine Wange. »Lasst uns runtergehen. Ich will mich hinsetzen.«

Er marschierte an den dreien vorbei nach unten ins Wohnzimmer, wo er in den gemütlichen Sessel seines Vaters sank, den Kopf anlehnte und die Augen schloss. Das Pochen im Gesicht ließ nach und er hoffte, dass er keinen blauen Fleck kriegen würde. Wieder einmal wurde ihm bewusst, warum Dominik und er nicht mehr beste Freunde werden würden. Dominik hatte bis heute die Hoffnung auf Bjarne nicht aufgegeben und das nervte Casper. Er war unberechenbar ihm gegenüber, mal freundlich und sie konnten sich unterhalten, dann war er wieder arrogant und ignorierte ihn.

»Den werfe ich gleich vom Hof. Kommt einfach vorbei und haut mir eine runter«, murmelte Casper.

»… heute erst kommen, weil mein Vater gestern Geburtstag hatte und auf meine Anwesenheit bestanden hat«, führte

Dominik aus, als er mit Bjarne und Julia ebenfalls das Wohnzimmer betrat.

Ich kann ihn nicht vom Hof werfen. Wie kann ich von Bjarne erwarten, Moritz zu akzeptieren und ich bin gegenüber einem seiner besten Freunde so engstirnig, dachte Casper. Trotz des Vorfalls strahlten Bjarnes Augen. Da musste Casper jetzt wohl durch.

Julia ließ sich auf die Couch fallen und Bjarne setzte sich neben sie. Er blickte Dominik auffordernd an und deutete mit dem Kopf zu Casper.

Dominik verdrehte die Augen, verstand aber den Hinweis. Er stellte sich vor Casper, stupste ihn an der Schulter an und wartete, bis er die Augen öffnete und ihn anschaute.

»Was? Willst du versuchen, sie mir auch noch zu brechen?«, fauchte Casper Dominik an.

»Entschuldigung. Ich habe da anscheinend etwas falsch verstanden.« Er hielt Casper die Hand hin, die dieser zögernd ergriff.

»Fährst du heute wieder?«, fragte Casper ihn mit einem hoffnungsvollen Unterton.

»Nein, erst morgen.« Dominik setzte sich neben Bjarne aufs Sofa. »Ich nahm natürlich an, dass hier ein völlig am Boden zerstörter Bjarne hockt, der aufgebaut werden muss und vielleicht für ein paar Tage nach Hamburg will.«

Casper grinste ihn süffisant an, wobei ihm direkt Schmerz durchs Gesicht fuhr und er es verzog. Trotzdem konnte er seine nächsten Worte nicht zurückhalten. »Natürlich, und du hast dich schon als rettender Engel gesehen, der ihn tröstet.«

»Okay, das reicht.« Bjarne erhob sich. »Ich muss jetzt leider zur Arbeit und kann nicht als Prellbock zwischen euch stehen.

Dominik, such dir ein Hotelzimmer, wir telefonieren heute Abend, wenn ich zu Hause bin. Julia, könntest du bitte dafür sorgen, dass sich die beiden nicht zerfleischen?« Auffordernd blickte er nun zu Casper. »Und Casper, kommst du mit mir zum Auto?« Er umarmte Dominik zur Verabschiedung und wartete an der Tür auf Casper. Der legte seine Kühlung auf dem Tisch ab und ging mit Bjarne.

»Könntest du bitte nett zu Dominik sein? Es ist schon süß, dass er den ganzen Weg hierhergekommen ist, um mich zu trösten.« Bjarne blieb am Auto stehen und lehnte sich mit dem Rücken an die Fahrertür.

»Ha, trösten.« Casper verschränkte die Arme vor der Brust. »Ich weiß ganz genau, wie sein Trösten aussieht.« Bjarne zog Casper zu sich heran.

»Wer im Glashaus sitzt, sollte nicht mit Steinen werfen.« Er grinste Casper an und küsste ihn. »Versuch einfach, nett zu ihm zu sein, in Ordnung?«

Casper seufzte.

»Ja, mach ich. Aber ich werde nicht sein Kindermädchen spielen.«

»Das hat auch niemand verlangt, aber du könntest ihm bei der Hotelzimmersuche helfen.« Bjarne küsste Casper noch einmal. »Bis später.«

Casper trat zurück, wartete, bis Bjarne vom Hof gefahren war und begab sich wieder ins Haus.

»Was machst du jetzt? Musst du der Kuh helfen?« Dominik lief Casper schon den gesamten Nachmittag im Stall hinterher. Julia hatte sich mit ihm um ein Hotelzimmer gekümmert, was schneller ging, als Casper lieb war und seit einer Stunde waren sie wieder zurück. Nachdem Julia sichergegangen war, dass sie sich nicht verprügeln würden, war sie zu ihrer Freundin gefahren.

»Nein, ich lasse sie ihn Ruhe und schreite nur ein, wenn es nicht vorwärtsgeht. Sie schafft das ganz allein.«

Sie standen am Gitter bei den kommenden Kuhmüttern. Dominik war überraschend nett zu Casper und schien ernsthaftes Interesse daran zu haben, was seinen Job ausmachte. Er war zwar nicht das erste Mal in Annendorf, aber das erste Mal, ohne dass Bjarne sich Urlaub genommen hatte und um ihn kümmerte. Casper war es suspekt, dass Dominik zurzeit so freundlich zu ihm war. Seine Wange erinnerte ihn immer noch daran, dass er ihn vor wenigen Stunden verprügeln wollte.

»Komm, lassen wir sie in Ruhe.« Casper ließ das Gitter los und ging zum Stallbüro. Dominik folgte ihm.

»Aber wie weißt du denn nun, ob sie Hilfe braucht?«, fragte er im Laufen. Casper holte sein Handy hervor, öffnete eine App und zeigte ihm das Display. Darauf waren einige kleine Bildschirme mit Kühen, Kälbern und vom Hof zu sehen.

»Ich habe vor Kurzem eine Videoüberwachung auf dem Hof angebracht. So habe ich alles Wichtige im Blick.« Casper setzte sich an den PC und begann zu tippen. Dominik ging ihm auf den Geist, aber er hatte Bjarne versprochen, sich um ihn zu kümmern. Wie gut, dass Bjarne ihm nicht das Versprechen abgenommen hatte, es Dominik auch angenehm zu machen und daher schleppte er ihn durch den ganzen Stall.

Dominik blickte sich suchend um, wo er Platz nehmen könnte und entschied sich lieber stehenzubleiben. Er hatte nicht damit gerechnet, Casper im Stall zu begleiten, während Bjarne arbeitete. Kurz hatte er überlegt, im Hotel zu bleiben, aber Julia hatte ihn überzeugt, dass er die Gelegenheit nutzen sollte, um Casper einmal anders kennenzulernen.

»Und was nun?« Dominik hatte die Arme vor der Brust verschränkt und tippelte ungeduldig mit einem Fuß auf. Er war es nicht gewohnt, nur dazustehen und nicht beachtet zu werden.

»Werde ich einiges am PC erledigen, danach Feierabend machen und nach Hause fahren. Du kannst mitkommen oder ins Hotel fahren.« Casper hoffte, dass Dominik genug Zeit mit ihm verbracht hatte. Eigentlich wollte er anfangen, die Fliesen im Badezimmer abzuklopfen, aber er hatte für heute den Papp auf. Er sehnte sich nach einer Dusche und der Couch.

»Wann macht Bjarne immer so Feierabend?«, erkundigte Dominik sich.

»In der Woche ist er meistens gegen elf zu Hause.« Casper tippte auf der Tastatur herum und behielt das Display seines Handys im Auge. Von draußen hörte er gedämpft das Ankommen eines Treckers. Gregor, der die Äcker für die Aussaat vorbereitete, war zurück vom Feld.

»Wir könnten noch zusammen zu Abend essen und dann fahre ich ins Hotel. Bjarne hat gesagt, dass er mich anrufen würde.« Casper schloss für einen Moment die Augen. Na toll, doch noch länger an der Backe, dachte er. Was will der bloß plötzlich von mir?

Casper rutschte auf dem Stuhl herum und wischte sich seine Hände an der Hose ab. In Hamburg hatte sich Dominik früher zwar um ihn gekümmert, wenn Bjarne arbeiten war, aber meist hatte er ihn genervt mitgeschleppt und tat so, als ob er sein Babysitter war.

Als sie endlich in der Wohnung ankamen, bugsierte Casper Dominik ins Wohnzimmer und verzog sich ins Bad. Das Ende der Dusche zögerte er heute lange hinaus. Bjarne hätte ihn bestimmt nach spätestens fünf Minuten hinausgezerrt.

Zum Abendessen würde er nur ein bisschen Brot schneiden, Wurst und Käse aufdecken. Vielleicht wurde er Dominik so schneller los, überlegte er, während er sich einseifte.

Im Wohnzimmer saß Dominik auf der Couch und zappte gelangweilt durch das Fernsehprogramm. Casper hatte sich eine bequeme Jogginghose und ein Shirt angezogen. Er wollte Dominik schon allein durch seine Kleidung das Gefühl geben, unwillkommen zu sein.

»Lass uns in die Küche gehen und essen. Dann müssen wir nicht alles hin und her schleppen«, sagte Casper und blieb in der Wohnzimmertür stehen. Er wartete nicht ab, bis Dominik bei ihm war, sondern ging direkt in die Küche und begann Teller und Besteck auf den Tisch zu stellen.

»Was gibt's denn?«, fragte Dominik, als er den Raum betrat.

»Wasser und Brot.« Casper öffnete den Kühlschrank und kramte Wurst, Käse und Butter hervor und stellte es auf den

Tisch. Als Letztes holte er das Brot, setzte sich hin und begann, ohne auf Dominik zu warten bis er so weit war, sich eine Stulle zu schmieren. Dominik platzierte sich auf den anderen Platz und starrte Casper an.

»Okay, ich habe es verstanden. Du willst mich nicht hier haben. War vielleicht auch nicht die feine englische Art, dir zur Begrüßung eins auf die Nase zu geben. Aber Bjarne ha...«

»Sag nicht, dass er um deine Hilfe gebeten hat«, unterbrach Casper Dominik mit eisiger Stimme. »Du hast gedacht, leichtes Spiel bei ihm zu haben und ihn endlich rumzukriegen.« Hätten Blicke töten können, läge Dominik auf dem Boden.

»Das wollte ich nicht sagen. Eher, dass Bjarne am Telefon völlig verzweifelt klang. Ich habe vielleicht eine Millisekunde die Hoffnung gehabt, dass es wirklich zu Ende ist zwischen euch, okay? Aber ...« Dominik griff nach dem Messer und nutzte es als Stick, mit dem er einen schnellen Rhythmus gegen den Teller schlug.

»Aber?« Casper griff über den Tisch und nahm ihm das Messer aus der Hand. Seine Nerven waren zum Zerreißen gespannt.

»Bjarne will mich nicht. Das hat er mir schon vor deiner Zeit mehrfach klargemacht. Wäre da auch nur ein Fünkchen Anziehung seinerseits gewesen, wären wir vielleicht schon lange zusammen.« Er zuckte mit den Schultern. »Und, na ja, er liebt dich. Dagegen kommt kein anderer an. Ich muss mich langsam damit abfinden.«

Dominik hielt Casper die Hand hin. »Frieden? Ich schwöre dir, ich lasse Bjarne in Ruhe. Bis auf die Sachen, die ein guter Freund macht. Da sein, wenn es ihm schlecht geht. Deswegen bin ich hier, auch wenn es einige Tage zu spät ist.«

Casper starrte auf die Hand und überlegte, was er von den Worten halten sollte. Dominik hatte sich verändert. Er war nicht mehr der leichtlebige Student, auf den man sich nicht verlassen konnte, der in seiner Freizeit Drogen konsumierte und Alkohol trank. Das Arbeitsleben hatte ihn verantwortungsvoller gemacht. Bjarne hatte es ihm vor einem Jahr klarmachen wollen, als er für ein Wochenende nach Hamburg gefahren war und Casper nicht mitkonnte. Doch es hatte ihn zu sehr gewurmt, da er wusste, dass Dominik die ganze Zeit um Bjarne herumscharwenzeln würde.

»Waffenstillstand.« Casper ergriff die dargebotene Hand. So ganz traute er Dominik nicht über den Weg, aber er wollte ihm eine Chance geben. »Willst du ein Bier?«, fragte er.

»Gerne.«

Casper holte für sie zwei Flaschen aus dem Kühlschrank und sie sprachen über Fußball. Eine Stunde später saßen sie noch immer in der Küche und redeten. Als Casper herzhaft gähnte, verabschiedete Dominik sich und Casper gestand sich ein, wenn Dominik wollte, konnte er nett sein. Das bedeutete allerdings nicht, dass er ihm vertraute oder sofort gut freund mit ihm werden würde. Aber er gehörte zu Bjarnes engsten Freunden und schon allein deswegen würde Casper zumindest anfangen, mit Dominik auszukommen, sofern dieser ihn nicht wieder arrogant und von oben herab behandelte.

Kapitel 6

Casper kraulte seiner Lieblingskuh zwischen den Ohren. Sie war gerade mit dem morgendlichen Melken fertig und forderte eine Streicheleinheit ein, bevor sie sich zu den anderen begab. Als er aufblickte, sah er Bjarne und Dominik näher kommen.

»Jetzt weiß ich, warum ich weniger Zuneigung erhalte. Du verbrauchst sie bei deinen Damen.« Bjarne lachte leise und blieb am Fressgitter stehen. Seine Angst vor den Tieren war zwar im Laufe der Jahre gesunken, trotzdem hatte er gerne eine Abtrennung zwischen sich und ihnen.

»Vielleicht solltest du vor der Haustür stehen bleiben, bis du von mir bekuschelt wirst.« Casper beendete die Krauleinheit und gab der Kuh einen sanften Klaps auf die Schulter. Dann krabbelte er durch das Fressgitter, um Dominik zu begrüßen und küsste Bjarne.

»Da würde ich ewig warten«, beschwerte Bjarne sich.

»Wann fährst du los?«, fragte Casper Dominik und hoffte, dass er spätestens nach dem Mittagessen weg war und seinen Aufenthalt nicht verlängerte. Bjarne hatte gestern von seiner Chefin für heute und morgen freibekommen, da nicht viel los war und sie jedem Mitarbeiter vor Ostern noch extra Tage freigeben wollte.

»Ich bin eigentlich gekommen, um mich zu verabschieden. Bjarne sagt etwas von Fliesen abklopfen, habe es nicht richtig gehört. Da war so ein Summen im Ohr. Und der Zug wird garantiert wieder Verspätung haben.«

Casper und Bjarne lachten, Dominik war noch nie für körperliche Arbeit zu begeistern gewesen.

»Dann komm gut nach Hause.«

»Werde ich. Bis irgendwann.« Dominik und Casper gaben sich die Hand zum Abschied.

»Bin dann eben zum Bahnhof und danach oben im Bad. Und hebe dir gefälligst noch Zuneigung für mich auf.« Bjarne beugte sich zu Casper und gab ihm einen Kuss. Casper sah den beiden nach, bis sie aus seinem Blickfeld verschwunden waren. Wie sich doch die Sichtweise verändern konnte. Hoffentlich erinnerte sich Dominik beim nächsten Treffen noch an seine Worte von gestern Abend. Automatisch strich er über seine Wange, der es schon besser ging.

Kapitel 7

Als Casper am frühen Abend nach Hause kam, lümmelte Bjarne in Jogginghose und T-Shirt auf dem Sofa unter der warmen Fleecedecke im Wohnzimmer und schaute eine Serie im Fernsehen.

»So gut will ich es auch mal mitten in der Woche haben.« Casper ging zu Bjarne, küsste ihn und setzte sich zu Bjarnes Füßen. Er hatte eine Stofftasche mit reingebracht, die er auf dem Boden abstellte.

»Hey, ich habe Fliesen abgeklopft, mir tut jetzt schon alles weh, und Mittagessen gemacht. Da habe ich mir das Faulenzen verdient.« Bjarne schaute nicht einmal vom Fernseher auf. »Außerdem musst du nur noch ein paar Tage durchhalten und hast vier Tage frei.«

Casper schnaufte und holte drei Bücher aus der Stofftasche. »Hier, ich war einkaufen«, meinte er und legte sie auf Bjarnes Beinen ab. Sie rutschten und zwei landeten auf dem Boden. Bjarne hob kurz den Kopf.

»Und die haben dich so in den Laden gelassen?«

»Hey, ich bin sauber. Das ist nicht meine Arbeitskleidung«, verteidigte sich Casper.

»Du hast Stroh im Haar.« Bjarne hob den Arm und deutete auf Caspers Kopf.

Casper griff sich an den Kopf und zupfte Strohhalme aus seinen verwuschelten Haaren.

»Und jetzt verteilst du das Stroh in der Wohnung.« Bjarne gähnte müde und widmete sich wieder seiner Serie, während Casper die Halme auf dem Sofatisch ablegte und die Bücher aufhob.

»Willst du gar nicht wissen, was ich gekauft habe, du Schlafmütze?«

»Du wirst es mir jetzt bestimmt sagen.« Bjarne setzte sich auf und nahm eines der Bücher in die Hand. Casper schaute ihn mit einem Grinsen an.

»Hochzeitsplaner?«, fragte Bjarne überrascht.

»Ja, ich finde, wir sollten mal anfangen, unsere Hochzeit zu planen. Hier habe ich noch ‚*101 Punkte, die immer vergessen werden*' und ‚*Hochzeitsplaner für Verliebte*'.« Casper reichte die beiden anderen Bücher Bjarne, der begann in einem zu blättern.

»Warum drei? Meinst du nicht, dass in allen derselbe Kram steht? Außerdem hätten wir uns bestimmt bei den anderen eines leihen können.«

»Ich habe drei genommen, weil vielleicht in dem einen etwas steht, das in dem anderen nicht steht. Und in eigenen Büchern können wir drin rumkritzeln. Schau mal«, Casper nahm Bjarne eines der Bücher aus der Hand und schlug eine bestimmte Seite auf, »wusstest du, dass wir ein Motto brauchen? Oder dass wir einen Ansprechpartner festlegen sollten für die Feier, damit die Angestellten nicht alles mit uns direkt absprechen müssen und wir die Feier genießen können?«

Casper blickte mit glänzenden Augen zu Bjarne, der jetzt lächelte.

Wie konnte er seinem Hausgeist widersprechen, der so begeistert bei der Sache war?

»Ja, ehrlich gesagt, wusste ich das.« Bjarne legte die Bücher wieder beiseite. »Ich lese jede Woche die Hochzeitsabsprachen bei uns im Restaurant und ziehe die für mich wichtigen Dinge heraus. Aber den Rest mit Standesamt und solche Dinge weiß ich allerdings auch nicht.«

»Siehst du? Deswegen brauchen wir die Bücher.« Casper blätterte im Buch und fand die Seite mit der Checkliste. Er tippte auf den obersten Punkt. Nicht, dass ihm dieser nicht selbst klar war, aber es dann schwarz auf weiß zu lesen, war noch einmal etwas Besonderes. »Als Erstes müssen wir ein Datum festlegen und da dachte ich mir, wir könnten ...«

»Den 29. Mai nächsten Jahres nehmen«, beendete Bjarne Caspers Satz. Casper öffnete und schloss mehrmals den Mund, ohne dass ein Ton ihn verließ.

»Ich weiß, es ist im Mai und bei gutem Wetter könntet ihr am Mähen sein. Aber es ist spät genug, dass der größte Teil der Saat im Boden ist und es ist dein Geburtstag, der zufällig im nächsten Jahr auf einen Samstag fällt. Außerdem, wenn du nichts dagegen hast, würde ich nicht gerne kirchlich heiraten.« Bjarne sprach schnell und Casper hatte kurz Probleme, ihm zu folgen. »Allerdings möchte ich auch nicht auf einem normalen Standesamt heiraten und habe von meiner Chefin den Tipp bekommen, dass man auf Schloß Mörenberg heiraten kann. Da können wir auch direkt feiern und die haben an dem Tag noch einen Saal frei.«

Casper blickte Bjarne mit großen Augen an und ließ das Buch in den Schoß sinken. Bjarne war ihm mal wieder fünf Schritte voraus, weil er nur am Arbeiten war.

»Das ... das klingt perfekt. Ich wäre auch nur für eine standesamtliche Hochzeit, möchte aber nicht im Rathaus in diesem klinischen weißen Raum Ja sagen.« Casper schluckte.

Diese Überlegungen machten es plötzlich greifbar. Er würde heiraten. »Mach dir keine Gedanken wegen des Grasschnitts. Das kriegen die auch mal ohne mich hin. Ist das wirklich in Ordnung für dich, wenn wir meinen Geburtstag nehmen?«

»Du kennst meine Perfektion Daten zu vergessen, oder?« Bjarne umfasste sanft Caspers Gesicht und küsste ihn. »Ich würde nie unser Hochzeitsdatum und deinen Geburtstag versäumen. Und wenn, dann beides. Aber ich fände es schön.«

Bjarne schlug die Decke zurück, stand auf, holte den Laptop und fuhr ihn hoch. Er war froh, dass Casper seine Idee gefiel, weil er im Schloss eine Anfrage gestellt hatte, ohne es vorher abzusprechen. »Gestern Abend habe ich eine Mail an das Schloss geschickt und heute kam die Antwort. Wir müssten mal überschlagen, wie viel Gäste wir haben für die Raumgröße. Den Trausaal reservieren sie vor, die Formalitäten müssen wir allerdings selbst mit dem Standesamt erledigen.«

Bjarne öffnete die Website des Schlosses und gemeinsam klickten sie sich durch die Seiten. Casper suchte einen Stift und schrieb stolz die ersten Notizen in eines ihrer Bücher. Es passierte wirklich, er würde heiraten. Er saß hier mit dem Mann, mit dem er sein restliches Leben plante und hätte nicht glücklicher sein können.

Treffsicher ausgewählt

Band 4

Kapitel 1

»Mir war nicht bewusst, dass du dir jeden Trecker anschauen musst und darüber stundenlang mit stetig wachsender Begeisterung reden kannst.«

Bjarne seufzte und kratzte sich im Nacken, wo ihm ein Schweißtropfen hinunterlief. »Wo seht ihr die ganzen Unterschiede? Sie wiederholen sich alle, nur das andere Namen draufstehen.«

Er schüttelte ungläubig den Kopf, als sie den, er wusste nicht mehr wievielten Stand mit Treckern verließen und weiter schlenderten. Casper schmunzelte.

»Das ist ungefähr dasselbe wie bei dir, wenn du mit einem anderen Koch über die beste Zubereitungsmöglichkeit von Essen sprichst.« Er drehte die kleine Flasche Wasser in seiner Hand auf und trank einen Schluck. Es war ein sehr heißer Juli und draußen, wo die Schlepper, Anhänger, Futtermischer und vielen anderen Geräte aufgestellt waren, kam man schon allein durchs Reden und Stehen ins Schwitzen.

»Wollen wir reingehen? Da ist es klimatisiert und vielleicht treffen wir meine Eltern. Dann können wir auch mittagessen«, schlug Casper vor und trank noch einen Schluck.

»Sehr gute Idee. Ich habe Hunger.« Bjarne nahm ihm die Flasche aus der Hand, um seinerseits etwas zu trinken.

Als sie die Halle betraten, empfing sie wohltuende Kühle und sie atmeten auf. Caspers Eltern waren mit ihnen zur Landwirtschaftsmesse gefahren, wollten sich allerdings lieber nur drinnen umsehen und überließen alles draußen befindliche Casper und Bjarne. Marion machte die Hitze in diesem Jahr zu schaffen.

»Schau mal, da gibt es einen Stand mit Poffertjes. Magst du welche?« Bjarne deutete nach rechts, kaum dass sie die Halle betreten hatten. Casper nickte und während Bjarne sich zum Stand begab, ging er langsam weiter zum nächsten Messestand, blieb davor stehen und schaute sich um.

»Casper?« Er blickte zu der Person, die aus dem Stand auf ihn zukam. Er überlegte kurz, woher das Gesicht ihm bekannt vorkam, dann fiel es ihm ein. Den dunklen Dreitage-Bart und die Brille musste er sich wegdenken.

»Sebastian, hey!« Mit den Händen schlugen sie ein und klopften sich auf die Schulter. Das alte Uniritual war hängen geblieben. Als sie sich lösten, entdeckte Casper das Namensschild seines ehemaligen Kommilitonen.

»Du bist unter die Sperma-Verkäufer gegangen?«, fragte Casper erstaunt. Hatte er doch noch im Ohr, wie Sebastian verkündete, dass er lieber auf einem Hof arbeiten wollte.

Sebastian grinste. »Ja, geregelte Arbeitszeiten sind schon was Tolles. Ich war für zwei Jahre in Sachsen auf einem Milchviehbetrieb. Dann kam das Angebot diese Firma in Deutschland mit aufzubauen. Da konnte ich nicht Nein sagen.«

»Bist du in der Verwaltung oder fährst du zu den Bauern und preist euer tolles Sperma an?« Casper betrat den Stand, nahm sich einen Katalog mit einem Bullen auf dem Cover und blätterte darin herum.

»Sowohl als auch. Und du? Arbeitest du zu Hause? Bist du alleine hier oder hast du deine Freundin oder Frau dabei?« Casper legte das Prospekt wieder beiseite und konzentrierte sich auf Sebastian.

Wie reagiert er wohl auf Bjarne?, fragte er sich. Hörte dieses Aufblitzen von alten Ängsten gegenüber Freunden und Bekannten jemals auf? Er hatte doch sonst auch keine Probleme mehr damit.

»Nein, ich bin nicht alleine hier. Meine Eltern laufen hier irgendwo herum und ich ha...« In dem Moment betrat Bjarne den Stand und hielt Casper eine Tüte mit frischen heißen Poffertjes hin.

»Hier, deine Portion, heiß und fettig.« Casper nahm sie entgegen und lächelte Bjarne dankbar an, dann holte er einmal Luft und sprach sich Mut zu.

»Sebastian, das ist Bjarne, mein Verlobter. Bjarne, das ist Sebastian. Wir haben zusammen studiert«, stellte Casper sie vor und Bjarne hielt Sebastian seine Hand zum Gruß hin.

Sebastian schaute mit großen Augen zwischen den beiden hin und her, als er Caspers Worte begriff.

»Dein Verlobter?«, vergewisserte er sich und ergriff zögernd Bjarnes Hand.

»Jepp.«

Caspers Herzschlag hatte sich binnen Sekunden erhöht. Diese kleine Frage schaffte es, Caspers hart erarbeitete Sicherheit kurz ins Wanken zu bringen und er wischte sich seine freie Hand an der Hose ab.

»Das«, Sebastian stockte, bevor er weitersprach, »ist mal eine Überraschung.«

»Ein Problem?«, fragte Bjarne provokant und schob sich

ein Poffertjes in den Mund. Aus seinen Augen blitzte die Angriffslust. Casper hielt die Luft an und bewunderte wieder einmal, wie cool Bjarne mit solch einer Situation umging.

»Nö, nur überraschend. Weiß Luisa das schon? Die war ganz verrückt nach dir«, antwortete Sebastian. Casper ließ wieder Luft in seine Lungen und beruhigte sich.

»Keine Ahnung, ich hatte noch etwa ein halbes Jahr nach dem Studium Kontakt zu ihr. Dann ist sie nach Australien.« Casper griff nach einem Poffertjes und aß es erleichtert.

»Bist du auch Landwirt?«, wandte sich Sebastian an Bjarne.

»Ich bin Koch. Verarbeite also eher eure Produkte.« Wieder griff Bjarne in seine Tüte und steckte sich ein Poffertjes in den Mund.

»Also, Casper, bist du bei deinen Eltern auf dem Hof?«, wandte sich Sebastian erneut an Casper. Der nickte und kaute schnell zu Ende, bevor er antwortete.

»Ja, habe ihn Anfang des Jahres übernommen. Meine Eltern sind jetzt bei mir angestellt. Möchtest du übrigens auch einen?« Casper hielt Sebastian seine Tüte hin, doch der winkte ab.

»Das heißt, du führst jetzt den Hof?«

»Jepp. Im nächsten Jahr eröffnet Bjarne einen Hofladen in unserer alten Scheune und ab nächsten Monat habe ich einen Auszubildenden.«

Weitere Messebesucher hielten am Stand an und Sebastian nickte ihnen freundlich zu. Einige gingen weiter, andere griffen nach Prospekten.

»Seid ihr noch länger hier?«, fragte er Casper und Bjarne, als er zwei Besucher erblickte, die darauf warteten, beraten zu werden. Sebastians Kollege war am anderen Ende vom Stand ebenfalls in ein Gespräch vertieft.

»Wir fahren heute Abend wieder, aber wenn du mir deine Nummer gibst, schreibe ich dich an«, bot Casper an.

Sebastian bedeutete den wartenden Kunden, dass er gleich bei ihnen sei, ging zu einem Tisch im hinteren Bereich und kam zurück.

»Hier meine Visitenkarte. Da steht meine Handynummer drauf. Wenn ich am Niederrhein bin, melde ich mich. Dann können wir uns treffen und in Ruhe quatschen.«

»Ich kaufe trotzdem nicht bei dir ein. Meine Damen lieben ihren Bullen.« Casper grinste Sebastian an und steckte die Visitenkarte in seine Hosentasche. Der schüttelte den Kopf und verdrehte die Augen. Sie verabschiedeten sich und Casper und Bjarne schlenderten weiter.

»Hattet ihr viel miteinander zu tun auf der Uni?«, fragte Bjarne. »Ich glaube, du hast ihn noch nie erwähnt.« Nachdenklich leckte er sich mit der Zunge Puderzucker von den Lippen.

»Er hing viel mit Björn rum und war oft in unserer WG. Und wir waren gemeinsam feiern.« Casper sah Bjarne an und grinste. »Du hast da noch einen Krümel vergessen.« Er hielt Bjarne auf und küsste ihn, was aufgrund der zunehmenden Menschen mitten auf dem schmalen Gang nicht mehr so einfach war. Prompt wurden sie angerempelt.

Casper war froh, dass sie bereits zu Messebeginn da gewesen waren und alle für ihn wichtigen Stände abgeklappert hatten. Jetzt gegen Mittag füllte es sich.

Sie aßen ihre Poffertjes auf, waren aber immer noch hungrig. Casper rief seine Eltern an und fragte sie, ob sie schon etwas gegessen hatten und sie trafen sich an der Messegastronomie, wo an den einzelnen Buden lange Schlangen standen. Casper entdeckte nur seine Mutter, seinen Vater konnte er allerdings nirgends sehen.

»Wo ist Papa?«, fragte er, als sie bei seiner Mutter ankamen.

»Der hat sich bei den Bratwürsten angestellt. Könntest du dich dazu stellen? Dann muss er nicht alles alleine tragen.«

Trotz der Schlange mussten sie nicht lange warten.

»Hast du schon fleißig eingekauft?«, fragte Thomas, als sie Platz an einem Stehtisch fanden und zu essen begannen.

»Papa, wir haben doch erst neue Geräte. Das muss für die nächsten Jahre reichen. Aber hätte ich das nötige Kleingeld ...« Casper sprach nicht weiter, aber sowohl sein Vater als auch er nickten sich wissend zu.

»Ihr benehmt euch wie zwei Kinder in einem Spielzeugladen«, schalt Marion die beiden und Bjarne grinste.

»Sind sie das denn nicht?«, konnte er sich nicht verkneifen und erntete einen bitterbösen Blick von Casper.

»Ich sage nur Fischmarkt Hamburg«, konterte er.

»Das ist etwas anderes«, verteidigte sich Bjarne, lachte aber ertappt los. Er war froh, dass sie zu ihrer alten Unbeschwertheit gefunden hatten. Sie hatten es geschafft, gemeinsame Zeit und die Arbeit unter einen Hut zu bringen. Er hatte seinen Küchenleiterjob abgegeben und arbeitete einen Kollegen ein. Im nächsten Jahr würde er ausscheiden. Durch die geringere Verantwortung hatte er mehr Zeit und war viel entspannter geworden, trotz der zusätzlichen Aufgaben, die sich durch den Umbau der Scheune zum Hofladen ergeben hatten.

»Bist du fertig?«, holte Casper Bjarne aus seinen Gedanken.

»Ja, bin ich.« Bjarne schob sich die letzte Pommes in den Mund und stellte seinen leeren Teller aufs Tablett zurück.

»Treffen wir uns in drei Stunden am Eingang wieder?«,

fragte Casper seinen Vater, während Marion das Geschirr wegräumte.

»In Ordnung. Bis später.« Thomas folgte Marion und sie verschwanden in der Menge.

»Wo gehen wir hin?« Bjarne griff nach der Flasche Wasser, die geöffnet auf dem Tisch stand und trank sie leer.

»Ich wollte noch zu Moritz.« Bei der Erwähnung des Futterberaters blickte Casper Bjarne prüfend an. Er war zwar kein Streitpunkt mehr zwischen ihnen, aber Bjarne vermied es oft, auf den Hof zu kommen, wenn er wusste, dass Moritz da war. Wie es einmal werden würde, wenn sie zusammen arbeiteten, wollte Casper sich zurzeit nicht ausmalen. Er ließ es auf sich zukommen.

»In Ordnung. Dann lass uns los.« Bjarne lächelte Casper an, der ihn immer noch beobachtete. »Alles gut, mein Hausgeist. Ich komme schon klar.« Casper beugte sich zu Bjarne und küsste ihn.

»Wir bleiben auch nicht lange am Stand. Versprochen. Aber ich muss wenigstens Hallo sagen. Immerhin haben wir ihm die Eintrittskarten zu verdanken.«

Sie ließen sich mit dem Strom der Menschenmassen treiben. Hin und wieder blieb Casper an einem Stand stehen, packte einen Prospekt in seinen Rucksack, tauschte sich aus. Bjarne verstand oft nicht einmal einen Bruchteil. Dabei dachte er, er wüsste schon so viel.

Bjarne hatte den Hallenplan in der Hand und kontrollierte alle paar Minuten, wie weit sie von Moritz' Stand entfernt waren. Kurz bevor sie dort ankamen, blieb er stehen.

»Soll ich allein gehen? Willst du hier warten?«, fragte Casper und strich ihm sanft mit einem Finger über die Wange.

»Nein, alles gut. Ich komme mit.« Bjarne atmete durch und wappnete sich innerlich auf das Zusammentreffen. Mit jedem Schritt, den sie dem Stand näher kamen, nahm die Anspannung in seinem Körper zu. Er kam damit klar, dass Casper und Moritz miteinander telefonierten. Langsam begann Bjarne zu akzeptieren, dass Moritz für Casper nie mehr sein würde als ein Freund und Kollege. Trotzdem fiel es Bjarne noch immer sehr schwer, ihn persönlich zu treffen.

Als sie am Stand ankamen, waren alle Mitarbeiter inklusive Moritz belegt. Sie warteten an der Seite, bis er so weit war. Casper stellte sich nah an Bjarne und verschränkte ihre Finger miteinander. Dieses offensichtliche Zeichen von Casper an Moritz beruhigte Bjarne und er entspannte sich. Moritz hatte sie aus den Augenwinkeln erkannt und winkte ihnen zu.

Ein paar Minuten später hatte er seinen Besucher verabschiedet und kam zu ihnen herüber. Casper ließ Bjarne los, um Moritz zur Begrüßung zu umarmen. Bjarne versteifte sich kurz, aber Casper griff sofort wieder nach seiner Hand. Moritz und Bjarne nickten sich zu.

»Ich dachte schon, ihr kommt nicht mehr«, sagte Moritz und strahlte Casper dabei an, streifte Bjarne mit einem kurzen Blick.

»Natürlich, ich hatte doch gesagt, dass wir vorbeischauen. Ihr habt gut zu tun.« Casper deutete mit dem Kopf zu den nächsten Wartenden.

»Ja, so geht der Tag schnell um und man steht nicht nur rum und starrt Löcher in die Luft.« Er drehte kurz den Kopf, sodass er den Stand überblicken konnte.

»Habt ihr schon alles gesehen?« Moritz wandte sich erneut Casper zu. Er ignorierte Bjarne nicht, sprach aber nur Casper an. Bjarne kam sich mal wieder wie das fünfte Rad am Wagen vor. Er beobachtete die vorbeilaufenden Leute, hörte dennoch genau bei Casper und Moritz zu. Er wollte Moritz im Glauben lassen, dass es ihm nichts ausmachte, wenn er sich nur mit Casper beschäftigte.

»Nee, wir haben noch ein paar Stände vor uns, aber ich bin für mich persönlich durch. Alles, was jetzt noch kommt, ist Zusatz.«

Ein Kollege trat zu Moritz und raunte ihm etwas zu, das Casper und Bjarne nicht verstanden. Moritz flüsterte zurück und zeigte auf die beiden. Dann ging er an einen Tisch, nahm ein Prospekt in die Hand. Schon im Gehen blätterte er eine bestimmte Seite auf.

»Wir müssen mal so tun, als ob ich dir etwas anbiete, okay? Das war mein Chef.« Moritz verdrehte die Augen und zeigte auf etwas im Katalog.

»Weißt du was, wir gehen weiter. Übernächste Woche sehen wir uns doch sowieso. Ihr habt genug zu tun.« Casper nahm Moritz das Prospekt aus der Hand und klappte ihn dabei zu. Bjarne atmete innerlich auf. Das wäre geschafft.

»Warum übernächste Woche? Ich dachte, ich komme am Dienstag, also übermorgen.«

Über Moritz Gesicht legte sich Enttäuschung, bevor er sich wieder schnell im Griff hatte.

»Ich hatte dir gestern doch geschrieben, dass es nicht geht.« Casper runzelte die Stirn. »Bjarne und ich haben kurzfristig Urlaub genommen. Morgen suchen wir eine Küche aus und müssen in der Wohnung weitermachen, die Scheune wird ausgeräumt für die Renovierung und vielleicht wollen wir auch noch einen Tag wegfahren.«

Moritz lächelte Casper an. »Wie konnte mir die Nachricht durchgehen?«, murmelte er.

»Das frage ich mich allerdings auch«, schob Bjarne süffisant hinterher. »Du antwortest sonst auch immer innerhalb von Sekunden.« Das konnte er sich nicht verkneifen und Casper unterdrückte ein Lachen. Ihm war klar, dass Bjarne noch nicht restlos überzeugt war, dass Moritz akzeptiert hatte, Casper nicht zu kriegen. Allerdings gab Moritz Bjarne auch nicht den geringsten Anlass, das zu glauben, wenn er ihn wie Luft behandelte. Bjarnes Reaktion fand er großartig.

Moritz blickte zu Bjarne, räusperte sich und erwiderte nichts darauf. Er beschloss, es unkommentiert stehen zu lassen.

»Dann sehen wir uns in anderthalb Wochen. Freue mich schon.« Den letzten Satz richtete er in Bjarnes Richtung. Der zwang sich zu einem Lächeln, um sich keine Blöße zu geben. Er brauchte keinen Hahnenkampf zu veranstalten.

Casper drückte Bjarnes Hand, rückte noch ein Stück näher an ihn. Diese Rivalität zwischen den beiden würde wahrscheinlich nie aufhören, dachte Casper und hoffte, dass sie nicht zu häufig aufeinandertreffen würden in Zukunft. Sie verabschiedeten sich und Casper und Bjarne schlenderten weiter.

»Sag mal Casper, ist Moritz wirklich der Meinung, dass er keine Beziehung möchte? Mittlerweile habe ich den Eindruck, er ist neidisch auf uns. Auf das, was wir miteinander haben.« Casper blickte überrascht zu Bjarne. Sie kamen nur langsam vorwärts, liefen aber immer noch händchenhaltend.

»Meinst du wirklich? Dabei schwärmt er mir ständig von den Typen vor, die er am Wochenende kennenlernt und wie toll es ist ungebunden zu sein.«

»Vielleicht Ablenkung? Ich glaube schon, dass er sich das

wünscht, mag es aber nicht zugeben. Offene Beziehungen sind bestimmt nicht einfach.«

»Mag sein.« Casper dachte noch einen Augenblick darüber nach, vergaß es aber, als sie an einem Stand einen Bekannten trafen und ein Weilchen schwatzten.

Kapitel 2

Casper und Bjarne liefen durch das Küchenstudio und schauten sich die Ausstellungsküchen an. Bjarne hatte zwar eine genaue Vorstellung seiner zukünftigen Küche, wollte aber, dass Casper sich selbst eine Meinung bildete, auch wenn er dort kaum Zeit verbringen würde.

»Raus damit, was willst du alles haben?«, forderte Casper Bjarne nach einiger Zeit auf. Er hatte sich die Elektrogeräte angeschaut. Gestern auf der Messe zwischen all den ganzen Heuwendern, Futtermischwagen, Treckern, Pflügen und vielen anderem fand er sich besser zurecht, als mit den Küchen um ihn herum. Bjarne zögerte, kratzte sich hinterm Ohr, bevor er mit der Sprache herausrückte.

»Einen Convectomaten, wobei ich natürlich auch einen Kombidämpfer nehmen würde, dann benötigen wir keinen extra Backofen. Außerdem möchte ich einen Induktionsherd, am liebsten mit sechs Feldern, einen Salamandergrill, Spülmaschine, Dunstabzug und einen Kühl- und Gefrierschrank. Oder eine Kühl-Gefrierkombi.«

Casper starrte ihn, griff nach einem Prospekt, der griffbereit auf einer Küchenablage lag und blätterte ihn durch, bis er bei den Elektrogeräten angekommen war.

»Du weißt schon, dass wir kein Vermögen haben, oder?

Hast du dir mal angeschaut, was das alles kostet? Ich gehe mal davon aus, dass du die John Deeres unter den Geräten haben möchtest, oder?« Er zeigte Bjarne die Seiten mit den gängigsten Küchengeräten und die dazugehörigen Preise.

»Bin halt ein Koch«, meinte dieser zerknirscht. Casper seufzte. Das würde heute ein lustiges Küchenshoppen werden. Er hatte sich zwar in den letzten Wochen im Internet Küchen angeschaut, aber wirklich intensiv hatte er sich damit noch nicht befasst. Wie gut, dass sie keine Kleinteile mehr kaufen brauchten. Da war Bjarne bestens ausgestattet.

»Guten Tag, kann ich Ihnen helfen?« Eine vollschlanke braunhaarige Verkäuferin, laut Namensschild Frau Habelung, in einem perfekt sitzenden beigen Kostüm sprach sie an und lächelte freundlich. Sofort kam Casper sich underdressed vor in seiner schwarzen Jeans und dem ausgefransten T-Shirt. Bjarne hingegen passte hervorragend hier rein mit seinem roten Poloshirt und der blauen Stoffhose. Dabei lief er sonst auch so lässig gekleidet herum wie Casper.

»Ja, wir wollen eine Küche kaufen. Die Maße habe ich dabei.« Bjarne holte einen Zettel aus der Hosentasche und faltete ihn auseinander.

»Perfekt. Sie haben den kompletten Raum skizziert. Ich sehe keine Anschlüsse vermerkt.« Frau Habelung sah Bjarne fragend an.

»Da sind wir noch ganz frei«, klärte Bjarne sie auf.

Sobald feststand, wie die Küche aussehen würde, würden der Elektriker und der Wasserinstallateur die Anschlüsse legen, damit sie mit der Renovierung weiterkamen.

»Haben Sie sich schon umgeschaut? Farben und Stile betrachtet? Oder möchten Sie, dass wir noch einmal gemeinsam durch den Verkaufsraum gehen und ich Ihre möglichen Fragen beantworte?«

»Wir haben uns umgeschaut und ich weiß bereits, was wir benötigen. Wie Sie auf der Zeichnung sehen können, haben wir eine hohe Schräge auf der rechten Seite. Ich würde gerne eine Zeile ...« Bjarne stellte sich neben die Verkäuferin und erläuterte alles bis ins kleinste Detail. Da die Wand zwischen Caspers und Julias Zimmer nicht komplett herausgenommen wurde, konnte die Küche um die Ecke gehen und Bjarne wünschte sich eine Kochinsel. So konnte er in den Raum sehen, während er kochte.

»Lassen Sie uns an meinen Tisch gehen, da können wir das genauer planen.« Frau Habelung ging voraus und Bjarne und Casper folgten ihr. Sie setzten sich, die Verkäuferin rief ihr Programm am Rechner auf und zeichnete den Raum laut den Maßen.

»Dann wollen wir mal beginnen. Wo liegt Ihr Budget?«

»Etwa zehntausend Euro«, antwortete Casper, bevor Bjarne etwas sagen konnte. Bjarnes Antwort hätte bestimmt gelautet: Mal sehen, wo wir am Ende landen und das wollte Casper vermeiden. So gerne er Bjarne freie Hand ließ, sie mussten auf die Kosten achten. Bjarne streifte ihn mit einem schmunzelnden Seitenblick, wohlwissend, warum Casper so schnell reagiert hatte.

Die Verkäuferin fragte ständig nach Schränken und Schubladen und Bjarne antwortete und zeigte begeistert auf den Bildschirm. Frau Habelung fügte alles wie gewünscht ein und vor ihren Augen entstand so nach und nach ihre Küche.

»Sag mal, benötigen wir wirklich so viele Schränke und Schubladen?«, warf Casper nach einer Weile ein. Er fragte sich, was Bjarne mit so viel Stauraum wollte. Immerhin kam unter die Schräge bis an die Küche heran ein Einbauschrank. Zudem wollte er gar nicht wissen, was jetzt schon an Kosten zusammengekommen war.

»Natürlich. Für die ganzen Töpfe und Pfannen, das Besteck, Geschirr, meine Backutensilien und den ganzen Kleinkram will ich auch nicht ständig in der Küche stehen haben.« Bjarne strahlte und freute sich darauf, in Zukunft seine Sachen gesammelt in einem Raum zu haben und nicht die Hälfte aus einer Rumpelkammer, in der sowieso kaum Platz war und sich alles stapelte, zu suchen. Wenn er jetzt schon die Möglichkeit hatte, es so zu planen, wie er wollte, dann richtig.

»Brauchen wir denn das alles? So viel Besuch bekommen wir nicht und du wirst nicht jeden Tag ein Menü zaubern.«

Bjarne seufzte und guckte Casper an. »Das stimmt, aber allein schon zu wissen, dass ich jederzeit alles machen könnte, wenn ich Lust hätte, ist ein Grund. So wie du deine Comics sammelst und alles was mit Spider-Man zu tun hat, ist Kochen halt mein Hobby und ich habe alles, muss es nicht erst kaufen. Außerdem haben wir den Platz und warum nicht ausnutzen?«

Dem Punkt mit Caspers Sammelleidenschaft für Comics und das dazugehörige Merchandising konnte er nichts entgegensetzen. Immerhin würde seine Spider-Man-Vitrine auch ins Wohnzimmer gestellt werden.

»Noch sind wir im Budget«, mischte sich Frau Habelung lächelnd in die Diskussion ein.

»Okay, machen wir weiter.« Casper wusste, dass es für ihn eine Herausforderung werden würde mit Bjarne eine Küche auszusuchen. Ihm war nicht klar, wie anstrengend es für ihn war. Allein der Zeitfaktor störte ihn. Er hatte eine Engelsgeduld, wenn eine seiner Kühe in einer schweren Geburt steckte. Aber hier nur zu sitzen und hin und wieder eine Anmerkung zu machen, war nicht einfach für ihn.

»Also Herr Kobek, welche Front wünschen Sie?« Frau Habelung stand auf und trat zu einer Wand, auf der einige verschiedene Möglichkeiten zu Farben und Stilen angebracht waren. »Sie können auch gerne einmal drüber fassen.«

Casper stutzte, da die Verkäuferin nur Bjarne ansprach, als ob er kein Mitspracherecht hätte. Das kam zu seiner sinkenden Stimmung hinzu, während die bei Bjarne in immer höhere Sphären stieg.

Casper folgte Bjarne schnell, der sich bereits erhoben hatte, und sie traten an die Schauwand.

»Was meinst du? Ich mag dieses Dunkelbraune sehr.« Bjarne reckte sich etwas und strich über eine Holzfront.

»Die ist mir zu duster.« Casper schwankte zwischen einer hellen und einer Front farblich dazwischen. Beide aus Holz.

»Was hältst du von dieser?«, schlug Casper stattdessen die Mittlere vor. Bjarne schaute sie sich an, strich darüber.

»Das ist Akazie. Eine gute Wahl Ihres Freundes.« Die Verkäuferin lächelte die beiden an.

»Aber da sieht man jeden Fleck drauf«, erwiderte Bjarne. »Bei dem dunklen Holz fällt es nicht auf, wenn ich mal mit der Sauce kleckere.«

»Dann kleckere halt nicht.«

»Was halten Sie davon, wenn wir uns die Griffe anschauen? Dann kann jeder noch einmal über die Front nachdenken.« Frau Habelung wechselte zu einer kleinen Tafel mit den unterschiedlichsten Griffen. Von einfachen Knopfgriffen über verschnörkelte gab es dort alles.

»Ich möchte die nehmen.« Casper deutete auf einen glatten geraden Griff ohne irgendwelchen Schnickschnack.

»Und Sie Herr Kobek?« Die Verkäuferin blickte zu Bjarne und wartete auf seine Antwort.

»Ich bin da ganz bei meinem Mann.« Um Caspers Mundwinkel zuckte es. Sie waren zwar noch nicht verheiratet, aber Bjarne sagte das in letzter Zeit öfter. Es gefiel Casper und er konnte es gar nicht oft genug hören. Die Verkäuferin beugte sich vor, um sich die Nummer für den Griff zu notieren.

»Kommen wir noch einmal zu den Fronten.« Sie deutete wieder auf die große Schauwand.

»Ich bin immer noch für die mittleren«, sagte Casper.

»Die Dunklen magst du gar nicht?«, versuchte Bjarne es erneut.

»Nope. Da bin ich nicht umzustimmen. Du kannst dir so viele Schubladen und Schränke aussuchen wie du möchtest, bei den Fronten bin ich hart.« Aus Caspers Augen blitzte es angriffslustig.

»Okay, okay, die mittlere Front also.«

Sie gingen wieder zurück zum Tisch und die Verkäuferin fügte alles ein.

»Kommen wir zu den Elektrogeräten. Wir haben schon bestimmt, wo sie hinsollen, jetzt müssen wir nur noch besprechen, welche es sein sollen. Sie wollen einen Kombidämpfer, einen Induktionsherd, Spülmaschine, Mikrowelle, Kühlschrank und Gefrierschrank«, zählte Frau Habelung auf, schaute dabei auf ihre Notizen und kontrollierte diese mit der Zeichnung auf dem Bildschirm.

»Ich wäre für eine Kühl- und Gefrierkombi«, meldete sich Casper zu Wort.

»Aber wenn wir beides getrennt hätten, wäre mehr Platz«, warf Bjarne ein.

»Was willst du denn alles einfrieren?« Casper sah Bjarne mit einem entsetzten Blick an. »Wir brauchen doch keinen großen Gefrierschrank. Jetzt hast du nicht mal einen.«

»Schon richtig, aber ich hätte gerne einen. Ich könnte vorkochen und das portionsweise einfrieren. Denk nur mal an die Erntezeiten, wenn bis in den späten Abend gearbeitet wird. Dann haben wir bestimmt keine Lust mehr groß zu kochen.«

»Dann kocht meine Mutter oder wir essen Brot.«

»Was ist, wenn ich sonntags mal keine Lust auf kochen habe? Dann könnten wir einfach auftauen und warm machen.«

Casper überlegte kurz. Er hatte Angst, dass die Kosten für die Küche explodierten, aber er konnte Bjarne verstehen.

»Was hältst du davon, wenn wir eine große Kombi nehmen und sollten wir feststellen, dass wir doch mehr Platz benötigen, kaufen wir noch einen Gefrierschrank. Der kann im Hauswirtschaftsraum stehen. Da haben wir Platz genug.«

Bjarne dachte darüber nach. Auf der einen Seite hätte er gerne einen Tiefkühlschrank, allerdings ließ Casper ihm fast komplett freie Hand beim Aussuchen der Küche.

»Gut, dann nur eine Kombi«, lenkte er ein und sie machten weiter.

Je mehr Geräte sie wählten, desto unruhiger rutschte Casper auf seinem Stuhl herum. Bis er es nicht mehr aushielt.

»Bjarne, können wir kurz reden?«, bat Casper Bjarne, als sie fast die Hälfte der Geräte ausgesucht hatten. Er stand auf, stellte sich etwas abseits der Verkäuferin und Bjarne trat mit erstauntem Gesichtsausdruck zu ihm.

»Was ist denn?«, fragte dieser abwesend. Sie waren beim

Kombidämpfer angelangt und Bjarne ganz auf die unterschiedlichen Modelle konzentriert.

»Bist du dir im Klaren, wo wir mittlerweile preislich liegen?« Casper hatte die genannte Zwischensumme der Verkäuferin und die Kosten der Elektrogeräte im Kopf überschlagen. »Ich weiß ja, dass du gerne den John Deere unter den Geräten haben möchtest, aber reicht nicht auch ein Fendt? Wir haben noch weitere Ausgaben und müssen mit unserem Geld haushalten und liegen zweitausend Euro über unserem Budget.«

»Ich weiß, aber dafür hält das auch länger. Bei deinen Tre...«

»Die nutze ich auch zum Arbeiten. Unsere Küche ist nur für uns bestimmt«, fiel Casper Bjarne ins Wort.

»Willst du damit andeuten, dass unser Zuhause nicht so wichtig ist, wie der Hof?«, fragte Bjarne, zwar noch ruhig, trotzdem konnte Casper heraushören, wie sich Unmut in den Ton mischte.

»Nein, natürlich nicht. Aber wie oft wirst du da wirklich kochen? Im Hofladen wirst du schließlich auch deine John Deeres haben.«

»Ich hoffe doch, dass ich jeden Tag in unserer Küche kochen werde.« Bjarne hob das ‚unserer' besonders hervor.

In dem Moment räusperte sich die Verkäuferin neben ihnen und beide Männer blickten überrascht zu ihr.

»Wenn Sie gerade über die Preise diskutieren, sollten wir erst einmal zu Ende planen und schauen, welche Summe dabei herauskommt. Ich habe noch einen gewissen Spielraum für Rabatt.«

»Aber wenn wir immer noch zu hoch sind, tauschen wir Geräte aus«, konnte Casper sich nicht verkneifen. Sie setzten sich wieder.

Einige Zeit später war die Planung fertig und sowohl Casper als auch Bjarne bewunderten ihre Küche.

»Sieht schon toll aus«, meinte Casper. »Wo liegen wir denn jetzt?«

»Ich kann Ihnen noch einmal zwanzig Prozent auf den Komplettpreis geben.« Frau Habelung tippte etwas in ihren Computer ein und zeigte auf den Endpreis. Casper schluckte. Dass eine Küche nicht gerade ein Geschenk war, wusste er, aber wie teuer sie sein konnten, war ihm bis jetzt nicht klar gewesen. Bjarne ließ zwei Geräte austauschen, bis beide zufrieden waren. Sie besprachen mit Frau Habelung das weitere Vorgehen und bekamen Unterlagen mit. Sie hatten eine Woche Zeit, sich das Angebot zu überlegen.

Vor dem Küchenstudio holte Casper die Zeichnung noch einmal hervor und betrachtete sie in Ruhe. Bjarne umarmte Casper von hinten, küsste ihn auf den Hinterkopf und schaute dann über Caspers Schulter auf die Küche.

»Du hättest jetzt am liebsten sofort zugesagt, oder?«

»Ja, schon, ich mag sie wirklich. Aber ist vielleicht wirklich besser, einmal drüber zu schlafen und sich weitere Angebote einzuholen.«

Casper freute sich zwar nicht auf die Aussicht, noch eine Küche planen zu lassen, aber er war erleichtert, dass Bjarne sich trotzdem darauf eingelassen hatte.

»Komm, lass uns Tapeten und Farbe kaufen.« Casper ging zum Auto, legte die Unterlagen vom Küchenstudio auf den Rücksitz und holte den Zettel vom Maler mit den Angaben, während Bjarne zum nächsten Geschäft gegangen war und dort auf Casper wartete.

»Dann lass uns mal Treckertapeten kaufen.« Casper schloss wieder zu Bjarne auf und sie betraten den Laden.

»Wir kaufen keine Treckertapeten. Wenn du Trecker haben willst, schau aus dem Fenster«, wehrte Bjarne Caspers Vorschlag ab, während sie direkt die Abteilung für Farben und Tapeten ansteuerten.

»Wir könnten sie in eins der leeren Zimmer kleben.« Casper konnte sich nicht überwinden, Kinderzimmer dazu zu sagen. Noch war es für ihn überhaupt nicht greifbar, irgendwann eventuell Vater zu werden. Seit ihrer Versöhnung Ende März hatte er das Thema nicht mehr angeschnitten.

»Es kommt auch in keines der Zimmer.« Bjarne hingegen lächelte bei dem Gedanken daran, vielleicht in absehbarer Zukunft Vater zu werden.

»Also doch nur alles in weiß?«, fragte Casper und verabschiedete sich von seinen Treckertapeten. »Das werden sowieso nur Abstellräume für all die Dinge, bei denen wir nicht wissen, wohin damit.«

Bjarne blieb stehen, was Casper erst nach ein paar Schritten bemerkte und sich zu Bjarne umdrehte.

»Was ist? Hast du was gesehen?«, fragte Casper.

»Denkst du eigentlich ernsthaft darüber nach, ob du Kinder möchtest? Ich habe den Eindruck, als ob du dem immer wieder ausweichst.«

Casper schaute sich um, der Laden war nicht voll, trotzdem liefen einige Kunden in der Nähe herum.

»Können wir vielleicht woanders darüber reden und nicht hier in der Öffentlichkeit?«

Er stellte sich vor Bjarne und flüsterte fast. Er wollte nicht mit Bjarne in einem Laden über ihre mögliche Elternschaft diskutieren. Das ging niemanden außer ihnen etwas an.

»Seit wir vor ein paar Wochen darüber gesprochen haben, schweigst du dich aus.« Bjarne senkte seine Stimme nicht. »Du hast gesagt, dass du drüber nachdenkst. Dich mit mir nach der Hochzeit wegen dem Adoptionsprozess schlaumachen willst. Aber sobald das Wort Kind fällt, egal in welchem Zusammenhang, bist du verschwunden. Was soll ich denn davon halten?« Seine gute Laune über die Küche schwand schneller, als ihm lieb war.

»Können wir bitte einfach die Tapeten holen und Farbe aussuchen?« Casper wandte sich um und marschierte zu den Farben. Er nahm eine Farbtafel in die Hand und blätterte sie durch.

Bjarne schüttelte den Kopf und kniff die Lippen zusammen, folgte ihm aber.

»Okay, sprechen wir wieder nicht drüber. Auch gut. Warten wir bis nach der Hochzeit damit. Und wenn wir dann alles durchhaben und vielleicht infrage kommen, blasen wir alles ab, weil der Herr sich endlich entschieden hat.«

Bjarne traf Casper mit seinem Sarkasmus und er hatte Angst davor, wie Bjarne reagieren würde, wenn er sich irgendwann tatsächlich dagegen entscheiden würde. Es war nicht so, dass er Kinder aus seinem Leben ausschloss. Er konnte es sich nur nicht für sich vorstellen. Zudem plagte ihn ein ganz anderer Gedanke, den er aber noch nicht laut aussprechen wollte.

»Was hältst du von der Farbe fürs Schlafzimmer?«, fragte er stattdessen und zeigte auf ein himmelblau.

Bjarne starrte ihn an. Er verstand Casper nicht. Hatte er ihn damals angelogen, als sie sich vertragen hatten, nur um nicht weiter davon reden zu müssen?

»Dein Ernst?« Bjarne zeigte auf die Farbtafel in Caspers Hand. »Wir suchen fröhlich Farbe aus und tun so, als ob wir nicht gerade diskutieren? Casper, wir sollten uns bald darüber im Klaren sein. Ich will nicht warten bis wir zu alt sind.«

Casper schloss kurz die Augen und atmete tief ein. »Ich weiß, dass wir reden müssen. Ich meinte es ernst, als ich gesagt habe, dass ich mit dir nach der Hochzeit die Adoption angehen werde. Aber lass mir noch etwas Zeit, mich mit dem Gedanken anzufreunden, in Ordnung?« Er fuhr sich mit einer Hand durch die kurzen Haare, die bestimmt schon wieder in alle Richtungen abstanden. »Ich habe im Gegensatz zu anderen nie darüber nachgedacht. Für mich stand bereits in der Jugend fest, dass ich keine Babys in die Welt setzen werde, weil zwei Menschen mit Penis das nun mal nicht können. Und auf einmal gibt es doch Möglichkeiten, Eltern zu werden.« Er schaute Bjarne an. Wissend, solange er seine Meinung nicht geäußert hätte, würde es immer zwischen ihnen stehen und Bjarne mit seinem Wunsch in der Luft hängen. Etwas, das er nicht wollte, aber im Moment nicht ändern konnte.

Bjarne seufzte. Er musste Casper die Zeit geben, die er dafür brauchte. Wenn er drängelte würde dieser nur weiter dicht machen oder noch schlimmer, eine Entscheidung treffen, die er später bereuen und Bjarne vorwerfen würde. Er musste Geduld haben, ob er wollte oder nicht. Das war kein Entschluss für einen Trecker, den man wieder verkaufen konnte, sondern fürs Leben.

Casper legte die Farbtafel beiseite und trat nah an Bjarne heran. »Ich bin mir bewusst, dass du lieber heute als morgen alles in die Wege leiten würdest, aber ich kann das nicht.« Er legte seine Hände auf Bjarnes Oberarme und strich langsam auf und ab, blickte ihm in die Augen und lächelte ihn an. Bjarne nickte.

»Lass uns die Farbe aussuchen. Das Blau war jetzt nicht der Burner, aber da werden wir uns schon noch einig«, sagte Bjarne und schluckte seine Enttäuschung herunter.

Casper küsste Bjarne und nahm wieder die Farbtafel in die Hand.

Kapitel 3

Casper, Bjarne und Sascha liefen sich auf der Wiese des Sport- und Schützenvereins warm. Wobei Casper sich fragte, warum sie das in dieser Hitze machen sollten. Die Sonne knallte unbarmherzig vom wolkenlosen Himmel.

Diesen Samstag fand ‚Biathlon in Annendorf' statt. Es wurde jeden Sommer veranstaltet und sie bekamen immer mehr Anmeldungen aus der Umgebung. Mittlerweile war es die elfte Ausgabe und der Schützenverein von Annendorf hatte sich mit jedem Jahr bei der Ausrichtung gesteigert. Dieses Mal wurde sogar auf einer Empore eine Großleinwand aufgebaut, auf der die Schießstände sichtbar waren. Beim Sommerbiathlon bildeten immer drei Läufer ein Team. Jedes Teammitglied musste zweimal 250 m laufen und zweimal schießen.

»Ward ihr nun weg oder nur auf Einkaufstour?«, fragte Sascha außer Atem, als sie anhielten. Die drei Männer bildeten ein Team und hatten sich für einheitliche orangene T-Shirts und schwarze kurze Sporthosen entschieden. Um sie herum standen überall kleine Gruppen zusammen, die sich warmliefen oder dehnten. Die Zuschauer platzierten sich am Rande der Laufbahn. Aus den Lautsprechern dröhnte die Stimme des Moderators, der das Publikum auf das Ereignis einstimmte. Viele hatten sich am Getränkewagen etwas zu trinken besorgt.

Nach dem Wettkampf würden ein großer Grill angeschmissen und Salate verkauft werden. Außerdem hatte man für den Abend eine Live-Band engagiert und in der Mitte der Wiese war ein großes Lagerfeuer aufgebaut, um den Tag feierlich ausklingen zu lassen.

»Wir waren nur gestern in Holland an der See. Ansonsten haben wir die alte Scheune für den Hofladen ausgeräumt, zwei Küchen planen lassen und die restlichen Tapeten in der Wohnung abgerissen.« Casper dehnte sich.

»Und? Habt ihr jetzt eine Küche? Könnt ihr aufhören mich so auf die Folter zu spannen?« Sascha blickte die beiden ungeduldig an. Bjarne grinste.

»Ja, die Entscheidung ist auf die erste gefallen. Casper war einverstanden, dass ich mich bei der austobe. Bei der zweiten Planung war er viel vorsichtiger.«

»Du kannst dir nicht vorstellen, wie das ausgeartet wäre«, sagte Casper und nahm eine der Startnummern entgegen, die Bjarne ihm und Sascha reichte.

»Ungefähr so wie Beckis Nestbautrieb?« Schnell blickte Sascha sich um, nicht dass seine Frau auf einmal hinter ihm stand. »Ich kenne alle Vor- und Nachteile von Kinderwagen und bin langsam der Meinung, dass wir das Baby einfach nur noch hin und hertragen sollten. Das klingt am sichersten. Und ihr könnt euch gar nicht vorstellen, worauf man alles beim Bettenkauf achten sollte.«

Bjarne beobachtete Casper bei Saschas Beschwerden und war nicht überrascht, dass Casper sich bückte und angestrengt an seinem Schnürsenkel fummelte, der nicht lose wirkte.

»Na ja, auf jeden Fall haben wir jetzt eine Küche und wenn alles passt wird sie im Oktober aufgebaut«, unterbrach Bjarne

Sascha, bevor er noch weiter ausholen konnte. »Dann sollten alle Anschlüsse liegen. Mittlerweile denke ich, dass wir einfach alles an Firmen hätten vergeben sollen und nicht für einen Teil die Hilfe von Freunden angenommen hätten. Dann wären wir bestimmt schon fertig.« Sascha lachte.

»Du wohnst jetzt in einem Dorf. Da hilft man sich gegenseitig und renoviert und baut fast alles selbst.«

»Aber es dauert so viel länger.« Bjarne hatte die erste Schließnadel mit der Startnummer an seinem Shirt befestigt und holte die zweite Nadel aus seiner Tasche.

»Ach Schatz, bis Weihnachten sind wir fertig, keine Sorge. Wir räumen deine Wohnung schon rechtzeitig.« Casper war wieder aufgestanden und gab Bjarne einen Kuss, der mit der Sicherheitsnadel seiner Startnummer kämpfte. Casper nahm sie ihm ab und heftete sie an Bjarnes Shirt.

»Hoffentlich. Ich habe überhaupt keine Lust auf einer Baustelle zu leben«, beendete Bjarne das Thema, bevor Leon zu ihnen stieß.

Im Schlepptau hatte er Lara und Becki. Lara schob den Kinderwagen und bei Becki war der Babybauch auch nicht mehr zu übersehen. Neuerdings sah Casper überall schwangere Frauen und Kinder. Sie spielten, lachten, liefen herum und stritten miteinander. Und das Lara und Leon bereits eines hatten und es bei Sascha und Becki bald so weit war machte es nicht besser. Trotzdem begrüßte er sie natürlich und freute sich, sie zu sehen. Er hoffte nur, dass er, bis sein Patenkind zur Welt kam, für sich auch eine Entscheidung getroffen hatte. Im Moment konnte er sich nicht richtig darauf freuen, bis er mit sich im Reinen war.

»Wir werden euch dieses Jahr schlagen. Es hat noch keiner

zweimal hintereinander gewonnen«, gab Leon sich siegessicher und holte Casper aus seinen Gedanken, der den Kinderwagen anstarrte. Leon bildete ein Team mit Jannik und Julian aus dem Fußballverein.

»Träum schön weiter.« Bjarne zupfte immer noch an seiner Startnummer herum, da sie schief hing. »Ich weiß, wie Julian schießt. Für den ist es schon eine Herausforderung die Scheiben unter normalen Umständen zu treffen. Und denk dran, Jannik darf erst nach dem Wettkampf Alkohol trinken. Wer vorher trinkt und schießt wird sofort disqualifiziert«, konterte Bjarne und baute sich vor Leon auf. Sie lieferten sich ein Blickduell, bis beide gleichzeitig anfingen zu lachen. Die Mädels sahen sich an und verdrehten die Augen.

»Komm, Lara, lass uns einen Platz suchen«, schlug Becki vor. Die Frauen wünschten ihren Männern Glück und verschwanden im Gewühl.

Im selben Moment rief der Moderator die ersten Läufer jedes Teams auf, an den Start zu kommen. Da Sascha von den dreien der stärkste war, sollte er beginnen und schon einen Vorsprung erlaufen. Beim Schießen musste man schauen, ob er gut durchkam und sich nicht zu viele Strafrunden einhandelte. Als Nächstes war Bjarne an der Reihe. Er war zwar der schwächste Läufer von ihnen, dafür aber der beste Schütze. Zum Schluss sollte Casper alles ins Ziel retten. Diese Taktik war im letzten Jahr aufgegangen und sie hatten gewonnen.

»Viel Glück und lauf so schnell, dass du auch noch triffst«, wünschten Casper und Bjarne Sascha und klopften ihm aufmunternd auf die Schulter.

Der Rasen leerte sich. Nun stellten sich auch die letzten Zuschauer am Rand oder in der Nähe der Großleinwand auf und nur die noch kommenden Teilnehmer des Wettkampfs blieben auf der Wiese zurück. Liefen sich warm, unterhielten oder dehnten sich. Eine aufgeregte Spannung hatte sich ausgebreitet. Auch wenn es nur ein Spaßwettkampf war, nahmen alle ihn ernst und wollten gewinnen.

Casper und Bjarne hörten, wie die Zuschauer die Sekunden herunter zählten, dann folgte ein Schuss und es wurde gegrölt und angefeuert. Die Läufer verschwanden nach dem Start, der später auch der Zieleinlauf war, in einem Waldstück.

»Lass uns in die Nähe der Leinwand gehen. Sascha taucht bestimmt gleich wieder auf«, sagte Bjarne. Er hibbelte von einem auf den anderen Fuß. Nicht mehr lange und er war an der Reihe.

»Hey, keine Sorge, du schaffst das schon«, beruhigte Casper ihn und legte ihm eine Hand auf den Rücken.

Sie waren nicht die einzigen Wartenden, die zur Leinwand wollten. Fast alle hatten sich so hingestellt, dass sie sie in Sichtweite hatten. Sascha tauchte tatsächlich als einer der Ersten auf. Neben ihm war ein Läufer aus einem der Nachbardörfer. Die Stimme des Moderators überschlug sich und die Menge brüllte ihnen entgegen. Hinter Sascha und dem Fremden tauchten die Nächsten auf.

Als Sascha den Schießstand erreichte und sich dort auf die erste Bahn legte, wurde es mucksmäuschenstill und alle starrten gebannt auf die Leinwand. Sobald ein Schuss traf, wurde laut gejubelt. Casper und Bjarne stöhnten eher. Sascha musste leider drei Strafrunden absolvieren, was sie nach hinten katapultierte. Als Sascha an Casper und Bjarne vorbeilief, feuerten sie ihn lautstark an. Jetzt dauerte es nicht mehr lange und Bjarne übernahm von Sascha.

»Ich sollte wohl noch eine kleine Runde drehen«, sagte Bjarne zu Casper. Bjarne hielt es nicht aus, still zu stehen. Sobald Sascha beim zweiten Schießen war, musste er sich in den Startbereich begeben und durch Sascha abgeklatscht werden. Casper schaute Bjarne lächelnd hinterher. Bjarne, der sonst die Ruhe in Person war, wurde vor jedem Wettkampf, egal worum es ging, immer so nervös, als würde er eine lebenswichtige Prüfung schreiben.

Die Ersten erschienen schon wieder aus dem Wald. Sascha war noch nicht unter ihnen. Etwas schadenfroh nahm Casper zur Kenntnis, dass auch Julian aus Leons Team nicht dabei war. Bjarne tauchte wieder an Caspers Seite auf.

»Sascha schon am Schießen?« Bjarne japste nach Luft und schaute auf die Anzeigentafel.

»Nope, aber er kommt gerade aus dem Wald.«

»Dann gehe ich schon mal zum Startbereich.« Bevor Bjarne verschwinden konnte, fasste Casper nach seinem Arm.

»Warte mal. Ich will dir noch Glück wünschen.« Er zog Bjarne zu sich, küsste ihn und ließ los. Sascha hatte sich derweil zum Schießen hingestellt und wieder zwei Scheiben verfehlt. Das würde wohl dieses Jahr nichts mit dem Sieg. Casper blickte zum Startbereich, wo die ersten Läufer die zweiten losschickten. Als Sascha Bjarne endlich abklatschte, waren sie an achter oder neunter Stelle, wenn er richtig mitgezählt hatte.

»Scheiße, das war wohl nichts!«, schimpfte Sascha, als er bei Casper ankam und nach Luft rang. Er beugte sich vor, stützte sich mit den Händen auf den Knien ab. Sein Kopf war von der Anstrengung hochrot und der Schweiß lief ihm den Nacken hinab.

»Nicht schlimm, Bjarne holt jetzt auf. Keine Sorge.«

Die Titelmusik von ‚Piraten der Karibik' wurde gespielt, was bedeutete, dass die ersten Läufer wieder aus dem Wald kamen. Sofort wandten sich Casper und Sascha der Leinwand zu und beobachteten das Schießen. Als Bjarne endlich kam, waren die Ersten schon wieder fort. Dafür schoss er nur einmal daneben und konnte einen Läufer überholen. Wie jeder Vorbeilaufende wurde auch Bjarne angefeuert von den Zuschauern.

»Dann hol mal die Kohlen aus dem Feuer, Casperle«, sagte Sascha, als Bjarne im Wald verschwunden war.

»Ich versuche es.« Sascha klopfte Casper aufmunternd auf die Schulter und Casper lief langsam zum Startbereich, wo auch die anderen bereits warteten. Erneut hörte Casper die aufgeregte Stimme des Moderators und das Titellied. Gleich würde es hier hektisch zugehen. Er hielt nach Bjarne Ausschau, konnte ihn allerdings nicht entdecken. Von seiner Position konnte er sehen, wie die Läufer zum Schießstand kamen, aber nicht aus dem Wald.

Dann ging auf einmal alles sehr schnell. Die Ersten hatten bereits gewechselt, als er Bjarne auf sich zu laufen sah. Er stellte sich in Position und lief langsam an, als Bjarne schon neben ihm auftauchte und ihm einen Klaps auf die Schulter gab. Sofort nahm Casper Tempo auf und rannte los. Bjarne begab sich zu Sascha, der sich eine Flasche Wasser besorgt hatte und nun Bjarne den Rest hinhielt. Doch der winkte ab. Erst mal musste er zu Luft kommen.

»Weißt du, wo wir stehen?«, fragte er keuchend.

»Du hast, wenn ich richtig mitgezählt habe, beim letzten Schießen zwei Plätze gut gemacht. Wir müssten auf dem Siebten oder so sein. Sehr gut geschossen übrigens. Insgesamt nur eine Strafrunde.«

Bjarne ließ sich auf den Boden sinken und stützte seinen Kopf ab.

»Nächstes Jahr mache ich nicht mehr mit. Laufen ist so anstrengend«, sagte Bjarne und Sascha lachte. Das behauptete er nach jedem Rennen und machte doch wieder mit.

»Jetzt trink erst mal was.« Dieses Mal ergriff Bjarne die Flasche und trank sie in einem Rutsch leer.

»Da kommen sie schon wieder aus dem Wald. Schade, dass wir dieses Jahr nicht als Erste jubeln können.« Sascha blickte zum Waldrand, aus dem Casper mit Abstand auch auftauchte. Er hatte unterwegs einen Läufer überholt. Schoss allerdings beim ersten Anschlag drei daneben, sodass er wieder an Boden verlor. Bjarne und Sascha waren froh, dass er nur noch eine Runde laufen und schießen musste. Es war nur eine Frage der Zeit, wann ihre Truppe sonst überrundet werden würde.

Als der erste Läufer die Ziellinie überquerte, wurde er vom Publikum und den Teilnehmern gefeiert. Casper schaffte es noch, den siebten Platz zu sichern. Allerdings hatte es Leons Truppe vor sie auf den fünften Rang geschafft.

»Na toll, Leon, Jannik und Julian werden uns den restlichen Tag aufziehen, dass sie vor uns platziert sind«, seufzte Casper keuchend, als er bei Sascha und Bjarne ankam.

»Wahrscheinlich bestehen sie noch darauf, dass wir ihnen einen ausgeben.« Bjarne nahm den verschwitzten Casper in den Arm und küsste ihn. »Egal, dabei sein ist alles. Wir können halt nicht immer gewinnen.«

Becki und Lara steuerten auf sie zu. »Habt ihr Hunger? Bei dem warmen Wetter müsst ihr euch ja nicht umziehen. Der Grill ist schon an.« Lara holte Wasserflaschen aus dem Korb vom Kinderwagen und verteilte sie an die Männer.

»Oh ja, Essen ist gut.« Sascha legte den Arm um Becki und strich über ihren Babybauch. »Hast du auch Hunger, kleiner Wurm da drin? Mama isst jetzt Bratwurst, damit du gleich auf den richtigen Geschmack kommst.«

»Boah Sascha, geht's noch peinlicher?« Becki verdrehte die Augen, aber Sascha lachte nur. Casper wandte sich ab und reichte Lara die Flasche zurück.

»Komm, lass uns gehen«, forderte Sascha Becki auf und sie gingen zum Grill, vor dem sich schon eine Schlange gebildet hatte und von wo es herrlich duftete.

»Wo ist Leon?«, fragte Bjarne Lara.

»Mit Julian und Jannik ein Bier trinken.« Sie deutete auf den Bierwagen. Doch die drei waren in der Menge nicht ausfindig zu machen. In dem Moment meldete sich das Baby lautstark und Bjarne lugte in den Kinderwagen.

»Emma hat Hunger.« Lara schob den Wagen zu den Sitzgelegenheiten am Rand und Bjarne und Casper folgten ihr.

»Ich stelle mich beim Essen an«, sagte Bjarne zu Casper auf halbem Weg. »Du willst bestimmt auch einfach nur Bratwurst und Salat, oder? Und was möchtest du, Lara?«

»Du brauchst mir nichts mitbringen. Ich esse gleich mit Leon«, winkte sie ab.

»Bleibst du bei Lara?«, fragte Bjarne Casper, der nickte.

Casper wusste, dass er Bjarne nicht von einem Tausch überzeugen konnte. Wenn es ums Essen ging, war Bjarne derjenige, der sich darum kümmerte. Aber er mochte auch nicht mitgehen und so Lara alleine lassen.

»Magst du sie schon mal aus dem Kinderwagen nehmen? Ich rühre ihre Flasche an«, fragte Lara, als sie saß und in ihrer Tasche wühlte.

»Äh, klar«, stammelte Casper, drückte das Verdeck des Wagens herunter und streckte seine Arme aus.

»Keine Sorge, Emma zerbricht nicht.« Lara schmunzelte, als sie sah, wie Casper in der Bewegung verharrte. »Aber wenn wir nicht wollen, dass sie hier alles zusammenschreit, sollten wir sie hochnehmen.«

Casper griff langsam zu. War da nicht was mit dem Kopf, der gestützt werden musste? Oder war das nur bei den Neugeborenen? Emma war schon älter. Die Kleine interessierte allerdings nicht, wie sie aus dem Wagen kam, Hauptsache sie wurde herausgeholt und schrie aus Leibeskräften. Vorsichtig hob Casper sie an und legte sie, wie er es oft gesehen hatte, in seine Armbeuge. Aber Emma hörte nicht auf zu schreien und hatte schon einen hochroten Kopf. Irgendetwas machte er falsch.

»Ich bin gleich so weit. Du kannst sie ruhig über deine Schulter gucken lassen. Sie ist sehr neugierig.«

Lara schüttete Pulver in die Flasche, in der bereits das warme Wasser war, verschloss sie und schüttelte kräftig. Casper hob die kleine Emma etwas an, hielt sie jetzt aufrecht und hatte das Gefühl, sein Trommelfell platzte gleich. An seiner Brust spürte er das aufgeregte Atmen und das Schlagen des Herzens des Mini-Menschen. Langsam wurde Emma ruhiger. Für Casper war es das erste Mal, dass er ein Baby auf dem Arm hatte. Sie war noch so klein und wirkte einerseits zerbrechlich und trotzdem robust.

»Du kannst sie mir geben.« Lara stellte die Flasche neben sich, nahm Casper ihre Tochter ab und setzte sich wieder. Sobald Emma den Nuckel an ihren Lippen spürte, war sie ruhig und trank gierig.

Casper beobachtete die beiden und ließ sich neben Lara nieder.

»So ein Baby ändert alles, oder?«, fragte er sie.

»Oh ja, von Grund auf. Sowohl positiv als auch negativ. Aber die guten Dinge überwiegen.« Sie lächelte ihre Tochter liebevoll an, während Emma schmatzend ihre Flasche leer trank. »Auf einmal ist da ein kleines Wesen, das deine Hilfe braucht. Ich darf sie aufwachsen sehen. All ihre ersten Versuche miterleben. Bis auf die, bei denen man die Eltern nicht dabei haben will.« Lara grinste Casper verschmitzt an.

In dem Moment kamen Becki und Sascha mit ihrem Essen. Becki hatte beide Hände voll.

»Ich habe dir etwas mitgebracht, Leon steht immer noch an der Bierbude. Jetzt stoßen sie mit den Siegern an.«

»Danke dir, ich bin gleich so weit.«

Becki stellte einen Teller auf der Bank ab und begann zu essen. Sascha hatte seine Portion fast weggeputzt.

»Bjarne ist auch gleich dran. Er hat schon die Salate kritisch beäugt«, informierte Sascha Casper, der die Augen verdrehte und sich vorstellen konnte, was das bedeutete. Sie verfielen kurz in Schweigen.

»Hier Sascha, du bist fertig mit essen. Kannst üben, wie man Bäuerchen macht«, forderte Lara ihn auf, als Emma die Flasche ausgetrunken hatte. Sie hielt ihm ein Tuch hin, das er sich über die Schulter legte und nahm Lara das Baby ab. Casper beobachtete es aus den Augenwinkeln. In ihm arbeitete es.

Endlich kam auch Bjarne mit dem Essen und unterbrach ihn in seinen Gedanken. Gleichzeitig verkündete der Moderator, dass die Siegerehrung begann. Mitten auf der Grünfläche war ein Siegerpodest aufgebaut, auf dem jetzt erst der dritte

Platz, dann der zweite und zum Schluss die Sieger unter Jubel heraufgerufen wurden.

»Sehen wir uns heute Abend?«, fragte Casper. Er hatte aufgegessen und stand auf. Alle nickten einstimmig. »Schön, ich möchte nämlich endlich unter die Dusche. Kommst du auch Bjarne?«

»Ja, ansonsten wüsste ich nicht, wie ich nach Hause komme. Bis später.«

In der Wohnung angekommen, verschwand Casper sofort im Bad und stieg aus seinen verschwitzten Klamotten.

»Alles in Ordnung? Du bist so schweigsam.« Bjarne war ihm gefolgt und beobachtete Casper.

»Klar, was sollte schon sein?« Casper zog sich das Shirt über den Kopf, sammelte nackt seine Klamotten zusammen und warf sie in den Wäschekorb. Bjarne würde sich nie an diesem Mann sattsehen. Da war er sich sicher.

»Keine Ahnung, deswegen frage ich. Bist du enttäuscht, weil wir dieses Jahr nicht gewonnen haben oder weil der Kartoffelsalat nicht so gut schmeckte, wie er aussah?«

Casper stieg unter die Dusche. »Nein, nichts.« Er stellte die Brause an und das Wasser prasselte auf ihn nieder. Bjarne entledigte sich seiner Kleidung und öffnete die Duschtür.

»Kann ich dazu kommen?«, fragte er.

»Natürlich.« Casper trat beiseite und griff nach dem Duschgel. Bjarne wunderte sich über die Wortkargheit Caspers. Seit sie auf dem Sportplatz aufgebrochen waren, antwortete er nur noch einsilbig.

»Hast du dir auch schon überlegt, welches Alter die Kinder haben, die du adoptieren willst?« Casper drückte Bjarne, der ihn mit großen Augen ansah die Flasche in die Hand. Bjarne glaubte, sich verhört zu haben. Die Frage traf ihn völlig unvorbereitet.

»Nein, habe ich nicht. Das sollten wir gemeinsam machen.«

»Ich meine nur, was ist, wenn wir ein Baby kriegen? Wie soll das gehen? Die wollen ihr Fläschchen haben und können nicht allein bleiben, werden wahrscheinlich auch nachts wach. Bei einem älteren Kind ist es eventuell etwas einfacher, doch es braucht trotzdem ebenso viel Aufmerksamkeit.« Casper rieb sich mit dem Duschgel ein, während er immer schneller redete. »Aber dann haben wir vielleicht wichtige Entwicklungen verpasst. Den ersten Schritt, das erste Wort. Bei älteren Kindern wissen wir nicht, was sie schon alles erlebt ha…«

»Hey, ganz ruhig, Casper. Hol mal Luft«, bremste Bjarne Caspers Redefluss und umfasste seine Schultern. Er war froh, dass Casper von sich aus mit dem Thema begann und wollte ihn nicht ausbremsen. Aber das waren so viele Fragen auf einmal, die er nicht beantworten konnte.

»Wie kommst du jetzt darauf?« Bjarne stellte das Duschgel ab, ohne sich welches aufgetan zu haben. Er fasste Casper an den Schultern und drehte ihn zu sich. »Das sind wichtige Entscheidungen, die wir gemeinsam treffen und garantiert mit unserer Beraterin oder Betreuerin besprechen können. Zuallererst müssen wir erst mal wissen, ob wir überhaupt wollen. Ob du möchtest. Danach gehen wir Schritt für Schritt.«

»Was ist, wenn wir es nicht hinbekommen? Du eröffnest deinen Hofladen und ich habe alle Hände mit dem Hof zu tun.«

Casper blickte Bjarne mit einer Mischung aus Angst und Zweifel an. Doch da hatte Bjarne überhaupt keine Bedenken. Sie waren nicht allein und so lange sie in Annendorf lebten, würden sie es nie sein.

»Wir werden eine Lösung finden und wir sind nicht allein. Deine Eltern werden uns helfen. Wir wohnen unter einem Dach. Das Kind könnte auch bei mir im Laden sein. Andere schaffen das auch.« Casper nickte. Seit er Emma auf dem Arm und Lara mit ihr beobachtet hatte, brodelte es in ihm. Er hatte immer noch keine Vorstellung davon, wie es sein könnte, Vater zu sein. Aber dieser Mini-Mensch auf seinem Arm hatte etwas bewirkt. Er wollte sie beschützen und konnte sich mit dem Gedanken anfreunden, ein kleines Wesen auf dem Weg ins Leben zu begleiten und ihm beizustehen.

»Was ist, wenn wir nicht geeignet sind? Du hast gesagt, dass nicht alle Paare, die adoptieren möchten, Eltern werden?« Zum ersten Mal sprach er die Angst aus, die ihn die letzten Wochen zusätzlich begleitet hatte. Er hatte sich selbst verboten, sich Hoffnung zu machen, nur um am Ende doch enttäuscht zu werden.

»Dann werden wir lernen, auch damit umzugehen. Aber wenn wir im Leben immer von Anfang an vom Schlimmsten ausgehen, würden wir nie etwas zustande bringen.« Bjarne umfasste sanft Caspers Gesicht. Seine Daumen streichelten über seine Lippen. Das Wasser rauschte unablässig über sie hinweg. »Es gibt nun mal im Leben und für das Leben keine Garantien. Aber sollen wir aus Angst, vielleicht kein Kind zu kriegen, es gar nicht erst versuchen? Es mag für uns schwieriger sein als für hetero Paare, aber es gab schon vor uns schwule Paare, die das geschafft haben.«

Casper umfasste mit seinen Händen Bjarnes, die immer noch an seinem Gesicht ruhten. »Ich hatte vorhin Emma auf dem Arm. Habe ihr kleines Herz schlagen gefühlt. Sie ist noch ein Baby und hat trotzdem schon eine eigene Persönlichkeit. Hast du das gewusst?« Bjarne lächelte ihn an.

»Ja, das habe ich. Ich hatte Emma schon öfter auf dem Arm, wenn ich bei Leon war und auf sie aufgepasst habe.«

»Hast du keine Zweifel?« Casper senkte seine Hände und nahm Bjarnes mit. Er verschränkte ihre Finger miteinander.

»Ständig. Ich denke sogar darüber nach, ob ich auch mal so engstirnig wie meine Eltern werde. Ich glaube Sascha, Becki oder Leon und Lara haben sich weniger Gedanken gemacht als wir beide und sind einfach gesprungen. Manchmal kann man auch etwas zerdenken. Ich will dich jetzt nicht überreden oder deine Zweifel kleinreden, aber wärst du hetero und mit einer Frau verheiratet, wäre es wahrscheinlich das Normalste der Welt für dich. Und ich finde, dasselbe können wir für uns auch in Anspruch nehmen.«

Casper seufzte. Es klang so schlüssig und logisch, was Bjarne sagte. »Ja, das mag sein. Ich muss das sacken lassen, okay?«

»Natürlich. Und wenn du weiterreden willst, du weißt, wo du mich findest.«

Casper nickte. Dann küsste er Bjarne.

»Du hast gar nicht geschimpft, dass wir so lange unter der Dusche stehen«, versuchte Casper die Stimmung wieder aufzulockern. Bjarne tat ihm den Gefallen und spielte mit. Er kniff die Augen zusammen und schaute Casper empört an.

»Jetzt, wo du es erwähnst, fällt es mir auch auf. Wir verschwenden Ressourcen.«

Er zog seine Hände unter Caspers hervor und griff nach dem

Duschgel. »Na los, Haare shampoonieren und raus aus der Dusche. Wir müssen gleich wieder los.«

Casper lachte laut auf. »Ich liebe dich so sehr, weißt du das eigentlich?« Er küsste Bjarne noch einmal. Der Kuss wurde intensiver, doch Bjarne brach ab.

»Nee, nee, nee, das führt in Bereiche, in die ich zwar gerne vordringen will, aber nicht jetzt. Ich habe Kassendienst um sieben Uhr und keine Ahnung, wie spät es ist.«

»Spielverderber.« Casper klatschte Bjarne auf den Hintern, ließ ihn aber in Ruhe und duschte zu Ende.

Kapitel 4

Langsam schlug Casper die Augen auf. Die Sonne schien durchs Fenster und erhellte den Raum. Sie hatten letzte Nacht vergessen, die Rollläden herunter zu lassen. Kurz überlegte er, wie sie überhaupt nach Hause gekommen waren, aber dann fiel es ihm wieder ein. Mit dem Taxi.

Er rieb sich müde mit den Händen über sein Gesicht. Der erwartete Kater blieb aus, nur ein dumpfes Klopfen im Kopf und ein kleiner Pelz im Mund. Hatte er doch genug Wasser zwischendurch getrunken.

Er drehte sich zu Bjarne, der friedlich und leise vor sich hin schnarchte und dabei aufs Kissen sabberte. Dann schaute auf er auf den Wecker. Kurz vor ein Uhr mittags.

Leise erhob er sich, um im Bad zu verschwinden. Wechselte er jetzt aufs Sofa und guckte Fernsehen oder legte er sich wieder ins Bett?, fragte er sich.

Im Schlafzimmer war Bjarne und da war doch noch der von gestern verschobene Sex. Er nahm aus dem Badezimmer zwei Aspirin mit und holte aus der Küche eine Flasche Wasser. Eine Tablette schluckte er im Gehen, die andere war für Bjarne. Casper stellte das Wasser auf dem Nachttisch ab, legte die Pille daneben und krabbelte wieder ins Bett.

Sanft pikte er Bjarne mehrfach in die Wange, der daraufhin

nur brummte und die Seite wechselte. Casper legte sich neben den unbedeckten Bjarne, genoss die Wärme, die dessen Körper ausstrahlte. Er streichelte Bjarnes Haare aus dem Nacken und verteilte Schmetterlingsküsse auf seinem Hals. Wieder nur ein Brummen.

»Wach auf, Schatzilein«, flüsterte Casper ihm ins Ohr.

»Will schlafen«, murmelte Bjarne kaum verständlich und hielt die Augen geschlossen, wobei seine Lider zuckten.

»Letzter Urlaubstag.«

»Du kannst gleich weiterschlafen. Versprochen. Nur kurz unterbrechen.« Casper intensivierte seine Bemühungen, bis Bjarne sich auf den Rücken legte und die Augen öffnete.

»Ah, das tut weh«, beschwerte er sich und presste sich eine Hand an die Schläfe.

»Habe ich mir gedacht. Mund auf.« Casper griff nach der Aspirin, legte sie Bjarne auf die Zunge, der sich aufrichtete, damit er besser trinken konnte. Casper hielt ihm die Flasche an die Lippen und kippte sachte, bis Wasser in den Mund lief. Kurz darauf setzte er wieder ab.

»Wenn du mich eben rauslässt, nutze ich die Zeit bis zur Wirkung.«

»Wehe, du kommst nicht wieder.« Casper drohte ihm mit dem Zeigefinger. Bjarne stöhnte.

»Keine Sorge, das Bett wird heute mein bester Freund.« Casper rückte beiseite und Bjarne verschwand im Bad. Er putzte sich schnell die Zähne. Die Tablette begann zu wirken und der Kopfschmerz ließ nach. Er hätte nicht trinken sollen. Bjarne betrachtete sich im Spiegel und entdeckte entsetzt, dass er ein graues Haar hatte, oder war das nur der Lichteinfall?

Er kehrte zu Casper ins Bett zurück und zeigte auf das Haar.

»Ist das grau? Kriege ich etwa schon graue Haare?« Casper beugte sich vor und nahm Bjarnes Kopf unter die Lupe.

»Ich kann nichts erkennen, außer deine tollen Locken, aber keine grauen.« Er drückte Bjarne zurück auf die Matratze und zog ihm die Boxershorts aus.

»Vielleicht sollte ich deinen Körper aber gründlich nach grauen Haaren an anderen Stellen untersuchen«, murmelte er und wanderte küssend Bjarnes Hals hinab. Jeden Bereich ohne graue Haare küsste er oder fuhr mit der Zunge darüber. Besonders in der Nähe des Schwanzes und der Eier ließ er sich sehr viel Zeit.

»Da kannst du gar nichts sehen, da wird regelmäßig rasiert. Was hältst du davon, wenn du dort endlich ein langes und gründliches Okay gibst?«, schlug Bjarne vor, dessen Schwanz hart war.

»Das hättest du wohl gerne? Nein, nein, nein, das muss warten.« Casper tastete die kurzen Haare zwischen dem Glied und den Eiern immer wieder ab. Nahm die Eier in die Hand und streichelte um sie herum. Bjarne stöhnte auf, griff selbst nach seinem Schwanz und rieb ihn.

Casper schnappte sich sein Kissen, legte es Bjarne unter die Taille, nahm die Hand vom Glied weg und küsste es. Da Bjarne fand, dass er nun genug nach grauen Haaren untersucht worden war, rollte er Casper auf den Rücken und zog ihm die Boxershorts aus. Der lachte über Bjarnes Ungeduld und wehrte sich nicht.

»Da ist aber einer bereit.« Bjarne leckte an Caspers hartem Schwanz hoch, spielte mit der Zunge an der Eichel und nahm ihn ganz in den Mund.

Casper schloss die Augen und genoss es. Nach all den Jahren

war es für ihn immer wieder etwas Besonderes, mit Bjarne zu schlafen.

Bjarne holte das Gleitgel und ein Kondom aus dem Nachttisch. Casper nahm ihm das Gel ab, machte sich etwas auf die Finger und bereitete Bjarne vor, während dieser Casper schon das Kondom aufzog. Bjarne konnte es kaum erwarten, ihn in sich aufzunehmen. Als er so weit war, setzte er sich auf Casper, positionierte den Schwanz an seinem Loch und nahm ihn zentimeterweise auf. Genoss das Gefühl, von Casper ausgefüllt zu werden und sein Stöhnen zu hören. Als er ganz drin war, beugte Bjarne sich vor, küsste Casper und fing an, sich zu bewegen. Er hatte heute keine Geduld für langsamen genussvollen Sex, sondern gab direkt einen schnellen Takt vor. Caspers Hand hatte sich um seinen Schwanz geschlossen und drückte sanft zu. Sie stöhnten gleichzeitig, als Caspers Spitze Bjarnes Prostata stimulierte. Der wurde hektischer, wollte das Gefühl länger auskosten und trotzdem Erlösung finden. Und dann kam er, spritzte Casper auf den Bauch und die Brust. Kostete die Nachwehen des Orgasmus aus.

Nun drehte Casper Bjarne wieder auf den Rücken, stieß noch zweimal zu und sprang auch über die Klippe. Er legte sich auf Bjarne, der Caspers Hinterkopf mit seinen Händen umschloss und ihn zu sich zog, um ihn zu küssen.

»Jetzt kannst du wieder schlafen. Sport für heute erledigt.« Casper lächelte an Bjarnes Hals, bevor er ihm dort einen Kuss aufdrückte. Im selben Moment knurrte Bjarnes Magen.

»Werde wohl eher Essen für uns machen.« Bjarne schmunzelte. Sie blieben noch einen Augenblick liegen und genossen die gegenseitige Nähe, bis auch Caspers Magen nachdrücklich nach Essen verlangte.

»Mach vorsichtig, ja? Nicht, dass sie zerknicken«, ermahnte Casper Bjarne, der einen Stapel Papier aus einem Karton herausholte. Bjarne hatte nach dem Essen beschlossen, doch nicht wieder ins Bett zu gehen. Sie hatten sich bequeme Jogginghosen und T-Shirts angezogen und saßen im Wohnzimmer auf dem Sofa. Den Tisch hatten sie nah herangezogen.

»Ja, ja, ich weiß«, gab Bjarne leicht genervt von sich und legte den Stapel auf einer ausgebreiteten Papierserviette ab. »Hast du die Liste?«

»Ja, hier. Du eine Seite und ich eine Seite.«

»Wollen wir wirklich alle Adressen mit der Hand schreiben?« Bjarne ließ seinen Blick zwischen einem Stapel cremefarbener glänzender Kuverts und den Hochzeitseinladungen hin und her gleiten.

»Ja, hatten wir gesagt. Aber wir können die auch bei uns im Büro bedrucken lassen. Der Kopierer dort kann das«, schlug Casper vor.

»Nein, es ist persönlicher, wenn wir sie selbst beschriften.«

»Müssen wir überhaupt die Einladungen beschriften, die hier verteilt werden?« Auch Casper war sich nicht mehr so sicher, ob er die Idee so toll fand. »Es wird auf jeden Fall nicht weniger, wenn wir sie anstarren. Beginnen wir mit denen, die wir zuschicken. Nimmst du die Hamburger? Ich kümmere mich um meine Familie. Und denk dran, erst beschriften, dann die Einladung reinstecken.«

Bjarne seufzte, nickte aber.

Der sonst so chaotische Casper wurde regelrecht penetrant

ordentlich, wenn es um ihre Hochzeit ging. Schon allein deswegen liebte ihn Bjarne noch mehr. Casper hatte eine Checkliste entworfen, die immer wieder überarbeitet wurde, sobald ihm ein Punkt auffiel, der fehlte.

»Morgen werde ich kein Messer halten können.«

»Jetzt tu nicht so. Heute mag dein letzter Urlaubstag sein, aber deine freien Tag hast du nächste Woche morgen und Dienstag. Hast also Schonfrist.«

Sie griffen beide nach einem Umschlag, suchten eine Adresse aus ihren Listen und begannen in ihrer schönsten Schrift zu schreiben. Die Adresslisten legten sie in die Mitte, damit sie beide sie einsehen konnten. Für kurze Zeit waren nur noch das Kratzen der Stifte, das Rascheln von Papier, wenn einer von ihnen eine Einladung eintütete und den Umschlag schloss sowie der Fernseher zu hören.

Am Ende stand nur noch eine Adresse von auswärtigen Gästen auf der Liste. Casper schaute zu Bjarne.

»Wir brauchen sie noch nicht fertigzumachen«, meinte er.

»Aber gehört sich das nicht?«, fragte Bjarne zweifelnd und blickte unverwandt auf die Adresse.

»Also in meinen Augen haben sie sich schon vor langer Zeit Infos aus deinem Leben verspielt.«

»Aber es sind immer noch meine Eltern«, murmelte Bjarne und ein altbekannter Kloß kroch ihm im Hals hinauf. Hörte das denn niemals auf?, fragte er sich.

»Es ist deine Entscheidung. Aber dann würde ich unsere Adresse weglassen.« Bjarne warf Casper einen erstaunten Blick zu. Der zuckte mit den Schultern. »Da besteht eher die Chance, dass sie den Brief annehmen.« Casper griff nach einem Umschlag, schrieb die Adresse darauf, tütete eine Einladung ein und legte sie extra. »Schatz, wir haben noch Zeit. Bis dahin kannst du entscheiden, ob du ihn abschicken möchtest oder lieber nicht. Die anderen verteilen oder verschicken wir auch erst in ein paar Wochen.«

Casper rückte näher an Bjarne und zog ihn in eine feste Umarmung. Mit Bjarne im Arm ließ er sich gegen die Rückenlehne vom Sofa sinken und spielte mit Bjarnes Haaren.

»Du bist ihnen nichts schuldig. Sie haben dir immer wieder gezeigt, was sie von deinem Leben halten. Aber ich kann trotzdem verstehen, dass du sie dabei haben willst und dass du die Einladung verschicken wirst.«

Und das Schlimmste, ich weiß es jetzt schon, dass sie dir wehtun werden. Sie werden sich nicht einmal melden, dachte Casper, sprach es aber nicht laut aus.

Bjarne schlang seine Arme um Caspers Taille, sein Kopf ruhte auf Caspers Brust. Er nickte nur, war nicht fähig etwas zu sagen, da der Kloß seinen Hals einengte. Wann würde das endlich verschwinden? Wann konnte er an seine Eltern denken, ohne es mit Trauer und dem Gefühl des Verlassen werdens in Verbindung zu bringen? Würde er es überhaupt jemals?

Casper wiegte sie beide und drückte Bjarne einen Kuss auf den Scheitel. Im Fernseher lachte jemand, während ein anderer eine witzige Begebenheit zum Besten gab.

»Obwohl ich mir keine Hoffnung machen will, keimt da immer noch dieser eine kleine Samen in mir mit dem Namen: vielleicht zur Hochzeit. Vielleicht wachen sie jetzt auf«, durchbrach Bjarne nach einer Weile die Stille zwischen ihnen. Trotz des kleinen Funken Hoffnung, fragte er sich auch, wie sie überhaupt wieder zueinanderfinden sollten, wenn seine Eltern den Kontakt zu ihm suchten. Sie hatten schon so viel in seinem

Leben verpasst und er in ihrem. War die Kluft noch zu überwinden?

Bjarne hatte die Tränen erfolgreich bekämpft, doch die tiefe Traurigkeit ließ sich nicht vertreiben.

Vor einiger Zeit hatten Marion und Thomas Bjarne angeboten, sie auch Mama und Papa zu nennen. Sie versicherten ihm, dass sie selbstverständlich niemals seine Eltern ersetzen könnten, aber für sie wäre er ihr Sohn, genauso wie Casper. Er könnte sich immer an sie wenden. Diese Menschen, mit denen er nicht einmal blutsverwandt war, waren mehr Familie, als seine es in den letzten Jahren je gewesen war.

»Was hältst du davon, wenn wir den Rest fertigmachen?« Bjarne wollte sich nicht länger mit seinen Eltern aufhalten und schob sie wieder in die hinterletzte Ecke seines Kopfes, die er nur für sie reserviert hatte. Er wollte sich auf die Hochzeit freuen. Es war sein Freudentag, den wollte er sich durch nichts zerstören lassen.

»Okay, aber dann müsstest du mich loslassen, sonst kann ich mich nicht bewegen.« Casper strampelte mit den Beinen und stieß dabei gegen den Tisch. »Au«, rief er durch zusammengebissene Zähne aus.

»Warum machst du das auch?«, fragte Bjarne verständnislos und setzte sich auf.

»Ich wollte dir demonstrieren, wie wenig ich mich bewegen kann.« Casper rieb über den schmerzenden Fuß.

»Wir schreiben überall die Adressen rauf«, wechselte Bjarne das Thema. »Wenn wir die Einladungen verteilen, wissen wir sofort, wo wir hinmüssen«, beschloss Bjarne und fing wieder an, Umschläge zu beschriften. Casper schaute ihn prüfend an. Bei den nun kommenden Gästen wussten sie von jedem einzelnen, wo sie wohnten. Er sagte aber nichts dazu. Wenn es das war, was Bjarne im Moment brauchte, würde er es ihm einfach geben.

Mit einem Lächeln nahm er sich einen leeren Umschlag und schrieb die nächste nicht durchgestrichene Adresse darauf.

»Wir haben ganz schön viele eingeladen«, bemerkte Casper nach einer Weile.

»Was kann ich dafür, wenn du mit dem halben Dorf verwandt bist?« Bjarne schmunzelte und Casper war froh, dass Bjarne sich nicht durch seine Eltern herunterziehen ließ.

»Nur ein Viertel des Dorfes bitte. Der Rest sind unsere Freunde.«

Casper hatte recht, erkannte Bjarne. Seine Eltern mochten vielleicht nicht kommen, sich eventuell nicht einmal melden, aber er hatte eine Menge Menschen um sich herum, die sich freuten, mit ihnen zu feiern. Er beugte sich zu Casper und küsste den für ihn besten Mann der Welt.

Auf geht's

Band 5

Kapitel 1

Endlich war es so weit. Heute fand der Umzug aus Bjarnes Wohnung in ihr gemeinsames Reich auf dem Hof statt. Sie hätten bereits im Oktober einziehen können, als die Küche kam und das Bad fast fertig war. Aber ständig war an anderen Stellen etwas ins Stocken geraten und sie wollten nicht eher einziehen, bevor nicht die letzte Fußleiste angebracht war. Sowohl Casper als auch Bjarne hatten Bedenken, dass sie solche Kleinigkeiten vor sich herschieben würden, wenn sie erst in der Wohnung waren. Nur die beiden leeren extra Zimmer hatten noch kahle Wände, keinen vernünftigen Fußbodenbelag und natürlich keine Fußleisten.

Außerdem hatten sie endlich das Ein-Raum-Appartement für den Auszubildenden Linus, der seit dem Spätsommer angestellt war, fertiggestellt. Von August bis November schlief er im Gästezimmer bei Sascha und Becky. Casper war froh, dass Linus sehr geduldig war. Dadurch wurde allerdings die Fertigstellung ihrer eigenen Wohnung vernachlässigt.

Jetzt näherte sich schon eines von Bjarnes Lieblingsfesten. In drei Wochen war Weihnachten. Er liebte den Geruch von Tannen und frischem Gebäck. Für dieses Jahr hatte er sich vorgenommen, einen eigenen Weihnachtsbaum aufzustellen, und sollten sie noch nicht alle Kartons ausgeräumt haben, würde er sie in die leeren Zimmer stellen. Obwohl er sich dagegen wehrte, sie als Abstellraum zu benutzen.

In den letzten Wochen hatten Casper und Bjarne immer wieder Kartons aus der einen in die andere Wohnung gebracht. Bjarne hatte die Küche eingeräumt und zu Caspers Entsetzen dreimal umgeräumt, bis er zufrieden war.

Es fehlten nur noch die Möbel und weitere gefüllte Kartons. Als sie alles verpackt hatten und vor der Wand von Umzugskisten standen, fragten sie sich, wo die ganzen Dinge versteckt gewesen waren.

»Wie kann ein einziger Mensch so viel Sachen ansammeln?«, fragte Sascha, als er jetzt ebenfalls mit Casper und Bjarne davor stand. Bjarne zuckte mit den Schultern. Alle drei stemmten die Hände in die Hüften und betrachteten die Kartons.

»Ein paar Sachen sind mittlerweile von mir auch dabei«, gab Casper vorsichtig von sich.

»Na ja, durch Anstarren kriegen wir die nicht runter. Lasst uns mal loslegen.« Sascha griff sich den ersten Karton und schleppte ihn die Treppe hinunter zum Anhänger.

Casper hatte den kleinen Viehanhänger vom Hof sauber gemacht und sich den Geländewagen seines Vaters ausgeliehen. So mussten sie keinen extra Transporter anmieten.

»Hilft ja nichts. Wir können noch immer nicht zaubern.« Bjarne küsste Casper auf die Wange, sie ergriffen jeder einen Karton und folgten Sascha. Leon, Jannik und Julian wollten ebenfalls zum Helfen kommen, waren allerdings noch nicht aufgetaucht.

Als sie die zweite Tour liefen, kam Leon angebraust und hielt mit seinem Wagen hinter dem Hänger.

»Sorry, aber die Kleine hat hohes Fieber bekommen, da sind

wir ins Krankenhaus gefahren«, rief er beim Aussteigen den dreien zu. »Ich hab völlig vergessen, Bescheid zu geben.«

»Alles in Ordnung?«, hakte Sascha besorgt nach. Er war selbst im September Vater der kleinen Liliane geworden.

»Sie hat eine Mittelohrentzündung und uns die halbe Nacht wach gehalten.« Leon gähnte. »Lara wird also später nicht kommen. Sie bleibt mit Emma zu Hause.«

»Na klar, Emma soll sich gut erholen.« Bjarne hatte seinen Karton kurz abgestellt. Er betrachtete Leon, der Augenringe hatte, dessen Haare wirr abstanden und heute garantiert noch keinen Kamm gesehen hatten. »Willst du lieber nach Hause?«

»Quatsch. Die Kleine hat eine Mittelohrentzündung. Das schafft Lara auch alleine mit Emma. Wo sind denn die anderen? Noch oben?«

»Noch nicht da.« Casper ächzte, als er in den Anhänger stieg und den Karton hinten an der Wand abstellte.

»Im Ernst? Faule Säcke.«

Zu viert gingen sie wieder hoch. Die nächste halbe Stunde waren sie nur mit den Umzugskartons beschäftigt. Julian und Jannik gesellten sich irgendwann dazu. Als sie alle Kartons verladen hatten, passte kaum noch etwas in den Anhänger.

»Wir sehen uns auf dem Hof«, meinte Jannik, als sie die Klappe schlossen und Casper in den Wagen stieg.

Am Hof angekommen, wurden sie sofort von Julia in Empfang genommen, die sich extra für den Umzug freigenommen hatte. Sie riss die Fahrertür auf, kaum dass Casper den Wagen gestoppt hatte.

»Wo wart ihr denn so lange? Ich warte hier schon ewig«, begrüßte sie ihren Bruder und umarmte ihn.

»Darf ich mich noch abschnallen und rauskommen?«, bat

er genervt. Ihm taten die Arme vom Schleppen weh und die Aussicht, die Kartons jetzt wieder alle eine Etage hochzutragen, erfreute ihn nicht besonders.

»Du bist aber ein Griesgram. Freu dich, dass ihr heute umzieht.« Julia ließ ihn los und trat einen Schritt zurück. Derweil war Bjarne ausgestiegen und kam ums Auto herum.

»Hey du Wirbelwind. Lass den ollen Brummbären. Er mag es nicht Kartons zu schleppen. Murrt schon seit Wochen, wenn er einen durch die Gegend tragen soll.« Bjarne umarmte seine zukünftige Schwägerin innig. Sie war wie eine Schwester für ihn geworden.

»Geht's weiter?« Jannik war zu ihnen getreten, wandte sich zum Hänger, öffnete ihn und griff einen Karton. »Ist alles offen? Habe keine Lust vor verschlossener Tür zu stehen«, rief er und lugte um die Ecke des Hängers. Julian, Leon und Sascha hatten auch je einen Umzugskarton ausgeladen.

»Ich hab alles aufgemacht. Ihr könnt direkt von außen in die Wohnung und müsst nicht erst bei meinen Eltern durch«, antwortete Julia schnell. Sie schnappte sich einen Karton.

Casper und Bjarne hatten auf den Deckeln notiert, was sich darin befand und in welchen Raum die Kisten sollten. In der Wohnung hatten sie Hinweisschilder an die Türen geklebt. Sie hofften, dass so am wenigsten Chaos entstand. Casper seufzte, stieg aus dem Auto aus und half beim Kartonschleppen. Seine Mutter war in der ersten Etage und koordinierte dort noch zusätzlich die Männer in die richtigen Zimmer.

Casper war das dritte Mal wieder oben, als aus dem Wohnzimmer ein lautes Scheppern und ein Wutschrei drangen.

»Shit, was ist da passiert?«, murmelte er genervt und stellte seinen Karton mitten im Weg ab. Hoffentlich waren das nicht meine Spider-Man-Sachen, dachte er und eilte in die Stube. Er sah bereits in der Tür, dass Leon eine Kiste gerissen war und sich Fernbedienungen, Pokale von Bjarnes Kochwettbewerben, Deko und allerlei anderes Kleingedöns um ihn herum verteilt hatte. Bjarne hatte sich hinter Casper gestellt, da er den Krach schon auf der Treppe gehört hatte.

»Oh nein, da sind Teelichtgläser kaputtgegangen.« Bjarne drängelte sich an Casper vorbei und kniete sich hin.

»Das tut mir leid. Ich hatte nicht gesehen, dass der Karton kaputt ist«, entschuldigte sich Leon.

»Ach Quatsch, woher sollst du das denn auch wissen?«, wehrte Casper ab und hockte sich neben Bjarne. Leon stellte den Karton auf dem neuen Sofa ab, das Casper und Bjarne sich gegönnt hatten. Bjarne sammelte seine Pokale ein und reihte sie auf dem Tresen der Mitteninsel auf.

Leon wollte beginnen, die Sachen vom Boden aufzuheben, aber Casper hielt ihn davon ab.

»Geh ruhig weiter die anderen Kartons holen, wir machen das hier weg. Kein Problem.«

Bjarne lachte. »Du bist nur froh, eine Ausrede zu haben.« Er hatte Handfeger und Schaufel hervorgeholt und Leon verließ das Wohnzimmer. Casper fischte aus den Scherben einen Bilderrahmen, auf dem sie bei ihrem ersten Erntefest zu sehen waren. Beide hatten sie weiße Hemden und eine schwarze Hose an. Sie lachten glücklich in die Kamera.

»Da waren wir frisch zusammen, ich das erste Mal hier und wir hatten noch unsere rosarote Brille auf.« Bjarne blickte von hinten auf das Bild. »Ich wohnte sogar noch in Hamburg. Meine Güte, das scheint eine Ewigkeit her zu sein.«

»Was hatte ich für eine Angst vor diesem Fest, gerade frisch geoutet.« Casper lehnte sich gegen Bjarne, der sich hinter ihn gesetzt hatte. Bjarne legte seine Arme um Casper.

»Hierher zu ziehen war die absolut beste Entscheidung meines Lebens.«

»Trotz der blöden Woche über die wir nicht mehr sprechen wollen?«, hakte Casper nach.

»Jepp, trotz der Woche.« Bjarne lehnte seinen Kopf an Caspers an. Sie schwiegen und verloren sich in ihren Erinnerungen an die letzten Jahre.

Bjarne dachte an ihren ersten gemeinsamen Urlaub, in dem sie weggeflogen waren. Im Winter auf die Kanaren. Während Bjarne sich treiben lassen wollte, hatte Casper einen genauen Plan erstellt, was sie wann besichtigen könnten. Sie mussten erst einmal einen Urlaubsrhythmus finden.

Casper hingegen schmunzelte beim Gedanken daran, wie Bjarne das erste Mal einen Trecker gefahren war. Mittlerweile hatte er einen Führerschein gemacht und durfte mit Hänger fahren, aber damals war er fast mit dem Schlepper in der alten Scheune gelandet. Er war im ersten Moment völlig überfordert davon, etwas Größeres als ein Auto zu fahren und die Länge und Breite einzuschätzen.

»Es widerstrebt mir, euch zu stören, aber ihr befindet euch mitten im Umzug. Was haltet ihr davon, wenn ihr wieder beim Tragen helft und ich die Scherben wegkehre?« Marion trat an sie heran, gefolgt von Jannik, der grinsend einen Karton abstellte. Casper und Bjarne zuckten zusammen. Sie hatten Marion und Jannik nicht gehört.

Es war mehr ein Befehl, denn eine Frage von Marion. Sie griff nach dem Besen und der Kehrschaufel. Bjarne schmunzelte, küsste Casper auf die Wange und stand auf.

Anscheinend kann ich mich nicht vor dem Schleppen drücken, dachte Casper und folgte Bjarne und Jannik schwerfällig. Wenn es nach ihm gegangen wäre, hätte er sich in den Stall verkrümelt und hätte dort angenehmere Tätigkeiten erledigt. Aber er wurde nicht gefragt und fügte sich ins Unausweichliche.

Marion hob die restlichen Dinge vom Boden auf, stellte sie auf die Küchentheke und fegte die Scherben zusammen.

»Glück und Glas ...«, murmelte sie und hoffte, dass es ein positives Omen war für die beiden.

Bevor sie wieder nach Darrenberg fuhren, um die Möbel zu holen, die auseinandergebaut auf ihren Transport warteten, servierte Marion Gulaschsuppe zur Stärkung. Thomas und der Auszubildende Linus, die dieses Wochenende Dienst hatten, kamen dazu.

Am Nachmittag hatten sie komplett alle Möbel in der neuen Wohnung und schraubten fleißig. Während Bjarne, Leon und Sascha sich um den Kleiderschrank kümmerten, bauten Julian und Casper das Bett zusammen auf. Jannik und Julia waren im Büro. Hin und wieder hörten sie Julias Lachen oder Janniks Fluchen, weil er mit dem Schraubenzieher abgerutscht war.

»Werdet ihr das Bett heute einweihen?«, fragte Julian, als sie den Lattenrost anschraubten.

»Ich glaube kaum, dass dich das etwas angeht«, antwortete Bjarne, der ein Seitenteil des Schranks hielt, während Leon und Sascha rechts und links die Schrauben festzogen.

»Na, ihr müsst doch testen, ob es quietscht und zur Not etwas dagegen machen. Muss unter euch doch nicht jeder mitbekommen, wenn ihr Bettsport treibt«, wandte Leon ein.

»Können wir vielleicht über anderes reden, als über unser Liebesleben?«, bat Casper.

»Klar, habt ihr eure Küche schon eingeweiht?« Leon blickte grinsend von Bjarne zu Casper.

»Bestimmt nicht.« Sascha kam aus seiner gebückten Haltung und streckte seinen Rücken durch, ebenfalls grienend. »Das machen sie, wenn alles fertig ist.«

»Es reicht, in Ordnung?« Bjarne rüttelte leicht am Seitenteil des Schranks. »Wir wollen schließlich auch nicht wissen, wo ihr schon überall habt. Und nein, ich habe noch nicht in der Küche gekocht.« Bjarne betonte das letzte Wort besonders und Julian, Sascha und Leon brachen in Gelächter aus.

»Was ist hier los?« Julia kam aus dem Büro angestürmt. »Was verpasse ich?«

Casper und Bjarne waren nicht gewillt ihr zu antworten.

»Wir haben darüber gesprochen, dass die beiden das Bett heute testen müssen, damit sie das Quietschen abstellen können«, brachte stattdessen Sascha sie auf den neuesten Stand. Jannik war hinter Julia erschienen und lehnte sich gegen den Türrahmen. Casper entging nicht, wie nah er seiner Schwester war, die nichts dagegen unternahm. Interessant, dachte er.

»Wie langweilig. Komm Jannik, lass uns weitermachen, damit ich heute Nacht ein Bett habe.« Sie drehte sich um und prallte in Jannik, der auf den abrupten Richtungswechsel nicht eingestellt war.

»Entschuldigung«, brachte er hervor und lief rot an. Casper und Sascha blickten sich an und zogen die Augenbrauen hoch. Der sonst immer tonangebende, um keinen Spruch verlegene Jannik wurde gerade sehr kleinlaut. Jannik und Julia verschwanden wieder im Büro und Casper schaute ihnen hinterher.

Spät am Abend waren alle Möbel zusammengebaut und standen an ihrem Platz. Leon und Sascha hatten sich bereits vor einigen Stunden verabschiedet, da sie nach Hause zu ihren Familien wollten, aber Julia, Jannik und Julian schraubten mit Casper und Bjarne bis zum bitteren Ende.

Nun gingen Casper und Bjarne durch die Wohnung und besahen sich das Chaos aus den durcheinander gestapelten Kartons, Kisten, Blumen und Koffern, die nur darauf warteten ausgepackt oder an ihren Platz gestellt zu werden. Julia war im Bad verschwunden, um sich fertig fürs Bett zu machen. Sie hatte im Büro das Schlafsofa für sich vorbereitet.

»Mann, bin ich kaputt. Wir müssen noch unsere Bettdecken finden und die Matratzen beziehen. Aber ich kann nicht mehr.« Casper ließ sich aufs Bett fallen und schloss die Augen. Ihm schmerzten die Arme und Beine vom vielen Heben, Schleppen und Zusammenbauen.

»Oh ja. Wir brauchen jemanden, der das macht.« Bjarne erging es nicht anders. Er ließ sich neben Casper fallen.

»Wollen wir doch mal sehen«, murmelte er und Casper fragte sich, was Bjarne damit meinte. Bjarne richtete sich neben ihm auf, wippte erst hin und her. Dann stand er auf und hüpfte auf und ab.

»Was machst du da?«, fragte Casper genervt. Er wollte nur schnell fertig werden, auch wenn er nicht wusste, wie er sich noch bewegen sollte. Nebenan im Bad hörten sie das Wasser der Dusche rauschen. Die könnte er ebenfalls gebrauchen.

»Na testen, ob es quietscht.«

»Test bestanden. Kannst du jetzt bitte aufhören, bevor das Bett unter deinem Gehopse zusammenkracht?« Casper gähnte herzhaft und rollte sich auf der Seite zusammen.

»Hey, nicht schlafen, mein lieber Hausgeist, Matratze beziehen.« Bjarne rüttelte an seiner Schulter und widmete dann den an der Wand gestapelten Kartons seine Aufmerksamkeit. Warum waren sie nur bei den Kisten fürs Schlafzimmer nicht genauso ordentlich gewesen, wie bei den anderen? Sie hatten bei denen einfach alles wahllos reingestopft. Endlich wurde er fündig und bewarf Casper, der immer noch auf dem Bett lag, mit den Laken. Dann folgten die Kissen und ein leiser Protest von Casper, der sich trotzdem erhob, um die Matratzen zu beziehen.

Als sie endlich im Bett lagen, schliefen sie sofort ein. Der Tag war kräftezehrend, aufregend und sie hatten noch nicht begriffen, dass ein neuer Lebensabschnitt begonnen hatte.

Kapitel 2

»Müssen wir wirklich aufstehen?« Casper versuchte laut stöhnend, sich zu drehen, doch Muskelkater hinderte ihn daran. Sie waren seit einer halben Stunde wach, mochten sich aber nicht erheben.

»Die Kartons packen sich bestimmt von ganz alleine aus. Moment.« Bjarne fuchtelte mit den Händen in der Luft herum. »Passiert irgendetwas? Ich kann mich nicht bewegen und nachschauen.«

»Was sollte passieren?« Casper robbte langsam zu Bjarne rüber und stöhnte, als er eine falsche Bewegung machte.

»Was machst du? Du klingst, als hättest du Sex und lässt mich außen vor.« Bjarne drehte seinen Kopf in Caspers Richtung. »Na, ich habe doch gezaubert, damit die Kartons sich auspacken«, beantwortete er verspätet Caspers Frage. Casper riskierte es, seinen Kopf leicht anzuheben. Es funktionierte erstaunlich gut.

»Nein, sie stehen noch wie letzte Nacht und die Klamotten schweben nicht wie von Zauberhand in den Schrank. Sie warten brav darauf, von uns eingeräumt zu werden.« Casper ließ den Kopf sinken. Er war fast bei Bjarne angelangt. »Ich habe keinen Sex mit mir. Weiß gar nicht, ob ich dazu in der Lage wäre.« Endlich berührte sein Oberkörper Bjarnes Arm.

»Wollen wir doch mal prüfen.« Bjarne ließ seine Finger auf Caspers Bauch wandern, der daraufhin loskicherte.

»Lass das, es kitzelt.« Casper hatte nach Bjarnes Hand gegriffen und hielt sie fest.

»Jetzt hör auf. Ich muss doch schauen, ob du noch stehen kannst.«

»Aber nicht mehr kitzeln.«

Bjarne verdrehte die Augen.

»Nein, ich kitzel nicht mehr.«

Casper ließ Bjarnes Hand los und er glitt mit ihr über den Bauch bis zum Bund der Boxershorts.

»Kannst du die bitte ausziehen? Macht es leichter.«

»Muss ich mich bewegen. Nicht möglich. Bin schon zu dir gerobbt.« Casper wandte seinen Kopf Bjarne zu und küsste ihn auf den Hals. Der gab einen brummigen Laut von sich, war aber nun mit der Hand unter dem Bund durch und streichelte über Caspers Schwanz.

»Bisschen schlapp.« Bjarne schob die Decke beiseite, zog seine Hand wieder hervor und drehte sich auf die Seite.

»Kannst du deinen Popo anheben?«, fragte er Casper, der dem Wunsch nachkam. Bjarne schob die Shorts nach unten und griff zu. »Dem müssen wir wohl mal auf die Sprünge helfen.« Er küsste Casper, während seine Hand langsam an Caspers Schwanz auf und ab fuhr.

Ihr Kuss wurde intensiver und Casper vergrub seine Finger in Bjarnes Locken. Als Bjarne sich von Caspers Lippen löste, schaute er nach unten.

»Na also, du kannst es also doch noch.« Caspers Schwanz hatte sich dank der Behandlung aufgerichtet. Bjarne ließ los und streichelte mit der Hand nach oben.

»Hey, nicht aufhören«, beschwerte Casper sich und schaute Bjarne empört an.

»Immer schön langsam. Schneller geht's im Moment nicht.« Bjarne richtete sich auf, zog seine eigenen Shorts aus, die in den letzten Minuten enger geworden war. Dann legte er sich auf Casper. »Nicht zu viel bewegen war die Devise, oder?« Casper nickte, zog Bjarnes Kopf zu sich und verwickelte Bjarne in einen Zungenkuss. Bjarne ließ seine Beine links und rechts neben Caspers gleiten, stützte sich mit ihnen ab und griff zwischen sie. Er umfasste ihre Schwänze halb und nahm seinen langsamen Rhythmus von eben wieder auf. Casper stöhnte in den Kuss, was Bjarne ein Lächeln aufs Gesicht zauberte. Jetzt hatte er wenigstens einen Grund zu stöhnen, dachte er.

In dem Moment klopfte es an ihre Tür.

»Casper? Bjarne? Seid ihr wach? Soll ich Kaffee kochen?«, hörten sie Julias Stimme auf der anderen Seite.

»Narf«, flüsterte Bjarne, als er den Kopf hob. Er rieb trotzdem weiter. Casper starrte ihn an und griff nach der Hand.

»Hör auf, Mann«, zischte er, aber Bjarne schüttelte Caspers Hand mit einem Grinsen ab und beschleunigte seine Bewegung.

»Casper? Komm schon. Du bist doch sonst immer viel früher wach«, rief Julia durch die Tür. Casper unterdrückte ein Stöhnen, denn trotz Julias Störung, wuchs seine Erregung. Bjarne hatte seinen Kopf neben seinen gesenkt und seufzte ins Kissen.

»Sind ... wach«, rief Casper atemlos zurück. Bjarne hatte mittlerweile ein Tempo angeschlagen, das es ihm fast unmöglich machte, sich auf etwas anderes zu konzentrieren.

»Kommt ihr dann gleich?«, fragte Julia.

»Auf jeden Fall«, keuchte Bjarne leise in Caspers Ohr. »Es dauert nicht mehr lange.« Bjarnes Atem beschleunigte sich und Casper griff zu seinen Eiern, die er sachte drückte.

»Oh fuck!« Bjarne konnte nicht mehr an sich halten und spritzte sie beide voll. Trotzdem fuhr er unbeirrt mit seiner Hand weiter auf und ab, ließ die flache Hand über ihre Eicheln streifen.

Casper nahm nur gedämpft wahr, dass Julia anscheinend immer noch vor der Tür stand und eine Frage stellte. Er konnte sich nur auf Bjarnes Hand konzentrieren und darauf, dass er nicht mehr lange brauchte.

»Im Hängeschrank, links in der Ecke«, rief jetzt Bjarne atemlos zurück. »Steht Kaffee drauf.«

Bjarne beugte sich zu Caspers Brustwarzen und biss hinein. Jetzt konnte er nicht mehr und kam in Bjarnes Hand.

»Shit, Sex und die Schwester des Verlobten vor der Tür. Das braucht man.« Bjarne kicherte an Caspers Brust.

»Hat dich nicht davon abgehalten weiterzumachen«, entgegnete Casper, als er wieder zu Atem kam. »Ich hätte ihr ohne Probleme zugetraut, dass sie reingestürmt kommt.«

»Ach was, das würde nicht mal deine Schwester bringen.«

Casper rieb sich mit den Händen über sein Gesicht. »Ein Handtuch haben wir nicht zufällig hier, oder?«

Bjarne schaute sich um, entdeckte einen Kissenbezug, den er gestern Abend ausgeräumt hatte. Er beugte sich vom Bett, griff danach und rieb sie beide sauber.

»Lass uns duschen gehen und dann frühstücken wir mit deiner Familie«, forderte Bjarne Casper auf. Der erhob sich langsam und ächzend. Bjarne stand ebenfalls auf und wühlte in den Kartons nach Klamotten.

»Na ja, immerhin bin ich mir sicher, dass du deine Steherqualitäten nicht verloren hast.« Bjarne gab ihm einen Klaps auf den Hintern, als Casper steifbeinig bei ihm angekommen war. Er funkelte Bjarne böse an, suchte sich saubere Sachen und nachdem er sich vergewissert hatte, dass die Luft vor der Zimmertür rein war, verschwand er im Bad.

Nach einem ausgiebigen Frühstück und der Verabschiedung Julias, sie musste zurück nach Essen, stand Casper in ihrem chaotischen Wohnzimmer. Bjarne war in der Küche, kochte frischen Kaffee und beobachtete Casper, wie er mal den einen, dann den anderen Karton öffnete.

»Kannst du mir bitte erklären, was du gerade machst?«, fragte Bjarne.

»Ich überlege, wo ich anfange.« Casper ließ sich aufs Sofa fallen. So sehr er sich darauf gefreut hatte mit Bjarne endlich in einer eigenen Wohnung auf dem Hof zu wohnen, so ungern packte er Kartons aus. Bjarne kam mit einer Tasse frischen Kaffees zu Casper und setzte sich neben ihn.

»Wie wäre es, wenn wir uns eine Kiste nach der anderen, einen Raum nach dem anderen vornehmen?«, schlug er vor und trank einen Schluck aus seiner Tasse. Casper betrachtete seine Zaubertasse, auf der durch die Wärme des Getränks ein sich von Hochhaus zu Hochhaus schwingender Spider-Man erschienen war.

»In einem halben Jahr haben wir hier immer noch Kartons stehen«, seufzte Casper.

»Nix da. Spätestens in einer Woche sind die alle leer. Ich

habe mir extra Urlaub und Überstunden genommen, damit ich Ordnung in das Chaos bringen kann.«

»Was wäre ich nur ohne dich Ordnungsfanatiker?« Casper kuschelte sich an Bjarne. »Müssen wir dann überhaupt heute etwas machen?«

»Ja, deine Spider-Man Vitrine räume ich nicht ein. Aber was hältst du davon, wenn wir im Schlafzimmer anfangen? Da sind die wenigsten Kartons und Kleidung lässt sich schnell einräumen.«

Casper trank einen Schluck und freundete sich mit dem Gedanken an, heute nicht zu chillen.

»Na gut. Wenn du mich so unbedingt quälen musst mit meinem schrecklichen Muskelkater«, muffelte er, stand aber auf und Bjarne folgte ihm lachend. Sie stellten die Tassen auf der Kommode im Schlafzimmer ab und jeder öffnete eine Kiste. Da sie auch schon in Bjarnes Wohnung eine Aufteilung ihrer Sachen im Schrank hatten, brauchten sie sich nicht groß auszutauschen, sondern arbeiteten schweigend nebeneinander her. Zwischendurch tranken sie von ihrem Kaffee.

»Bjarne, was ist das?« Casper hielt einen Karton hoch, den er ganz unten in einem der Umzugskisten gefunden und noch nie gesehen hatte. Er schwankte zwischen Freude, Abenteuerlust und Erstaunen über seinen Fund. Sie hatten bisher nicht über Sexspielzeug gesprochen, auch wenn Casper schon überlegt hatte, es vorzuschlagen. Anscheinend hatte Bjarne denselben Gedanken und hatte es heimlich bestellt. Ob er Bjarne jetzt die Überraschung vermasselt hatte?, schoss ihm durch den Kopf.

Bjarne drehte sich zu ihm um und wurde rot im Gesicht, als er erkannte, was Casper in der Hand hielt.

»Mein Abschiedsgeschenk von Dominik.«

»Penisringe und Plugs in je drei Größen und Analkugeln? Ehrlich jetzt?« Casper drehte das Paket um und sah einen aufgeklebten Zettel. »Und sollte es mit dem Bauern nicht klappen, versuchen wir es. Dominik.« Casper starrte Bjarne mit großen Augen an. Keine Überraschung, sondern mal wieder Dominik, der es darauf anlegte. Zugegeben zu einer Zeit, als sie sich noch nicht vertragen hatten, trotzdem wurde Casper sauer auf ihn. Und auf Bjarne, da er ihm das vorenthalten hatte.

»'Tschuldigung.« Bjarne kam näher.

»Warum versteckst du das vor mir?«

Bjarne nahm ihm das Paket ab und knibbelte an dem Zettel.

»War mir nicht sicher, wie du darauf reagiert hättest. Sexspielzeug von Dominik an mich? Eindeutiger geht's nicht, oder? Und ich wollte dich nie anlügen.«

Casper musste zugeben, dass etwas dran war. Aber dass Bjarne es solange versteckt hatte, machte es nicht besser. »Hast du es drauf angelegt, dass ich es finde oder wolltest du hier auch ein Versteck finden?«

»Ich hatte einfach nicht mehr dran gedacht. Aber in den Müll wollte ich es auch nicht schmeißen.« Bjarne schaute zerknirscht drein. »Tut mir ehrlich leid.« Casper seufzte. Er sah Bjarnes Aufrichtigkeit.

»Ich finde das eine unglaubliche Frechheit von Dominik, so eine Nachricht zu schreiben.« Casper deutete auf den Zettel, den Bjarne fast vollständig entfernt hatte. »Der ging ja regelrecht davon aus, dass wir scheitern.« Er trat gegen einen leeren Karton, der gegen einen anderen prallte. »Boah, wenn ich nicht wüsste, dass das über vier Jahre her ist, würde ich ihn anrufen und ihm einen Tacken erzählen.«

Bjarne legte das Päckchen auf einem geschlossenen Karton ab und stellte sich vor Casper, griff nach seinen Händen.

»Hey, es ist lange her und Dominik hat es damals nicht böse gemeint.« Er ließ Casper los und umfasste seinen Kopf.

»Und jetzt, da du Bescheid weißt, vielleicht, ich meine, wenn du nichts dagegen hast ... Wir ...«, stammelte Bjarne. Casper grinste ihn an.

»Du willst es ausprobieren?«, half er Bjarne aus. Seine Wut auf Dominik war so schnell verflogen, wie sie gekommen war und machte Neugierde Platz. »Warum eigentlich nicht? Wenn der Sack uns schon so was schenkt.« Casper legte seine Hände um Bjarnes Taille, zog ihn an sich und küsste ihn. Doch bevor der Kuss auch nur ansatzweise intensiver werden konnte, unterbrach Bjarne ihn.

»Aber nicht jetzt. Jetzt werden Kisten und Kartons ausgepackt und wir lesen uns vorher schlau.« Er griff nach dem Sexspielzeug, lächelte Casper an und ließ es in der Schublade seines Nachttisches verschwinden.

»Es würde bestimmt gut für meinen Muskelkater sein«, murrte Casper.

»Das werden wir herausfinden, sobald das Schlafzimmer in einem präsentablen Zustand ist. Also, hopp hopp, an die Arbeit.« Bjarne wedelte mit seinen Armen in Richtung der vollen Kartons.

»Du bist ein Spielverderber.« Casper zog eine Schnute, wendete sich aber wieder der fast leeren Kiste zu. Bjarne trat hinter ihn, legte seine Arme um ihn und fuhr mit seinen Händen in Caspers Jogginghose.

»Ich weiß, mein Hausgeist.« Dann streichelte er ihm über den Schwanz, getrennt nur durch den Stoff der Boxershorts.

»Freu dich auf später.« Bjarne drückte noch einmal sanft zu. Casper sog scharf die Luft ein und sein Penis regte sich. Er wollte sich umdrehen, doch Bjarne hielt ihn fest, ließ eine Hand unter sein Shirt gleiten und spielte mit einer Brustwarze. Seine eigene Lust war erwacht und drückte sich an Casper.

»Entweder hörst du jetzt auf und wir packen weiter aus oder wir haben Spaß.« Casper griff nach Bjarnes Handgelenken und befreite sich aus der Umarmung, drehte sich um und küsste Bjarnes Hals.

»Auspacken, sonst wird das heute nichts mehr«, seufzte Bjarne, trat zurück und widmete sich einem Karton.

»Ich sag doch, Spielverderber.«

Bjarne schnitt ihm eine Grimasse, schnappte sich die Spider-Man-Socken und packte sie in die Kommode.

Fast zwei Stunden später hatten sie die Kartons alle ausgeräumt und zusammengeklappt in einem der leeren Zimmer gestapelt. Doch statt sich Spaß zu gönnen, machten sie im Wohnzimmer weiter. Casper kümmerte sich um seine Vitrine, setzte sich dann aufs Sofa und las Bjarne über ihr neues Spielzeug vor. Währenddessen hatte Bjarne sich dem Karton mit den DVDs gewidmet und sortierte sie ins Regal. Als Bjarne keine Lust mehr hatte, hockte er sich zu Casper, kuschelte sich an ihn und seufzte über ihr Chaos. Woher kamen nur die ganzen Sachen?, fragte er sich. Die anderen hatten gestern bestimmt heimlich Kartons dazu geschmuggelt.

Kapitel 3

»Bjarne? Bist du hier?« Casper betrat die Scheune, die sich in den letzten Monaten von innen verändert hatte. Nachdem sie komplett entkernt worden war, und nur noch die äußeren Wände standen, waren inzwischen neue Böden und die Innenraumdämmung angebracht. Maurer hatten Wände eingezogen und die Decke war abgehängt worden. Im Moment arbeiteten fast täglich die Elektriker und Sanitärfachleute hier, um die nötigen Rohre und Leitungen zu verlegen.

»In der Küche!«, erscholl Bjarnes Stimme aus dem hinteren Teil. Dies war sein Baby und er war mit Feuereifer dabei. Er sammelte alte Tische und Stühle für den Cafébereich, schloss Verträge mit Gemüsebauern ab und überlegte mit Casper, welche Weide er für Hühner nutzen konnte, da er eigene Eier verkaufen wollte. Casper war beeindruckt davon, was Bjarne hier aufzog. Er freute sich darauf, wenn sie in Zukunft gemeinsam auf dem Hof arbeiten würden.

Casper fand Bjarne in der Mitte des großen Raumes vor. Er hatte die Arme vor der Brust verschränkt und die Stirn in Falten gelegt.

»Ich war schon in der Wohnung. Wir müssen uns Tracker kaufen und die injizieren. Dann wissen wir, wo wir uns auf dem Hof aufhalten. Wie viel Zeit wir da wohl sparen?«

»Ach, warte ab, wir haben schnell eine Routine und wissen, wo wir uns finden.« Bjarne drehte sich zu Casper um. »Was wolltest du denn?«

»Eigentlich dir beim Auspacken weiterhelfen. Bin schon mit der Arbeit so weit durch, den Rest macht Linus und es ist noch nicht ganz Mittag. Dachte, ich könnte dir die Stunde bis dahin helfen.«

»Mir ist eine Idee gekommen, als mir die alten Prospekte von Hotels und Restaurants, in denen ich mich für einen Ausbildungsplatz beworben hatte, in die Hände fielen.« Bjarne hörte gar nicht richtig zu, war mit den Gedanken noch ganz bei seinem Hofladen.

Casper wartete darauf, dass Bjarne seine Idee weiter ausführte, doch er blieb stumm. Stattdessen ging er zu den zwei Kühlräumen, die neben der Küche geplant waren. Casper folgte ihm, sagte aber nichts.

»Ich glaube, ich benötige ein weiteres Kühlhaus. Meinst du, das wäre noch im Budget? Wir könnten es vom Verkaufsraum abtrennen und hier eine Tür einbauen.« Bjarne blickte zwischen der bereits bestehenden Tür, dem Rest der Wand und Casper hin und her. »Der Architekt bringt mich um, wenn er das hört«, murmelte Bjarne.

»Warum benötigst du noch ein Kühlhaus?«, fragte Casper ihn und schaute auch auf die Wand. Er versuchte, sich zu erinnern, wie viel das vorhandene Kühlhaus bei den Kosten ausgemacht hatte, kam aber nicht drauf. Hoffentlich hielt sich das im Rahmen. Noch hatten sie einen kleinen Spielraum, doch sehr viel höher durften die Ausgaben nicht mehr steigen.

»Dachte, dass ich Catering anbieten könnte. Also erst mal nur ganz einfach. Suppen und belegte Brötchen.«

»Meinst du nicht, dass du erst mal schauen solltest, dass das hier ans Laufen kommt?«

Nun drehte sich Bjarne zu Casper um.

»Schon klar, muss auch nicht sofort sein, aber dann haben wir zumindest schon ein Kühlhaus mehr und müssen nicht erst hinterher nochmal umbauen.« Bjarne ließ Casper stehen, ging in den Verkaufsraum und kam wieder zurück. Casper seufzte. Er hatte von so was keine Ahnung, aber das jetzt schon mit einzukalkulieren war bestimmt besser, als es im Nachhinein nachzurüsten.

»Ich rufe den Architekten gleich mal an.« Bjarne klopfte seine Taschen ab und sah sich suchend um. Dann ging er wieder in den Verkaufsraum, ließ seinen Blick schweifen, tastete über die Elektropläne, die auf den Tischen lagen und fand endlich sein Handy.

»Frag aber zuerst nur den Preis an, bevor du den Auftrag erweiterst, okay?« Casper trat hinter Bjarne und küsste ihn am Hals. Bjarne nickte abwesend. »Ich gehe schon mal vor, kommst du gleich nach?«

Bjarne rief den Kontakt des Architekten auf und wählte.

»Ja, dauert nicht lange.« Er hielt sich das Handy ans Ohr und betrachtete die Nische, in die er das Kühlhaus anbauen wollte. Gerade als der Architekt sich meldete, verließ Casper die Scheune.

Bjarne fand Casper in ihrem Arbeitszimmer, in dem Casper seinen alten Schreibtisch einräumte. Er konnte sich von dem Möbelstück nicht trennen. Der Tisch war aus Massivholz und er hatte ihn zur Einschulung von seinem Großvater erhalten, der vor zehn Jahren gestorben war.

Bjarne lehnte sich vor Casper, der in seinem Schreibtischstuhl saß, gegen die Tischkante und schaute Casper dabei zu, wie er den Umzugskarton leerte.

»Etwa achttausend Euro mehr«, sagte er endlich nach einer Weile und setzte sich ganz auf den Schreibtisch. Casper richtete sich auf.

»Ist das noch drin?«, fragte er, nicht mehr genau wissend, wie viel möglich war. Bjarne zuckte mit den Schultern und seufzte.

»Wird eng. Der Kredit ist knapp kalkuliert. Danach darf nichts Großes mehr passieren.«

»Bjarne, ich weiß, du möchtest das gerne machen. Aber vergiss nicht, dass wir im Moment zwei Kredite laufen haben. Einen für den Umbau und einen für den Hofladen. Das muss alles zurückgezahlt werden«, gab Casper zu bedenken. Er stellte sich zwischen Bjarnes Beine und legte seine Hände auf den Oberschenkeln ab. Automatisch umschlang Bjarne mit den Armen Caspers Taille. Er platzierte seinen Kopf auf Caspers Brust und lauschte dem Herzschlag.

»Ich weiß. Aber es wäre sinnvoll, wenn ich das mit dem Catering wirklich machen möchte.«

»Schon klar, aber versprichst du mir wenigstens drüber zu schlafen und keinen Schnellschuss zu landen?«

Bjarne nickte. Er konnte Caspers Bedenken verstehen. Nur war er sich auch sehr sicher, dass alles klappen würde. In dieser Gegend gab es nicht viele, die Catering anboten.

»Was ist denn jetzt eigentlich mit der Einweihungsparty? Müssen wir noch viel organisieren?«, wechselte Casper das

Thema, löste sich von Bjarne und setzte sich in seinen Schreibtischstuhl.

»Nö. Ich mach einen großen Pott mit Suppe, ein bisschen Baguette dazu und fertig. Was hältst du davon?«

»Klingt perfekt. Ob wir bis zum Wochenende alles ausgeräumt haben? Wir brauchen noch ewig, bis wir alle Kartons leer haben.« Casper blickte sich im Büro um. Hier sah es schon nicht mehr so chaotisch aus wie zu Beginn, aber es standen allein in diesem Raum noch genügend unausgepackte Umzugskartons herum.

»Den größten Teil werden wir fertig haben. Ich möchte auf jeden Fall schon weihnachtlich dekoriert haben und zur Not stapeln wir alles in einem der leeren Zimmer.« Bjarne kratzte sich am Kopf. »Außerdem sind das Schlafzimmer und Bad schon fertig.«

»Ja, die wichtigsten Räume überhaupt, die man für so eine Party braucht«, erwiderte Casper ironisch, aber er vertraute auf Bjarnes Worte.

»Wir schaffen das, warte ab.«

In dem Moment klopfte Marion an den Türrahmen und holte sie zum Mittagessen.

Kapitel 4

Casper konnte es nicht glauben, sie hatten es geschafft, ihre Wohnung innerhalb einer Woche präsentabel herzurichten und weihnachtlich zu dekorieren. Er schlängelte sich durch die Leute im Wohnzimmer, die sich unterhielten und dabei ein Getränk oder eine Pappschale mit Suppe oder kleinen Snacks in der Hand hielten.

Natürlich hatte Bjarne es nicht nur bei der Partysuppe belassen, sondern auch Fingerfood gemacht. Im Hintergrund lief leise Musik. Ein Mix aus alten Rocksongs und aktuellen Liedern.

Linus kam ihm mit vollen Bierflaschen entgegen, die er verteilte. Er hatte sich angeboten, bei der Einweihungsfeier zu helfen, bis er ins Bett wollte, da er am nächsten Morgen für die Kühe zuständig war. Casper hatte den Vorschlag dankend angenommen und würde ihn am Montag ausschlafen lassen. Das hatte er sich verdient. Er war immer hilfsbereit und brachte sich ein. Casper hatte Linus in den wenigen Wochen, die er auf dem Hof war, schon zu schätzen gelernt.

Casper hielt Ausschau nach Bjarne, den er zwischen der Küchentheke und dem Esstisch bei seinen Freunden aus Hamburg fand, die extra gekommen waren. Bjarne strahlte vor Freude und stellte sie jedem seiner Freunde aus Annendorf vor.

»Hier bist du. Komm mal mit«, rief Casper Bjarne zu und zog ihn, ohne abzuwarten, mit sich.

»Was ist denn los?« Bjarne befreite sich aus Caspers Griff, folgte ihm aber in den Flur. Dort standen ihre engsten Freunde Sascha, Becki, Leon und Lara im Halbkreis.

»Wir sollten herkommen, mehr weiß ich auch nicht«, antwortete Casper und zeigte auf die vier.

»Wir haben noch ein kleines Geschenk für euch.« Sascha griff hinter sich und holte ein großes, schmales Paket hervor und überreichte es Casper. »Brot und Salz kann ja jeder, deswegen haben wir uns etwas anderes für euch überlegt.«

In der Mitte knickte das Paket leicht. Bjarne griff ebenfalls zu und befühlte es durch das Geschenkpapier.

»Können wir es auspacken?«, fragte Bjarne und blickte in die Runde.

»Natürlich. Wir wollen doch wissen, was ihr davon haltet«, stimmte ihm Lara zu.

»Na los, mach schon.« Bjarne nickte Casper zu, der mit einem Grinsen das braune Packpapier abriss. Bjarne nahm ihm das Papier ab, knüllte es zusammen und schmiss es Richtung Garderobe. Sie mussten sowieso morgen aufräumen, da kam es auf das bisschen auch nicht mehr an. Casper hielt eine Fußmatte in der Hand. Er drehte sie um, sodass er das Motiv sehen konnte und wurde von zwei großen Spider-Man-Augen angestarrt, drumherum das übliche rote Spinnwebenmuster.

»Wow, die ist cool!« Er zeigte Bjarne die Fußmatte, der nicht so begeistert schaute wie Casper.

»Jepp, was es nicht so alles gibt.«

Ihre Freunde lachten, was die Aufmerksamkeit einiger Gäste im Wohnzimmer auf sie zog.

»Aber«, sagte Leon und zog das Wort extra lang, »das war noch nicht alles.« Er drehte sich um, bückte sich und holte hinter sich einen Blumentopf mit einem kahlen, kleinen Stamm hervor. »Ihr bekommt auch noch einen Apfelbaum, den ihr im Frühjahr einpflanzen könnt. Solange müsst ihr ihn so am Leben erhalten.« Leon drückte den Topf mit dem Bäumchen Bjarne in die Hand.

»Und wehe, wir kriegen keinen leckeren Apfelkuchen bei dir«, drohte Becki und lachte.

»Das wird noch dauern, bis wir von dem Baum Früchte ernten können. Apfelkuchen back ich euch trotzdem. Vielen lieben Dank für die tollen Geschenke.« Bjarne drehte das Apfelbäumchen in seinen Händen. Dann stellte er ihn ab und Casper und Bjarne umarmten ihre Freunde zum Dank.

»Das sollten wir ins Büro stellen, oder?«, überlegte Casper und lief mit der Fußmatte in der Hand schon los. Bjarne folgte ihm mit dem Bäumchen. Casper wollte direkt wieder los, als Bjarne ihn aufhielt.

»Warte mal.« Er zog Casper an sich und küsste ihn. »Das haben wir heute definitiv zu wenig gemacht vor lauter Vorbereitungen.« Casper lächelte ihn an.

»Na dann bekommst du direkt noch einen«, sagte Casper und drückte Bjarne einen weiteren Kuss auf die Lippen. Sie küssten sich ein drittes Mal und machten sich auf den Weg zum Wohnzimmer. Kurz bevor sie die Tür erreichten, sah Casper aus den Augenwinkeln wie Julia und Jannik durch die Wohnungstür nach unten zu Caspers Eltern verschwanden. Er hielt Bjarne auf und deutete auf die beiden.

»Na, das wird wohl doch ernster. Wer hätte das gedacht?«, flüsterte er Casper ins Ohr und schmunzelte.

»Das kann was werden«, murmelte Casper, obwohl er es seiner Schwester von Herzen gönnte. Sowohl Jannik als auch Julia gaben zu fast allem ihren Senf dazu. Beide hatten den Drang, immer das letzte Wort haben zu müssen. Ob sie sich da wohl gegenseitig übertrumpften?, fragte sich Casper.

Sie mischten sich wieder unter ihre Gäste. Jemand hatte die Balkontür geöffnet und frische kalte Luft strömte in den Raum. Die Musik war so laut gedreht, dass man sich zum Reden fast anschreien musste, aber das schien niemanden zu stören.

Casper überlegte immer noch, wohin Julia und Jannik abgehauen waren. Auf jeden Fall würde er seine Schwester morgen darauf ansprechen. Oder zumindest fragen, wohin sie so plötzlich verschwunden war. Genau, das war unauffälliger.

»Ist toll geworden«, holte Dominik Casper aus seinen Gedanken. Er hatte ein schwarzes Seidenhemd und eine helle Stoffhose dazu an. Casper musterte Dominik und fragte sich, ob Dominik noch von dem Geld seines Vaters lebte oder so gut verdiente, dass er sich so teuer einkleiden konnte.

»Danke«, antwortete Casper knapp. Auch wenn sie sich besser verstanden und Dominik keine Anspielungen mehr in Richtung Bjarne gemacht hatte, fiel es Casper weiterhin schwer, ihm zu vertrauen.

»Immer noch der glückliche Single? Bjarne erzählt nichts.« Casper hielt Linus an, der wieder mit vollen Bierflaschen vorbeikam und nahm ihm eine ab.

»Ja, ich habe noch keinen gefunden, mit dem ich es länger als ein paar Nächte ausgehalten habe.« Dominik trank einen Schluck aus seinem Glas.

In dem Moment sah Casper, wie Moritz auf ihn zukam. Trotz der Überraschung, ihn hier zu sehen, umarmte er ihn.

»Was machst du denn hier?«, fragte er Moritz. Dominik blieb neben ihm stehen und betrachtete Moritz interessiert von oben bis unten.

»Bjarne hat mir am Dienstag Bescheid gegeben. Wusstest du das nicht?« Jetzt schaute Moritz Casper erstaunt an. Casper schüttelte nur den Kopf.

»Na dann: Überraschung!« Moritz lachte und breitete die Arme aus. »Ich habe auch ein kleines Geschenk dabei.« Er hob eine Geschenktasche hoch und überreichte sie Casper. Der nahm sie mit großen Augen entgegen, während ihm einmal mehr klar wurde, warum er Bjarne so liebte. Wärme durchströmte ihn.

»Danke dir. In der Küche findest du Essen und Getränke. Bedien dich. Ich bin gleich zurück.« Casper blickte sich um, wo er die Tasche schnell abstellen konnte und brachte sie ins Büro zu den anderen Geschenken. Dann suchte er Bjarne. Es drängte ihn danach, ihm nah zu sein und sich zu bedanken. Es musste Bjarne sehr viel Überwindung gekostet haben, Moritz einzuladen. Casper hatte ihn extra außen vorgelassen und nicht einmal erwähnt. Noch immer ging er ihm aus dem Weg, sofern es möglich war. Aber dass Bjarne Moritz diese Einladung ausgesprochen hatte, bedeutete Casper sehr viel.

»So ganz still und heimlich lädst du also Moritz ein«, platzte er erneut mitten ins Gespräch zwischen Bjarne und seinen Freunden. Der grinste ihn an.

»Er ist also gekommen. Ich dachte, wenn du …« Weiter kam Bjarne nicht, denn er wurde durch einen Kuss von Casper unterbrochen.

Casper entdeckte Moritz, angeregt mit Dominik unterhaltend, als er wieder zu ihm wollte. Na da haben sich zwei gesucht und gefunden, dachte er. Da er sie nicht unterbrechen wollte, ging er zu Sascha und den anderen Jungs hinüber, die über die Bundesliga debattierten.

Casper ließ seinen Blick gedankenverloren durch den Raum streifen. Nicht mehr lange und fast dieselben Personen würden wieder mit ihm und Bjarne feiern. Es waren zwar noch fünf Monate, oder nur, so wie die Zeit raste, aber er konnte es nicht erwarten bis dahin. Anfang des Jahres würden sie endlich die Einladungskarten verteilen, die schon seit dem Sommer fertig waren.

»Wo bist du denn mit deinen Gedanken?«, raunte Bjarne Casper ins Ohr. Er war hinter ihn getreten, ohne dass Casper ihn bemerkt hatte.

»Och, hier und da. Nichts Wichtiges.«

»Dann träum mal weiter von deinem nichts Wichtiges.« Bjarne gab ihm einen Kuss aufs Haar, legte einen Arm um seine Taille und drückte ihn an sich.

Es war einer dieser Momente, in denen beide das Gefühl hatten endlich angekommen zu sein.

Überraschung über Überraschung

Band 6

Kapitel 1

Casper und Bjarne hatten es sich nach dem Abendessen auf der Couch gemütlich gemacht. Bjarne hatte eine Serie im Fernsehen gestartet, während Casper ihre Hochzeitscheckliste durchging. Draußen war es warm und die Sonne schien ins Wohnzimmer, doch sie hatten keine Lust mehr, sich noch auf den Balkon zu setzen. Bis eben hatten sie Tischkarten vorbereitet, mit Caspers Eltern abschließend über die Sitzordnung geschaut und mit Leon und Sascha die letzten Absprachen für den großen Tag gemacht. Sie mussten morgen alles zur Burg bringen, um dann erst am Samstag dort wieder zur Trauung und Feier hinzufahren.

Nur noch drei Nächte und sie würden heiraten. Für Casper war die Aufregung fast greifbar. Bei jedem Gedanken an die Hochzeit begann sein Herz heftig zu klopfen und die Schmetterlinge setzten zu Kunstflugstücken in seinem Bauch an. Seit fast zwei Wochen nahm er jeden Tag die Checkliste in die Hand und kontrollierte, ob sie im Zeitplan lagen, nichts vergessen hatten oder eventuell noch etwas erledigen konnten.

Casper träumte sogar schon von der Hochzeit. In mancher Nacht lief alles glatt. Er und Bjarne gaben sich das Ja-Wort und alle freuten sich mit ihm.

In anderen Träumen zeigten sie mit dem Finger auf ihn,

lachten ihn aus und Bjarne wurde von ihm weggezerrt, weil er sich erst beweisen musste. Dann lief er Slalom durch den Stall und sollte Bjarne dabei suchen.

In einigen Nächten stand die Standesbeamtin vor ihnen und sah sie verständnislos an, was sie denn wollten. Es gäbe gar keinen Termin und es wäre nichts organisiert worden.

Zum Glück und für Caspers Seelenfrieden träumte er fast nur den Ersten.

»Jetzt leg die Liste endlich beiseite und kuschel mit mir. Du kennst sie sowieso auswendig«, beschwerte sich Bjarne. Casper seufzte. Er hatte Panik davor, am Hochzeitstag dazustehen und die Hälfte vergessen zu haben.

»Bin sofort fertig.« Ein letztes Mal schweifte sein Blick über die Liste, bevor er sie in greifbarer Nähe auf den Wohnzimmertisch legte und sich an Bjarne schmiegte.

»Kannst du dir vorstellen, dass wir am Sonntag hier sitzen und verheiratet sind?«, fragte Casper.

»Sehr gut sogar.« Bjarne drückte ihn an sich, konzentrierte sich aber auf die Serie.

»Hey, ich meine das ernst. Das ist kein kleiner Schritt.« Empört kniff Casper Bjarne sanft in die Seite.

»Aua!« Bjarne schaute Casper aus zusammengekniffenen Augen an. »Ich weiß, dass du das ernst meinst, aber ich bin zu müde, um jetzt schon nervös zu werden. Dazu haben wir am Samstag genug Zeit.« Er küsste Casper auf den Scheitel und wandte sich wieder seiner Serie zu. »Außerdem sind wir perfekt vorbereitet und du checkst jeden Tag die Liste. Dafür, dass du sonst ein totaler Chaot bist, hast du hier alles pingelig genau vorbereitet.« Bjarne gähnte herzhaft. »Warum soll ich da nervös werden?«

Wie konnte Bjarne nur die Ruhe weghaben, während er ständig Angst hatte, etwas vergessen zu haben? Casper warf Bjarne einen Seitenblick zu. Wie gut, dass sein Anzug, seine Schuhe und alles was er sonst noch benötigte bereits bei Sascha war. Dort würde er sich für die Hochzeit vorbereiten und mit Sascha zum Schloss fahren, während Bjarne mit Leon in ihrer Wohnung blieb. Gerade als er etwas erwidern wollte, klingelte es an der Tür.

»Erwartest du noch jemanden?«, fragte er Bjarne, der zuckte aber nur mit den Schultern. Casper stand auf und ging zur Haustür. Sascha und Leon grinsten ihm entgegen.

»Habt ihr was vergessen?«, fragte er die beiden überrascht und trat zur Seite, damit sie reinkommen konnten. Sie hätten schon längst zu Hause sein sollen, immerhin war ihr Treffen seit einer Stunde vorbei.

»Nö, nichts. Aber ihr müsst mit uns kommen«, antwortete Sascha und spähte ins Wohnzimmer. Bjarne hatte seine Serie pausiert und hörte zu.

»Wo müssen wir denn jetzt noch mit hinkommen?«, rief er müde vom Sofa aus.

»Ihr habt doch nicht einen Junggesellenabschied geplant, oder? Wir wollten doch keinen.« Casper blickte beide skeptisch an. Normalerweise konnte er seinen Freunden vertrauen und sie respektierten ausgesprochene Wünsche. Aber hier ging es um seine Hochzeit und er traute Sascha alles zu. Kurz beschlich ihn Unbehagen, doch er schluckte es hinunter.

»Quatsch. Ihr habt gesagt, ihr wollt keinen, wir respektieren das und ihr kriegt keinen. Kommt ihr trotzdem mal kurz mit? Wir wollen euch nur etwas zeigen«, beruhigte Leon Casper und Bjarne.

Schwerfällig erhob Bjarne sich. Ich will doch nur meine Ruhe haben, dachte er, sprach es aber nicht aus. Er hatte noch immer Jeans und Shirt an, während Casper sich zwischendurch gemütlichere Klamotten angezogen hatte.

»Du solltest dich noch mal umziehen«, meinte Sascha zu Casper und musterte ihn von oben bis unten. Casper verschwand schnell und Bjarne zog sich schon die Schuhe an.

Als sie endlich fertig waren, folgten sie Sascha und Leon zur alten Scheune, in der jetzt der Hofladen war. Bjarne hatte angefangen, ihn einzuräumen, wollte aber diese Woche pausieren. Seit er seinen Job im Restaurant nicht mehr hatte, konzentrierte er sich ganz auf den Laden. Er hatte noch die nächste Woche Zeit, bevor die Eröffnung stattfinden sollte. In den Kühlhäusern stapelten sich allerdings schon die Lebensmittel und Getränke. Statt eines dritten Kühlhauses hatte er sich für einen Froster entschieden. Der war bereits gut gefüllt.

Leon öffnete die Tür und betrat die Scheune vor Sascha. Noch während Bjarne sich fragte, warum die Tür nicht abgeschlossen war und er hinter Casper eintrat, schallte ihnen ein lautes und vielstimmiges »Überraschung« entgegen. Beide blieben wie angewurzelt stehen. Casper schlug die Hände vors Gesicht und ihm entkam ein lang gezogenes: »Oh.« Sowohl Casper als auch Bjarne brauchten einen Moment, um alles zu erfassen und ließen die Blicke durch den Raum schweifen.

An den Wänden und Regalen hingen Lichterketten, Girlanden und Luftballons. Ihnen gegenüber an der Theke prangte in großen Lettern: Polterabend.

Freunde, Familie, Nachbarn, Leute aus der Dorfjugend, Arbeitskollegen, Mitspieler aus ihren Vereinen tummelten sich im Raum.

»So ganz ohne wollten wir euch nicht in die Ehe entlassen.« Sascha grinste Casper und Bjarne an, die nicht wussten, ob sie lachen oder weinen sollten vor Freude.

»Wann habt ihr das gemacht?«, fragte Casper und versuchte zu sehen, wer alles gekommen war.

»Während wir zusammensaßen und die Hochzeit durchgesprochen haben. Deine Mutter hat uns den Schlüssel gegeben. Die Fahrräder und Autos stehen natürlich auf den Nachbargrundstücken, damit ihr nichts mitbekommt.« Leon stellte sich neben Bjarne. »Gefällt es euch?«, fragte er und Bjarne nickte vor Rührung.

Stimmengemurmel erhob sich und die ersten wandten sich der Theke zu, auf der statt der Kasse die Getränke standen. Daneben war eine kleine mobile Bar mit einer Zapfanlage aufgebaut, an der einer der Schützen schon fleißig Bier zapfte. Jemand anderes stellte Musik an.

»Okay Leute, dann mal nach draußen und lasst es ordentlich poltern. Je mehr Scherben, desto mehr Glück. Ihr kennt das!«, rief Sascha über den Lärm und ging hinaus. Er hängte mit Leon neben der Tür eine Girlande mit der Aufschrift »Polterecke« auf. Becki drückte Casper und Bjarne Besen in die Hand und alle strömten nach draußen.

Jeder hatte eine Kleinigkeit zum Poltern dabei, manche einen Korb voller Porzellan, andere einen vollen Wäschekorb. Für Minuten war nur das Scheppern von Geschirr zu hören, gemeinsam mit Lachen und Gefeixe, wenn das Porzellanstück nicht kaputtgehen wollte. Casper und Bjarne versuchten derweil, die Scherben zusammenzufegen, aber es kamen immer mehr dazu.

Nachdem alle etwas zerdeppert hatten, gingen sie wieder

in die Scheune, in der die meisten sich auf die bereitgestellten Würstchen und die Salate stürzten. Casper und Bjarne fragten sich, wie viel Vorbereitungszeit es wohl gekostet und wer alles dazu beigetragen hatte, dass dieser Abend zustande kam. Allein den Polterabend so zu organisieren, dass sie nichts mitbekommen hatten, in einem Dorf, in dem jeder über jeden und alles Bescheid wusste, war eine Leistung für sich.

Als sie die Besen an die Wand stellten, küssten sie sich und bedankten sich bei Sascha, Leon, Becki und Lara, die noch bei ihnen draußen geblieben waren. Dann gingen auch sie rein und mischten sich unter die Feiernden.

Bjarne stand mit Andi, Julia und Jannik, die beiden waren mittlerweile offiziell ein Paar, zusammen an der provisorischen Theke. Sie lachten über eine Begebenheit, die Julia aus dem Krankenhaus zum Besten gab. Im Hintergrund lief Musik und in der Mitte des Raumes tanzten einige auf der improvisierten Tanzfläche. Von überall drangen Gelächter und Gespräche an Bjarnes Ohr.

Ununterbrochen ließ Bjarne seinen Blick durch den Raum schweifen. So viele Menschen waren zu seinem Polterabend gekommen. Sie alle feierten mit Casper und ihm und stießen auf ein neues Kapitel in ihrem Leben an. Sogar Dominik hatte es heute schon geschafft, herzukommen und ihn damit überrascht. Nur seine Eltern hatten nicht einmal auf die Einladung zur Trauung reagiert.

Bjarne schluckte den aufkommenden Kloß im Hals hinunter. Hatte er nicht genug Tränen ihretwegen vergossen? Heute wollte er nicht weinen. Diese Woche war eine Freudenwoche. Wenn er Tränen vergießen sollte, dann, weil er sich so sehr freute.

Sein Blick fand den von Casper und sie lächelten sich zu. Casper stand bei seinen Mitarbeitern und unterhielt sich mit ihnen. Die zwei Melker mussten sich gleich schon wieder verabschieden und arbeiten gehen. Eigentlich könnte er noch mit ihnen anstoßen, dachte Bjarne und schlängelte sich mit seinem Glas Rotwein in der Hand zu Casper. Casper legte Bjarne einen Arm um die Schultern und küsste ihn auf die Wange.

»Na, genug Krankenhausgeschichten von Julia gehört?«, fragte er.

»Ach, die sind gar nicht so schlimm. Sie hat eine lustige Art und Weise sie wiederzugeben. Sie hätte Komikerin werden sollen.« Bjarne grinste und fuhr sich durch die Haare. »Nein, ich wollte mit euch anstoßen, bevor ihr wieder arbeiten müsst.« Bjarne hob sein Glas und prostete allen zu. Ein Klirren folgte, als sie mit Wein, Bier, Cola oder Wasser anstießen.

»Sag mal Schatz, deine Eltern haben sich nicht gemeldet, oder?«, platzte Casper plötzlich raus. Casper schaute über Bjarnes Schulter zur Tür und traute seinen Augen nicht. Aber dieses Gesicht der Person, die er dort entdeckte, würde er nie vergessen. Der kalte Blick, der ihn vor fünfeinhalb Jahren angestarrt hatte mit dem zusammengekniffenen Mund, den ein harter Zug umgab.

»Nein, aber das ist doch jetzt egal.« Bjarne schluckte erneut. Wieso musste Casper jetzt damit anfangen? Wieder kroch dieser Kloß seinen Hals hinauf. Er schaute zu Casper, der zur Tür starrte und seinen Griff an der Schulter verstärkte, fast schon zukniff. Bjarne folgte seinem Blick und beinahe wäre ihm sein Glas aus der Hand geglitten.

Sein Mund wurde trocken und er nahm einen Schluck Rotwein, doch der half ihm nicht weiter. Sein Puls beschleunigte sich. Schnell schaute er zu Casper, konnte aber kein Wort hervorbringen. Mit der Zunge fuhr er über seine Lippen, holte tief Luft und guckte wieder zur Tür.

Kapitel 2

Da stand seine Mutter. Ihre Bluse und die Leinenhose waren zerknittert, den Sommermantel trug sie über einem Arm und in der anderen Hand hielt sie einen Koffer. Ihre braunen Haare waren hingegen perfekt frisiert.

»Alles gut?« Casper war näher an Bjarne herangetreten und drückte ihn an sich. Wäre das Lied in diesem Moment nicht zu Ende gewesen, hätte Bjarne ihn nicht gehört.

»Ich … sie … was …« Bjarne war nicht in der Lage, einen vernünftigen Gedanken zu fassen. Wie Casper hatte er seine Mutter vor fünfeinhalb Jahren das letzte Mal gesehen und nun stand sie hier.

»Ich muss hier raus«, presste er hervor.

»Komm mit.« Casper ergriff seine Hand und führte Bjarne in die Küche, in der jemand vergessen hatte das Licht zu löschen. Auf den Ablageflächen stapelten sich Folien und Deckel von den Salaten und leere Würstchendosen standen herum. Doch darauf achteten weder Casper noch Bjarne. Hier waren sie alleine und das zählte für Casper. Die Musik drang gedämpft durch die Tür und Casper nahm Bjarne in den Arm. Drückte ihn fest an sich.

Wie gerne hätte er Bjarne vor diesem Augenblick bewahrt. Das er jetzt sogar kurz vor der Hochzeit kam, war einer der schlechtesten Zeitpunkte überhaupt. Casper würde ohne mit der Wimper zu zucken, die Frau an der Tür sofort zum Teufel schicken, wenn es sein musste. Aber erst galt seine Aufmerksamkeit Bjarne.

»Was will sie hier?«, stieß Bjarne zwischen zusammengepressten Zähnen hervor und unterdrückte die Tränen, die sich trotzig ihren Weg nach draußen erkämpften. Bjarne zitterte. »Sie haben sich nie gemeldet.« Er schluchzte auf.

»Ich weiß es nicht.« Beruhigend strich Casper über Bjarnes Rücken. »Wir bleiben hier solange du willst. Und wenn du nicht mit ihr reden und sie nicht sehen willst, gehe ich raus und schicke sie weg.«

Bjarne hatte seinen Kopf auf Caspers Schulter gelegt und weinte still. Casper drückte ihm einen Kuss auf den Scheitel. Wie gerne hätte er Bjarne den Schmerz abgenommen, aber das war nicht möglich. Es war sowieso schon eine emotionale Woche und er wusste, dass Bjarne in letzter Zeit öfter an seine Eltern gedacht hatte, als er zugeben wollte. Er hatte sich lange die Aussöhnung mit ihnen so sehr gewünscht, aber nicht mehr daran geglaubt. Nun tauchte seine Mutter völlig unvermittelt hier auf. Platzte unangekündigt in ihren Polterabend. Bescheid wusste sie bestimmt nicht. Bis auf Bjarne und ihn hatte keiner eine Nummer oder Adresse von Bjarnes Eltern.

»Was soll ich bloß machen?«, flüsterte Bjarne an Caspers Schulter und schniefte. Eine Frage, die Casper ihm nicht beantworten konnte.

»Ich weiß es nicht. Aber egal, was du machst, ich bin bei dir. Du bist nicht allein.« Bjarne hob seinen Kopf, löste sich von Casper und lehnte sich gegen die metallene Arbeitsplatte hinter ihm.

Dann fuhr er sich mit den Händen über sein Gesicht. Wischte sich die Tränen ab. Casper blieb vor ihm stehen, beobachtete Bjarne, bereit ihn sofort wieder in die Arme zu nehmen.

»Warum jetzt? Ohne Ankündigung? Ich hatte keine Zeit mich darauf vorzubereiten!« Bjarne ließ sich auf den Boden sinken. Casper setzte sich neben ihn.

»Du kannst rausgehen und sie fragen. Oder ich schicke sie weg und du bestimmst das nächste Aufeinandertreffen.« Casper griff nach Bjarnes Hand. Es drängte ihn, Bjarne zu berühren. Ihm zu zeigen: Ich bin da. Du bist nicht alleine.

»Ich will sie anschreien, ihr an den Kopf werfen, wie verletzt sie mich haben. Ich bin ...« Bjarne überlegte, wie er seine Gefühle in Worte fassen konnte und war überrascht, über die Wut, die in ihm loderte. Wut und Enttäuschung und Trauer. Casper blieb ruhig, wartete, bis Bjarne so weit war, weiterzureden.

»Ich kann heute nicht mit ihr reden. Das werde ich ihr selbst sagen. Am liebsten würde ich alle nach Hause schicken und mich im Bett verkriechen. Aber sie haben sich solche Mühe gegeben, uns einen tollen Abend zu schenken.« Casper legte seinen Arm um Bjarne und zog ihn an sich.

»Erst mal schicken wir jetzt deine Mutter weg und vielleicht können wir uns wegschleichen.« Bjarne nickte.

»Lass uns noch einen Augenblick hier sitzenbleiben.« Er legte seinen Kopf wieder auf Caspers Schulter ab. Nach einer Weile seufzte er. »Wir können hier nicht ewig warten, oder?«

»Na ja, wir könnten uns durch ein Fenster rausschleichen, nach Darrenberg fahren und uns dort im Hotel ein Zimmer nehmen. Dann sind wir definitiv nicht auffindbar und haben unsere Ruhe«, schlug Casper vor und zauberte Bjarne ein Lächeln aufs Gesicht.

»Du bist und bleibst mein Superheld-Hausgeist und ich liebe dich schon allein für diesen Vorschlag. Aber ich glaube, wenn wir das machen, müssen wir uns morgen eine Menge anhören.« Bjarne erhob sich und half Casper auf die Beine.
»Dann lass uns mal meine Mutter wegschicken.« Um seine Tränen zu verbergen, wusch Bjarne sich das Gesicht mit kaltem Wasser, bevor sie die Küche verließen.

Sie betraten den Verkaufsraum und die Musik schlug ihnen mit voller Wucht entgegen. Jemand hatte sie so laut gestellt, dass Gespräche nur durch Anschreien möglich waren. Dafür war die Tanzfläche voll. Es wurde Caspers Lieblingslied von Bryan Adams »Summer of 69« gespielt. Normalerweise würde er sich jetzt Bjarne schnappen und mit ihm tanzen.

Aber heute war gar nichts normal. Sie gingen am Rand des Raumes zum Eingang, wo sie Bjarnes Mutter mit Marion fanden. Bjarnes Puls stieg wieder in die Höhe und er begann zu schwitzen. Die Hitze im Laden tat ihr Übriges.

Er deutete auf die Tür und Marion verstand den Wink. Sie öffnete sie und ging mit seiner Mutter vor ihm und Casper hinaus.

»Hallo Mama«, sagte Bjarne, als sie draußen standen und die kühle abendliche Mailuft sie umgab. Es war mittlerweile dunkel geworden. Das Gesicht seiner Mutter konnte er nur schwach durch das spärliche Licht der Bewegungsmelderlampe erkennen. Trotzdem oder vielleicht deswegen wirkte sie auf ihn alt und erschöpft.

Casper hatte sich seitlich hinter ihn gestellt. Er lehnte sich leicht an ihn und bekam den Halt, den er brauchte. Zusätzlich hatte Casper einen Arm um seine Taille gelegt. Bjarnes Mutter versuchte krampfhaft, nicht dorthin zu schauen, doch ihr Blick glitt immer wieder zurück. Marion hatte sich neben Bjarne gestellt und beobachtete sie.

»Ich habe die Einladung erhalten.« Sie sagte es in einer Tonlage, in der man auch verkündete, dass man eben einkaufen fährt. Kein Hallo, kein wie geht es dir. Keine Erklärung, wo sein Vater war. Nur dieser eine Satz. Als ob er sie genötigt hätte, herzukommen. Es gab Bjarne einen Stich ins Herz. Wieder kämpfte er gegen die aufsteigenden Tränen. Wäre jetzt ein Fremder an ihnen vorbeigekommen, er hätte nicht vermutet, dass sich hier Mutter und Sohn gegenüberstanden.

Casper musste sich zusammenreißen, um diese Frau nicht auf der Stelle vom Hof zu schmeißen. Jedes Mal, wenn er an Bjarnes Eltern dachte, überkam Casper Wut. Er verstand nicht, wie man so mit seinem Kind umgehen konnte. Jahrelang hatte sie sich nicht gemeldet, nicht einmal Pakete und Briefe angenommen und jetzt tauchte sie unangekündigt hier auf.

»Bist du also nur gekommen, weil es sich so gehört und du nicht vor deinen Freundinnen blöd dastehen willst?« Bjarnes Stimme war kalt und schneidend. Er war selbst überrascht über seinen Tonfall. Um sich nichts anmerken zu lassen, verschränkte er die Arme vor der Brust. Seine Mutter blickte auf den Boden und blieb stumm. »Ich denke, es ist das Beste, wenn du in ein Hotel fährst und wir morgen reden. Heute ist nicht der Zeitpunkt dafür.« Er schaute sie auffordernd an, als sie wieder den Kopf hob.

»Ja, das denke ich auch.« Ihr Blick huschte zur Scheune, bevor sie Bjarne erneut ansah. Ihn musterte und erstaunt feststellte, dass ihr Sohn erwachsen geworden war. Er war nicht mehr der schmale, schlaksige Junge, den sie aus ihrem Haus geschmissen hatte. »Ich würde gerne mit dir reden und mich erklären.« Sie hob ihren Koffer an, den sie neben sich abgestellt hatte. »Kannst du mir bitte ein Taxi rufen?«

»Ich habe noch nichts getrunken und fahre Sie, Frau Kobek. Jetzt hier ein Taxi zu kriegen ist nicht einfach«, schaltete sich Marion ein, trat auf sie zu und nahm ihr den Koffer ab.

Bjarnes Mutter nickte. »Wann soll ich kommen?«, fragte sie ihn. Er schluckte. Egal wann, der Zeitpunkt wäre nie der richtige. Da dachte er, er wäre auf ein Gespräch mit ihr vorbereitet gewesen und merkte nun, dass es gar nicht so war.

»Morgen Nachmittag. Wir müssen vorher noch saubermachen.« Er zeigte auf das zerdepperte Porzellan.

»Ich werde um fünfzehn Uhr da sein.«

Bjarne nickte und seine Mutter ging mit Marion zum Auto. Er schloss die Augen.

»Wollen wir uns davon schleichen? Das würde sowieso keiner mehr mitkriegen.« Casper hatte seine Hand von Bjarnes Taille genommen und fuhr durch seine Locken. Wenn Bjarne sich verkriechen wollte, würde er sofort mit ihm gehen.

»Das geht nicht.« Bjarne seufzte. »Sie haben sich so viel Mühe gegeben. Auch wenn ich am liebsten alleine sein würde, ich möchte ihnen nicht den Spaß verderben.« Bjarne drehte sich um, legte seine Arme um Casper und küsste ihn. »Danke, dass du da bist.« Er lächelte schwach, küsste Casper erneut, ergriff seine Hand und ging zur Tür. Bevor sie eintraten, blieb er kurz stehen, schloss die Augen, atmete tief ein und betrat wieder den Verkaufsraum.

Kapitel 3

Bjarne war den ganzen Tag nicht bei der Sache. Immer wieder ging er im Kopf durch, was er seiner Mutter sagen wollte. Doch wirklich sinnvolle Dinge fielen ihm nicht ein. Mal schrie er sie an, mal wählte er seine Worte bewusst, aber es klang jedes Mal nichtssagend. Es drückte nie aus, was er fühlte. Dafür fehlten ihm die Vokabeln. Gab es die überhaupt? Konnte er jemals seiner Mutter klarmachen, wie er sich die letzten Jahre gefühlt hatte? Wie es war, von seinen eigenen Eltern abgelehnt zu werden?

Zum Aufräumen am späten Vormittag waren Becki und Lara gekommen und hatten die Kinder mitgebracht. Dominik gesellte sich ebenfalls dazu, nachdem er ausgeschlafen hatte. Bjarne wurde mit der Kinderbetreuung beauftragt, weil er ständig die Schaufel mit den Scherben neben die Schubkarre statt hinein geschaufelt hatte. Marion, Thomas und Linus hatten soweit möglich zwischen der Arbeit auch geholfen und so waren sie innerhalb von drei Stunden fertig. Am Nachmittag würden nur noch Leon und Sascha kommen und die Getränke und mobile Theke abholen.

Nun war es kurz vor drei und Bjarne tigerte im Wohnzimmer auf und ab. Casper saß auf dem Sofa und musste an den Bjarne denken, der gestern Abend vor dem Auftauchen seiner

Mutter noch die Ruhe selbst gewesen war. Aber jetzt stand ihm ein Gespräch bevor, bei dem sie beide nicht wussten, was auf sie zukommen würde. Auf jeden Fall würde Casper seine zukünftige Schwiegermutter sofort wieder rauswerfen, sollte sie nur den Ansatz von Vorwürfen vorbringen oder Bjarne wie auch immer noch mehr Schmerz zufügen. Er würde ihr verbieten, zur Hochzeitsfeier zu kommen. Dieser Tag sollte ihnen gehören.

Zweimal hatte Casper versucht, Bjarne zu beruhigen, wollte ihn in den Arm nehmen, aber beide Male wurde er abgewiesen und akzeptierte es. Marion hatte ihm zwischendurch kurz zugeflüstert, dass sie unten bereitstehen würde, sollten sie Hilfe benötigen.

Punkt fünfzehn Uhr klingelte es an der Tür. Bjarne blieb abrupt stehen und sah Casper an. Der stand auf und öffnete die Tür. Er ließ Frau Kobek ein, die im Flur stehen blieb und sich umschaute. Dabei fiel ihr Blick auf die Bilder an der Wand, die Casper und Bjarne von sich statt chronologisch wild durcheinander aufgehängt hatten.

Casper ließ ihr keine Zeit, die Fotos in Ruhe zu betrachten, sondern geleitete sie ins Wohnzimmer. Dort hatte Bjarne in der Zwischenzeit die Balkontür aufgerissen und stand an der Brüstung. Er brauchte frische Luft. Seine Mutter trat zu ihm.

»Hallo Bjarne.«

Bjarne drehte sich zu ihr. Sie stand vor der geöffneten Balkontür und betrachtete ihn aufmerksam. Er hatte in diesem Moment das merkwürdige Gefühl, das erste Mal von ihr gesehen zu werden.

»Mama. Willst du dich setzen?« Er zeigte auf die Balkonmöbel mit den bunten Sitzkissen und setzte sich seiner Mutter gegenüber. Casper kam kurz darauf mit Gläsern und einer Flasche Wasser dazu und wählte den Stuhl neben Bjarne. Er wollte Bjarne so nah wie möglich sein. Ihm den Rückhalt geben, den er brauchte, auch wenn er sich nicht einmal im Ansatz vorstellen konnte, wie dieser sich fühlen mochte.

»Also? Schieß los! Was machst du hier?« Bjarne knetete seine Hände unter dem Tisch und musterte seine Mutter bei Tageslicht. Sie war wie immer perfekt gestylt, ihre grauen Haare hatte sie zu einer Hochsteckfrisur gebunden und eine dunkle Seidenbluse an. Sie wirkte auch bei Tageslicht sehr viel älter, als Bjarne sie in Erinnerung hatte. Hatte ein faltigeres Gesicht bekommen, fast hätte Bjarne gedacht, sie sah verhärmt aus.

Sie trank einen Schluck Wasser.

»Du heiratest und ich bin deine Mutter. Da kann man doch davon ausgehen, dass ich dabei bin.« Dieser Satz klang so selbstverständlich und sicher, wie das Amen in der Kirche eines Gläubigen. Doch wer genau hinhörte, hätte das leichte Zittern in der Stimme entdeckt.

Bjarne stieß wütend seinen Stuhl nach hinten und stand auf. Er nahm das Tigern von vorhin wieder auf.

»Und du glaubst, da spazierst du einfach mal mir nichts dir nichts hier an, ohne vorher Bescheid zu geben und glaubst die Welt ist wieder in Ordnung?«, presste er aufgebracht hervor. »Hast du geglaubt, ich empfange dich mit offenen Armen und bin froh, dass du da bist? Und wo ist Papa? Traut der sich nicht her?« Bjarne hatte alle seine vorher überlegten Worte vergessen und ließ seiner Wut freien Lauf. Dabei konnte er einfach nicht still sitzen bleiben, sondern musste sich bewegen.

»Natürlich nicht. Ich wusste nicht, wie ich mich vorher melden sollte.« Ilona Kobek schaute auf ihre Hände, die das

Wasserglas umfasst hielten. Casper beobachtete die ganze Zeit Bjarne, bereit ihm beizustehen, sollte er es brauchen.

»Papa ist zu Hause. Er wird nicht herkommen«, fügte sie flüsternd hinzu. »Bjarne, bitte, hör mir zu.« Sie flehte ihn an, verfolgte ihn mit ihrem Blick. Bjarne blieb stehen, räusperte sich und nickte ihr zu. Mit einer Hand hielt er sich an der Brüstung des Balkongeländers so fest, dass seine Knöchel weiß hervorstachen. Er hatte sich vor langer Zeit geschworen ihr zuzuhören, wenn sie das Gespräch suchte. Genau das würde er jetzt versuchen, so schwer es ihm auch fiel.

»Ich habe schon vor einiger Zeit eingesehen, einen Fehler gemacht zu haben. Aber die Entscheidung zu kommen ist erst vor drei Wochen gefallen. Eine Freundin hat die Einladung zwischen Zeitschriften gefunden, die sie sich von mir ausgeliehen hat und mir zugeredet.« Ilona dachte an den Moment zurück, als die Karte auf den Boden ihres Wohnzimmers gefallen und sie nicht schnell genug gewesen war, um sie zu greifen. Ihre Freundin las sie sich durch und nahm Ilona ins Gebet. Gab ihr zu bedenken, was sie schon alles verpasst hatte im Leben ihres Sohnes und was sie noch verpassen könnte, wenn sie nicht einlenken würde. Irgendwann würde sie es bereuen, prophezeite ihr die Freundin.

Bjarne beobachtete seine Mutter. Er schwankte zwischen Fassungslosigkeit, dass erst eine Freundin von ihr sie dazu gebracht hatte zu kommen und sie nicht schon früher auf ihn zugekommen war und etwas, das er nicht beschreiben konnte. Es war weder Freude, noch Glück oder Erleichterung, dass sie es überhaupt geschafft hatte, zu kommen und sich mit ihm aussprechen wollte. Vielleicht ein ganz klitzekleiner Funken Hoffnung.

»Ich konnte es nicht vor mir zugeben, dass ich all die Jahre falschlag.« Ilona fasste sich unbewusst an ihre perfekt frisierten Haare, und strich eine eingebildete Strähne zurecht. »Ich habe heimlich im Internet über Homosexualität gelesen. In meinem Pilateskurs ist eine Mutter, die eine lesbische Tochter hat und immer ganz begeistert darüber spricht, was sie mit ihr und deren Freundin unternimmt.« Tränen traten in die perfekt geschminkten Augen. »Ich wusste nicht, wie ich auf dich zugehen sollte nach all der Zeit, was ich sagen soll. Und ich gebe zu, dass es immer noch schwer ist für mich, zu akzeptieren, dass mein Sohn einen Mann liebt und keine Frau. Aber ich möchte wieder Kontakt zu dir. Will wieder Teil deines Lebens sein.« Sie sah Bjarne an und so viele Emotionen spiegelten sich in ihrem Blick. Angst. Und die Bitte um Vergebung. Eine Träne floss ihre Wange hinunter und hinterließ eine kleine Spur im Make-up.

Bjarne ließ die Worte sacken, nahm seinen Schritt wieder auf. Seine Wut war nicht verraucht und es gab noch so viel, was er sagen wollte und nicht konnte. Nach einer gefühlten Ewigkeit, in der sie alle schwiegen, stoppte Bjarne, beugte sich zu seiner Mutter herunter, war ihrem Gesicht nah. Er roch ihr blumiges Parfum, das sich über all die Jahre nicht geändert hatte und Erinnerungen an seine Kindheit hervorholte. Doch er schüttelte sie ab, verharrte in seiner Position. Er wollte sichergehen, dass sie jedes Wort verstand, was er jetzt sagte.

»Hast du eigentlich die leiseste Ahnung, wie weh ihr mir getan habt? Wie verletzt und wütend ich bin? Das ist nicht mit einer kleinen Erklärung getan. Ich habe euch vertraut. Ihr seid meine Eltern. Verdammt, ich war achtzehn Jahre alt.« Seine Lippen zitterten, als er leise zu ihr sprach. »Achtzehn! Und nach der Ausbildung habt ihr mich rausgeschmissen! Ich hatte keine Ahnung, wie ich alleine zurechtkommen sollte. Als ich damals im Krankenhaus lag, hätte ich euch gebraucht.« Ilona blickte betroffen auf ihr Glas. Aber Bjarne war noch nicht fertig und fuhr unerbittlich fort. »Ich war der Einzige bei meiner Abschlussprüfung, bei dem die Eltern nicht da waren. Ich habe euch immer wieder angeschrieben, euch in Karten und Briefen erzählt, was bei mir los war. Aber ihr hattet es zum Schluss nicht mal nötig sie anzunehmen!« Bjarne richtete sich auf, drückte den Rücken durch, atmete ein und ignorierte, dass er gleich weinen würde. »Ich hätte meine Eltern gebraucht!« Er stellte sich an die Brüstung und starrte auf seine Hände.

Casper ging zu ihm und umarmte ihn. Ihm war es egal, ob Ilona damit ein Problem hatte, für ihn war Bjarne wichtig und der brauchte ihn. Bjarne ließ die Umarmung zu, weinte leise, bis er sich wieder beruhigt hatte und Casper ihn losließ. Bjarnes Mund war wie ausgetrocknet und er trank das Glas Wasser leer, das er bis dahin nicht angerührt hatte.

»Wie stellst du dir das vor?« Bjarne stand hinter seinem Stuhl, fixierte mit dem Blick seine Mutter, die versuchte dem standzuhalten. Casper hatte sich indes erneut hingesetzt. »Du kommst hin und wieder vorbei und sagst Hallo oder was?« Bjarne stellte das Glas ab.

Unruhig drehte Ilona ihr Getränk in ihren Händen. Sie überlegte fieberhaft eine Antwort, entschied sich aber für die Wahrheit. Wollte sie Bjarne wiedergewinnen, konnte es nur damit funktionieren.

»Ich ... ich weiß nicht. Darüber habe ich mir noch keine Gedanken gemacht. Mir ist klar, dass es nicht von heute auf morgen geht. Aber ich dachte, wenn ich zur Hochzeit komme, wäre schon einmal ein Anfang gemacht. Ich bin auch noch die nächste Woche da. Vielleicht können wir reden. Darüber, was du erlebt hast, wie es dir ergangen ist und ich lerne Casper kennen. Später können wir telefonieren, ihr kommt uns in Hamburg besuchen, wenn ihr da seid.« Zum ersten Mal sprach sie Caspers Namen aus und schaute ihn direkt an. »Und vielleicht ändert dein Vater mit der Zeit auch seine Meinung.«

Wie lange hatte Bjarne sich gewünscht, dass seine Eltern ihn akzeptierten, so wie er war, und sie wieder miteinander sprachen? Aber jetzt wo zumindest seine Mutter auf dem Weg war, konnte er nicht damit umgehen. Wusste nichts darauf zu erwidern. Er setzte sich auf seinen Platz, griff nach Caspers Hand, der seine beruhigend drückte.

»Wenn du mich nicht hier haben willst, fahre ich sofort wieder«, fügte Ilona an, als Bjarne weiter schwieg. Sie trank einen Schluck Wasser.

»Nein ... du kannst bleiben. Ich kann dir nicht versprechen, ob und wann ich euch verzeihen werde oder kann. Dafür habt ihr mir zu wehgetan. Aber ich will es versuchen. Es liegt an euch ... an dir, auf mich zuzukommen. Ich habe euch jahrelang eine Tür aufgehalten, die ihr immer wieder zugeknallt habt und irgendwann war sie verriegelt. Die Schlösser musst du jetzt öffnen.« Bjarne blickte seiner Mutter in die Augen.

»Danke.« Nach einer weiteren kurzen Stille stand Bjarne abrupt auf, verabschiedete sich und verschwand im Schlafzimmer. Er hielt es nicht länger in der Nähe seiner Mutter aus. Ihm war klar, dass es Casper gegenüber nicht fair war, ihn alleine mit ihr zurückzulassen, aber er hatte keine Kraft mehr.

Er legte sich aufs Bett und starrte die Decke an, wartete darauf, dass Casper zu ihm kam, denn er war sich sicher, dass er kommen würde. Er hörte, wie Casper und seine Mutter sich auf dem Flur verabschiedeten, die Haustür geöffnet und geschlossen wurde und kurz darauf die Schlafzimmertür aufging. Casper legte sich zu ihm, nahm ihn den Arm und er konnte weinen, seine Anspannung raus und sich fallenlassen.

Kapitel 4

Dominik schenkte sich Kaffee ein und nahm sich ein Brötchen aus dem Korb. Nachdem er gestern beim Aufräumen geholfen hatte, hatte er sich aus dem Staub gemacht und mit Moritz getroffen, mit dem er seit der Einweihungsfeier von Casper und Bjarne losen Kontakt pflegte.

Heute war er zum Frühstück bei Casper und Bjarne vorbeigekommen und wollte den Tag mit ihnen verbringen. Er versuchte, die Stimmung etwas aufzulockern und Bjarne aufzuheitern. Zudem musste er sich zusammenreißen, um Bjarne nicht nach dem Gespräch mit seiner Mutter auszufragen. Wenn er Dominik etwas sagen wollte, würde er es machen. Dominik hatte die Jahre in Hamburg noch gut in Erinnerung, in denen Bjarne in der Anfangszeit nach seinem Rausschmiss immer wieder bei seinen Eltern vorbeigefahren war. Stets mit der Hoffnung, dass sie sich versöhnen würden. Doch mit jedem Mal war er enttäuschter nach Hause gekommen und Dominik konnte nichts dagegen machen.

Bjarne hing der gestrige Nachmittag mit seiner Mutter immer noch nach. Aber er hatte sich vorgenommen, ihr eine Chance zu geben, auch wenn er nicht wusste, wie er sich ihr gegenüber verhalten sollte. Worüber sie reden konnten. Er hoffte, dass sich das aus der Situation ergeben würde.

»Also, was machen wir heute?«, fragte Dominik und biss in sein Brötchen.

»Wir müssen Bjarnes Mutter in den Sitzplan einbauen, das durchgeben und dann, keine Ahnung«, antwortete Casper und schmierte sich Marmelade auf sein Brötchen. Das Gespräch zwischen Bjarne und seiner Mutter lag ihm immer noch im Magen. Aber er wollte sich nichts anmerken lassen, um Bjarne nicht weiter herunterzuziehen. Stattdessen wollte er ihn aufbauen. In Gedanken platzierte er Ilona schon an der Hochzeitstafel. Sie hatten gestern Mittag alles final am Schloss abgegeben, aber er war sich sicher, dass sie eine Person noch unterbringen konnten.

»Mensch Leute, das ist euer letzter Tag vor der Hochzeit. Wir müssen was Außergewöhnliches machen, das ihr danach nie wieder machen werdet.« Dominik schaute sie erwartungsvoll an. Er hatte das feste Ansinnen, Bjarne abzulenken.

»Was haltet ihr davon, wenn wir uns einfach ins Auto setzen und losfahren? Ohne Ziel oder mit Ziel, wenn es etwas gibt, das ihr schon immer sehen wolltet«, schlug Dominik vor.

»Lieb gemeint, aber wir können nicht einfach fahren«, wehrte Bjarne den Vorschlag ab. Er hatte keinen großen Hunger und sein Brötchen bis jetzt noch nicht angerührt. »Außerdem kommen heute die anderen Hamburger. Wir hatten heute extra freigehalten, um euch alle zu begrüßen.«

»Also bleiben wir hier und langweilen uns?« Dominik trank einen Schluck Kaffee.

»Ach, ich hätte genug für dich zu tun. Papa braucht bestimmt noch jemanden, der ihm im Stall hilft, der Hof kann schon wieder gefegt wer...«

»Schon gut. Ich bin ja ruhig«, unterbrach Dominik Casper.

»Aber gegen Eis essen spricht nichts. Der Zug aus Hamburg soll erst gegen sechzehn Uhr in Darrenberg einfahren. Vorher können wir in die Eisdiele«, brachte Bjarne vor und trank von seinem Kaffee.

In dem Moment klingelte es an der Tür und Casper und Bjarne schauten sich überrascht an. Wer konnte das jetzt sein? Ihre Freunde waren alle auf der Arbeit und für die Post war es noch zu früh. Casper stand auf und öffnete die Tür. Er kam mit Ilona im Schlepptau zurück.

»Guten Morgen«, grüßte sie in die Runde. Nun erhob sich auch Bjarne.

»Mama, was machst du denn hier? Ich dachte, wir sehen uns erst morgen wieder.« Er fuhr sich durch die Haare und ihm war deutlich anzusehen, dass er nicht wusste, wie er sich verhalten sollte.

»Oh, ich kann wieder gehen. Ich hatte nur die Hoffnung, na ja, vielleicht könnte ich noch bei irgendwas helfen.« Sie trat einen Schritt auf Bjarne zu, der sich an der Rückenlehne seines Stuhls festhielt.

»Nein, kannst du nicht«, wehrte er sie brüsk ab und merkte selbst, dass es unhöflich klang. Er atmete tief ein und rief sich ins Gedächtnis, dass er ihr eine Chance geben wollte. »Setz dich. Möchtest du einen Kaffee?«, lud Bjarne sie daher ein und deutete auf einen leeren Stuhl.

Dominik musterte interessiert Bjarnes Mutter. Es war das erste Mal, dass er sie sah. Am Mittwoch hatte er nicht darauf geachtet. Da war er viel zu sehr auf Moritz fixiert und hatte erst hinterher mitbekommen, dass sie da gewesen war.

Casper holte eine Tasse aus dem Schrank, stellte sie vor Ilona und Bjarne setzte sich wieder.

»Hast du gefrühstückt?«, fragte Casper Ilona, die bejahte.

»Es ist alles vorbereitet«, sagte Bjarne. »Aber wir können dir den Hof und unsere Wohnung zeigen«, bot er an.

»Das wäre toll.« Sie griff nach der Thermoskanne und goss sich Kaffee ein, während Casper sich wieder an seinen Platz setzte. Es war für ihn nichts Ungewöhnliches unangekündigten Besuch zu bekommen, er war damit aufgewachsen. Aber er hätte nicht gedacht, dass Bjarnes Mutter das machen würde und sie überraschte ihn. Ob das jetzt gut oder schlecht war, würde sich zeigen. Casper war weiterhin bereit, seinen Bjarne zu verteidigen und Ilona vor die Tür zu setzen. Er beobachtete Bjarne und ließ ihn nicht aus den Augen. Dem fiel es natürlich auf und er lächelte ihm beruhigend zu. Es lag noch ein langer Weg vor Bjarne und Ilona, aber Bjarne war bereit, heute mit dem ersten Schritt zu beginnen.

»Ich stelle Ihnen auch meinen Vater vor.« Casper biss von seinem Brötchen ab, aber großen Hunger hatte er nicht mehr. Er hatte nicht vergessen, wie zerstört Bjarne gestern Abend war, als er weinend in seinen Armen lag. Er hatte sich gewünscht, dass diese Familienzusammenführung viel früher stattgefunden hätte und nicht so kurz vor der Hochzeit.

»Nenn mich doch bitte Ilona.« Sie blickte ihn an und er nickte.

»Was mache ich, wenn ihr auf Besichtigungstour seid?«, meldete sich Dominik zu Wort, der fertig war mit frühstücken und seinen Kaffee austrank.

»Du kannst mitkommen«, sagte Bjarne. »Oder Julia davon abhalten komische Dinge für uns zu planen.«

Casper prustete los und sein Gesichtsausdruck war eine Mischung zwischen Zweifel und Belustigung.

»Als ob man Julia von etwas abhalten könnte. Dominik unterstützt sie dabei eher noch, als dass er sie von irgendwas abbringen würde.« Casper war sich sicher, dass Julia etwas plante. Er kannte sie und sie tat viel zu unschuldig. Trotzdem freute er sich darauf, denn sie führte nie etwas durch, das jemanden bloßstellte.

Dominik reckte den Kopf in die Höhe. »Ihr habt ein so völlig falsches Bild von mir. Ich wollte immer nur das Beste für Bjarne.« Um seine Mundwinkel zuckte es auffällig.

»Oh ja, das wolltest du.« Bjarne kam sein Abschiedsgeschenk aus Hamburg in den Sinn, allerdings stoppte er sich, weiter darüber nachzudenken. Es könnte in einem roten Kopf seinerseits enden. Außerdem war es merkwürdig für ihn, im selben Raum wie seine Mutter über Sex mit Casper nachzusinnen. »Aber für einen Spaß bist du immer zu haben.« Bjarne blickte Dominik prüfend an. Ihm schwante, dass Dominik längst mit Julia unter einer Decke steckte. Er wollte gar nicht wissen, was die beiden ausgeheckt hatten. Aber wie auch Casper freute er sich schon sehr darauf.

»Wisst ihr was?« Dominik stand auf. »Ich räume den Tisch ab und melde deine Mutter im Restaurant nach, Bjarne. Dann könnt ihr mit der Besichtigung beginnen.«

Casper war wieder erstaunt darüber, wie sehr Dominik sich gewandelt hatte. Aus dem arroganten Studenten, der gerne feierte und wenig studierte, war ein netter Mann geworden.

»Na dann lasst uns mit der Wohnung beginnen. Unsere große Wohnküche kennst du ja mittlerweile.« Casper schob den Stuhl nach hinten und stand auf und Bjarne und Ilona folgten ihm.

»Meine Güte, was für ein großer Besitz. Und das gehört dir, Casper?«, fragte Ilona zwei Stunden später, als sie im Hofladen ankamen.

»Ja, ich habe den Hof von meinen Eltern letztes Jahr übernommen und baue ihn langsam nach meinen Vorstellungen um. Und wie du siehst, bringt Bjarne seine mit ein.« Casper zog mit seinen Armen einen Kreis. »Aber ich bin sehr froh, dass meine Eltern immer noch mitarbeiten und uns mit Rat zur Seite stehen.« Er schob seine Hände in die Taschen und lehnte sich an der Wand an.

Im Laufe des Gesprächs entspannten sich Casper und Ilona und es wurde lockerer und war nicht mehr so steif. Doch Bjarne war anzumerken, dass er seiner Mutter nicht traute. Er lief schweigend mit. Nur bei seinen Hühnern taute er etwas auf. Trotzdem ließ Caspers Anspannung nach, nachdem er sicher war, dass Ilona Bjarne im Moment nicht angriff, sondern ehrlich interessiert schien an seinem jetzigen Leben und viele Fragen stellte, die hauptsächlich Casper beantwortete.

Ilona nickte anerkennend. »Der Hofladen ist wunderschön. Habt ihr Bilder vom Umbau?«

»Ja, haben wir natürlich. Ich habe jeden Tag welche geschossen«, antwortete Bjarne und fragte sich, worauf seine Mutter hinauswollte.

»Die könntest du aufhängen. Vielleicht eine kleine Bilderserie, beginnend mit einem Bild der noch alten Scheune von innen und außen.« Sie schaute sich um und ging zur Tür. »Hier fängst du an und dann zieht es sich einmal im Kreis. Am besten auf Leinwand. Die sähen bestimmt auch gut über den Regalen aus.« Aufgeregt lief sie am Rand des Ladens entlang und deutete an, wo sie ein Bild aufhängen würde, bis sie einmal herum war und wieder an der Tür stand. »Das Letzte kommt dann hierhin.«

Bjarne gefiel die Idee sehr, darauf war er noch gar nicht gekommen. Er hatte genug Bilder gemacht, er musste nur die richtigen auswählen. Jetzt ging er selbst einmal nachdenklich die Wände ab. Er hatte schon völlig vergessen, dass seine Mutter ein Händchen für solche Dinge hatte.

»Na, zumindest ist mir jetzt klar, woher Bjarne seine Dekoleidenschaft hat«, meinte Casper trocken und war erleichtert, dass Bjarne und seine Mutter etwas Gemeinsames gefunden hatten, über das sie reden konnten.

Vielleicht kommen sie sich so wieder näher, hoffte Casper. Er wünschte es Bjarne so sehr. Sein Blick schweifte von Bjarne und seiner Mutter, die die besten Plätze für die Bilder aussuchten, zu der großen Uhr über dem Ladentisch. Es war erst Mittagszeit. Der Tag zog sich wie Kaugummi für ihn und er hatte das Gefühl, als ob er nie vorbeigehen würde.

»Also Bjarne, wenn du noch mit deiner Mutter hier schauen möchtest, ich würde gerne noch einmal auf die Liste gucken, ob wir für morgen auch wirklich nichts vergessen haben.« Casper trat zu Bjarne, der ihn anlächelte.

»Du kennst die Checkliste auswendig und weißt, dass alles abgehakt ist.« Aber langsam breitete sich in Bjarne ebenfalls Nervosität aus und dass sie sich heute komplett freigehalten und nichts mehr zu tun hatten, machte es nicht besser.

Casper gab Bjarne einen Kuss. Ilona schaute derweil verlegen zu Boden und trat einige Schritte beiseite. Casper schmunzelte innerlich, aber sie musste sich über kurz oder lang an den Anblick gewöhnen. In dem Moment stürmte Linus in den Laden und japste nach Luft.

»Casper ... du musst ... musst kommen!« Linus sah gehetzt aus und Casper beschlich ein ungutes Gefühl. Normalerweise war Linus eher der ruhige Vertreter. Das schätzte Casper sehr an ihm, vor allem wenn er sich um die Tiere kümmerte.

»Was ist los?«, fragte er besorgt und trat auf Linus zu, griff ihn an den Schultern und drückte sie unbewusst.

»Dein Vater ...« Erneut rang Linus nach Luft.

»Was ist mit ihm?« In Caspers Magen verknotete sich alles. Angst kroch in ihm hoch. »Linus, jetzt sag schon, was ist mit Papa!«, schrie er ihn an, als der Azubi noch immer kein Wort hervorbrachte.

»Hat den Kopf einer Kuh mit voller Wucht ans Kinn bekommen, als er ihr helfen wollte«, sagte Linus endlich. Casper ließ ihn los und stürmte sofort Richtung Stall. Linus und Bjarne im Schlepptau. Ilona folgte ihnen langsamer auf ihren Stöckelschuhen.

»Papa?«, rief Casper, als er den Stall erreichte. Er lief sofort in den hinteren Teil, in dem die Kühe abkalbten. Dort fand er seinen Vater, der sich auf das Fressgitter stützte. »Papa? Alles in Ordnung? Blutest du irgendwo?« Casper krabbelte durch das Gitter in die Gruppe und tastete seinen Vater ab. Blut konnte Casper nirgendwo entdecken. Bjarne und Linus blieben auf der Futtertenne stehen und beobachteten die beiden.

»Mir geht's gut«, beruhigte sein Vater ihn, ließ aber das Fressgitter nicht los. Er öffnete den Mund weit und kreiste mit seinen Kiefer. Dabei verzog er schmerzhaft das Gesicht und stieß ein Jammern aus.

»Wo hat die Kuh dich genau getroffen?«, fragte Casper, beugte sich unter seinen Vater und betrachtete sein Kinn eingehend. Aber auch dort entdeckte er kein Blut und war erst einmal erleichtert, keine äußerlichen Schäden zu finden. Das hieß allerdings nichts. Ein Kuhkopf war größer, robuster und härter als ein Menschenkopf. Sein Vater zeigte auf die rechte Seite, wo sich ein riesiger roter Abdruck abzeichnete.

»Was ist genau passiert?« Casper tastete nun das stoppelige Kinn seines Vaters ab.

»Dein Vater wollte der liegenden Kuh helfen an den Wassereimer zu kommen. Sie kann nicht aufstehen. Da riss sie auf einmal mit Wucht den Kopf hoch und traf dabei deinen Vater«, erklärte Linus. Casper blickte zu der Kuh. Neben ihr lag der umgeschmissene Eimer. »Dann torkelte er und ich half ihm bis zum Gitter.« Linus sah besorgt zu Thomas, der zwar nicht mehr schwankte, jedoch immer noch eine Hand am Fressgitter hatte. »Ich hätte bei ihm bleiben sollen, oder? Aber ich wollte dich holen, deine Mutter ist zum Einkaufen gefahren und auf dem Weg zu euch in die Wohnung habe ich gesehen, dass die Tür zum Laden auf war.«

»Alles gut, Linus. Du hast alles richtig gemacht«, beruhigte Bjarne ihn und Casper war heilfroh, dass Bjarne seine gewohnte Ruhe wiedergefunden hatte. Einmal mehr fiel ihm auf, wie sehr er sich auf Bjarne verlassen konnte, wenn er es brauchte.

»Papa, wir fahren jetzt sofort ins Krankenhaus. Du musst untersucht werden«, entschied Casper und half ihm durch das Fressgitter.

»Ach Quatsch, ich muss nicht ins Krankenhaus. Da hat nur mein Kiefer etwas abbekommen. Ich mach etwas Salbe drauf und fertig«, wehrte dieser ab.

»Wir fahren dorthin und du lässt dich untersuchen.« Casper umfasste den Arm seines Vaters. »Morgen ist meine Hochzeit und ich habe keine Lust darauf, dass du mitten in der Trauungszeremonie oder auf der späteren Feier zusammenbrichst, nur weil du eine Selbstdiagnose gestellt hast.« Casper schaute seinen Vater auffordernd an, der ergeben nickte.

»Ich fahre euch«, mischte Ilona sich ein, die Casper schon ganz vergessen hatte. »Dann kannst du dich um deinen Vater kümmern.«

»Linus, bleibst du hier und kümmerst dich weiter um die Tiere?«, bat Casper.

»Natürlich.« Linus richtete sich auf und schaute etwas zuversichtlicher aus. Ihn ehrte das Vertrauen, das Casper trotz des Unfalls in ihn setzte.

»Ich komm mit euch mit.« Bjarne stellte sich zu Casper und ergriff seine Hand. Casper lächelte ihm dankbar zu.

»Und ich gucke wieder in die Röhre? Wo wollt ihr hin?«, erklang Dominiks Stimme auf dem Gang, als er auf sie zukam. Den hatte Casper auch total vergessen.

»Ich habe euch schon überall gesucht. Sogar bei deinen Hühnern war ich«, beschwerte sich Dominik. Bjarne fasste schnell die Ereignisse für Dominik zusammen, während Ilona vorauseilte. Sie hatte sich gestern für die Zeit ihres Aufenthaltes einen Leihwagen besorgt und fuhr vor den Stall. Casper ging langsam neben seinem Vater bis zum Auto, gefolgt von Bjarne und Dominik. Linus holte den umgeworfenen Eimer aus der Box und wollte ihn wieder mit Wasser füllen.

»Tja, irgendwie habe ich mir deinen letzten Tag in Freiheit anders vorgestellt.« Dominik blickte auf die Uhr, als sie am Auto ankamen. Er wollte nicht mit ins Krankenhaus fahren und verabschiedete sich in Gedanken von seinem Eis. »Gibst du mir deine Autoschlüssel? Solltet ihr nicht rechtzeitig zurück sein, hole ich die anderen eben vom Bahnhof ab. Solange gucke ich Fernsehen bei euch.« Dominik hielt Bjarne seine offene Hand hin.

»Der Schlüssel ist in der Wohnung im Körbchen auf der Küchentheke.« Bjarne nahm Dominik in den Arm. »Danke dir für deine Hilfe.« Casper, Thomas und Ilona saßen bereits im Auto, als Bjarne hinten zu Casper einstieg und wieder nach seiner Hand griff.

»Dominik, kannst du meiner Mutter Bescheid geben, wenn sie wieder zu Hause ist?«, rief Casper aus dem Auto, bevor Bjarne die Tür schloss. »Sie soll sich keine Sorgen machen.« Dominik beugte sich vor und sah durch die Tür in den Innenraum zu Casper.

»Klar, mach ich.«

Dann zog Bjarne die Tür zu und Ilona fuhr los.

»Ist Ihr Job immer so gefährlich?«, fragte Ilona Caspers Vater unterwegs, als sich die Stille hinzog, nur unterbrochen von Caspers Navigation zum Krankenhaus.

»Es sind halt Lebewesen mit guten und schlechten Tagen und ebenso unberechenbar wie wir Menschen. Sie machen das nicht mit Absicht. Nur wissen die Kühe nicht, dass wir Menschen etwas zerbrechlicher sind als ihre Artgenossen«, antwortete Thomas und hielt sich den Kiefer.

»Vielleicht solltest du nicht reden, Papa«, ermahnte Casper seinen Vater, der die Augen verdrehte, aber nichts mehr sagte, bis sie ankamen. Casper und sein Vater stiegen aus und Thomas blickte an sich hinunter. Er hatte immer noch seine Stiefel und den verdreckten Grünmann aus dem Stall an.

»Ich hätte wenigstens Schuhe anziehen sollen«, meinte er und schaute zur Eingangstür des Krankenhauses, die sich ständig aufschob, wenn jemand sie passierte. Kurzentschlossen schlüpfte er aus seinen Stiefeln und streifte den Grünmann ab. Darunter hatte er kurze Hosen und ein T-Shirt an. »So stinke ich wenigstens nur noch nach Stall.« Er verstaute die Sachen im Kofferraum. Casper zuckte mit den Schultern. Solange sein Vater sich untersuchen ließ, sollte er doch in Socken ins Krankenhaus gehen, es war nicht kalt.

Bjarne und Ilona parkten das Auto und kamen ihnen hinterher. Casper und Thomas standen bei der Anmeldung, als sie zu den beiden stießen, und Casper diskutierte heftig mit der Schwester hinter dem Schalter.

»Was ist denn los?«, schaltete sich Bjarne ein und legte Casper, der rote Flecken im Gesicht hatte, eine Hand auf die Schulter.

»Sie wollen Papa nicht behandeln, solange er seine Gesundheitskarte nicht vorlegt. Die haben wir aber völlig vergessen in der Eile«, presste Casper wütend hervor. Thomas stand daneben. Ihm tat der Kiefer immer mehr weh und er mochte nicht sprechen.

»Dann fahre ich schnell wieder zurück und hole das Portemonnaie. In zwanzig Minuten bin ich wieder da«, beruhigte Bjarne Casper und wandte sich an die Schwester. »Können die beiden sich schon ins Wartezimmer setzen?«

»Natürlich«, meinte diese bissig.

»Danke Ihnen.« Bjarne schenkte ihr ein Lächeln. »Du kommst wieder runter und ihr klärt alles in Ruhe. Ich bin gleich wieder da.«

Bjarne gab Casper einen Kuss und ließ sich von Thomas

erklären, wo er das Portemonnaie fand. Dann verschwand er, seine Mutter im Schlepptau.

Eine halbe Stunde später waren Ilona und Bjarne wieder zurück, gaben die Gesundheitskarte am Empfang ab und setzten sich zu Thomas und Casper.

»War Mama schon wieder da?«, fragte Casper, als Bjarne sich neben ihn setzte. Der schüttelte den Kopf. Schweigend warteten sie, bis Thomas aufgerufen wurde.

Thomas hatte Glück gehabt, bis auf eine schlimme Kieferprellung hatte er nichts weiter abbekommen. Der Arzt gab ihm Schmerztabletten mit und ermahnte ihn, in den nächsten Tagen etwas langsamer zu machen. Thomas quittierte das mit einem Lachen, was er sofort wieder bereute. Dann musste Linus die Arbeit alleine erledigen und er vom Gang aus zusehen und ihn anleiten, beschloss er. Er wollte nicht, dass Casper vor Montag wieder arbeitete. Casper sollte seine Hochzeit und den Sonntag genießen können.

Zwei Stunden später waren sie auf dem Heimweg und beruhigten erst einmal Marion, die ruhelos begonnen hatte die Wohnung zu putzen, obwohl sie schon längst sauber war.

Kapitel 5

Am Nachmittag standen Casper und Bjarne rechtzeitig in Darrenberg am Bahnhof, um Bjarnes drei Freunde aus Hamburg abzuholen. Leider konnten nicht alle kommen, da sie am Wochenende im Restaurant arbeiten mussten. Casper erinnerte sich an die Zeit ihrer Fernbeziehung, als er hier oft verkleidet stand und Bjarne abholte. Vor allem an das erste Mal, als Bjarne ohne Vorwarnung eine Stunde vor Eintreffen des Zuges Bescheid gegeben hatte. Ein Lächeln schlich sich auf seine Lippen.

»Du hättest die Bauernkluft anziehen sollen«, sagte Bjarne, dem klar war, woran Casper dachte bei dem Lächeln.

»Ach nee, das war nur für dich.« Er drückte Bjarne einen Kuss auf die Lippen.

Am Bahnhof gab es ein großes Hallo und bis sie alles im Auto verstaut hatten und loskamen, dauerte es noch einen Augenblick.

»Was ist mit Dominik?«, fragte Judith, eine ehemalige Kollegin von Bjarne, als endlich alle im Auto saßen. »Er hatte nur geschrieben, dass er nicht mit uns fährt.«

»Der ist schon seit Mittwoch hier«, antwortete Bjarne.

»Erst ins Hotel?«, schaltete sich Casper ein, der mit laufendem Motor immer noch auf dem Parkplatz stand.

»Ich würde sagen, erst einchecken und dann zu euch«, schlug Marius vor.

»Gut.« Casper löste die Bremse und fuhr los. Da er und Bjarne sich um die Zimmerreservierung vor Ort gekümmert hatten, wusste er, wo er hinfahren musste.

Der Check-in verlief schnell und reibungslos, sodass sie sich bald wieder auf den Weg machen konnten. Bjarne hatte schon gestern für heute Abend einen Topf mit Gulaschsuppe vorbereitet, die er jetzt nur noch aufwärmte und Baguette dazu aufbackte. Dominik, Caspers Eltern und Ilona kamen noch hinzu und sie verteilten sich um den Esstisch bei Casper und Bjarne.

»Irgendwie merkwürdig meine Mutter mit deinen Eltern im Gespräch zu beobachten«, flüsterte Bjarne Casper zu, als der sich am Herd einen weiteren Teller mit Suppe auftat. Casper hob den Kopf und musterte die drei.

»Ja, eindeutig. Aber immerhin ist sie hier. Mehr als du zu hoffen gewagt hast.« Casper legte die Suppenkelle neben den Topf und umschlang Bjarne mit seinem Arm.

»Ja, sie ist hier und bemüht sich wirklich.« Bjarne war noch immer unsicher, was er davon halten sollte. Er vertraute seiner Mutter nicht und machte sich Gedanken, wie sie morgen während der Hochzeit reagieren würde. Er hatte Angst davor, dass sie im letzten Moment doch alles verderben könnte. Jederzeit wartete er darauf, dass sie ihm wieder vorwarf, wie verdorben und falsch er lebte oder sie sich einfach abwenden würde und erneut aus seinem Leben verschwand.

Zum ersten Mal, seit dem Wiedersehen, fragte er sich, wie die Dinge zwischen seinen Eltern standen. Hatten sie sich verkracht? Wusste sein Vater, dass seine Mutter hier war oder hatte sie ihm eine Lüge aufgetischt? Er würde in der kommenden Woche mit ihr darüber reden, nahm er sich vor.

»Du musst ihr nicht vertrauen und schon gar nicht verziehen haben. Es wäre komisch, wenn das innerhalb von vierundzwanzig Stunden geschehen würde. Keiner erwartet das«, sagte Casper in Bjarnes Gedanken und wieder einmal dachte Bjarne, dass Casper Gedankenlesen konnte. Woher wusste er nur, was in ihm vorging?

Casper gab Bjarne einen Kuss auf die Wange. »Aber ich glaube auch, dass sie es ernst meint.« Er hatte im Laufe des Tages seine Meinung über seine zukünftige Schwiegermutter angepasst. Sie hatte ohne zu zögern angeboten ihn und seinen Vater zum Krankenhaus zu fahren und echtes Interesse an ihrem Leben gezeigt. Beim Betrachten der Bilder auf dem Flur war sie tatsächlich betroffen gewesen, als sie gesehen hatte, dass Bjarne vor zwei Jahren einen Gips wegen eines angebrochenen Ellenbogens hatte. Er war unglücklich mit dem Fahrrad gestürzt, als sie bei einer Abendtour die Felder kontrolliert hatten. Langsam schien sie zu begreifen, dass sie eine Menge verpasst hatte, was sie nie wieder aufholen konnte.

Casper würde zwar nicht behaupten, Mitleid mit ihr zu haben, immerhin hatte sie sich den Kontaktabbruch selbst auferlegt, aber trotzdem tat es ihm ein klein wenig leid.

»Das wird wohl noch alles Zeit brauchen«, seufzte Bjarne und lehnte sich leicht an Casper.

»Sag mal Bjarne, besteht wirklich keine Chance mehr, dich zurückzubekommen? Du hast das Kochen definitiv nicht verlernt«, meinte Judith in dem Moment vom Tisch aus und die beiden sahen aus ihrer Zweisamkeit auf. Casper drückte Bjarne ein letztes Mal an sich und sie gingen zurück zum Tisch.

»Nope. Die benötigen hier am Niederrhein einen guten Koch. Ich kann die Leute nicht im Stich lassen«, antwortete Bjarne, zwang sich zu einem Lächeln und schob seine Gedanken an die Seite.

Nach dem Essen saßen sie alle noch beisammen und unterhielten sich. Marion blickte immer wieder zur Uhr, bis sie sich räusperte und aufstand.

»Casper, Bjarne, kommt ihr einmal mit?«, sagte Marion und Thomas und Ilona erhoben sich ebenfalls. Sie schienen zu wissen, worum es ging. »Die anderen sind natürlich herzlich eingeladen uns zu folgen.« Bjarne schaute Casper fragend an, dem bereits schwante, was jetzt kam.

»Die Nachbarn haben doch nicht etwa ...«, begann er, wurde jedoch von Marion unterbrochen.

»Lass dich überraschen, was jetzt kommt.« Sie lächelte ihn an. Dann schritt sie zur Wohnungstür und nach draußen. Casper, Bjarne und die anderen folgten ihr. Vor der Treppe auf dem Rasen standen etwa zwanzig Leute, Kinder tobten um die Erwachsenen herum. Casper erfasste sofort, dass es die Nachbarn waren. In ihrer Mitte hatten sie ein großes gebundenes Herz aus Buchsbaum mit weißen Schleifen und Blumen dran im Boden verankert.

»Das ist für uns?«, fragte Bjarne erstaunt und so laut, dass jeder ihn hören konnte. Gelächter erscholl darauf.

»Natürlich. Ihr heiratet doch morgen«, antwortete einer der Nachbarn laut. Für Bjarne war es nicht selbstverständlich. Er war ein Zugezogener und dazu heirateten sie nicht klassisch kirchlich. Hinter ihnen in der Tür drängelten sich ihre Freunde, da Casper und Bjarne auf dem breiten Treppenabsatz stehen geblieben waren.

»Jetzt geht endlich runter, wir wollen auch etwas sehen«, hörten Casper und Bjarne Dominik hinter sich und sie gesellten sich zu den Nachbarn. Die hatten das Herz schon im Rasen befestigt, damit es nicht umkippte. Die beiden bewunderten es aus allen Richtungen und es wurden jede Menge Fotos geschossen.

»Vielen Dank«, rief Casper in die Runde und Marion eilte mit Schluck und einem Tablett Schnapsgläsern aus heran. Sie drückte Casper das Tablett in die Hand und goss den Schnaps in die Gläser. Casper ging eine Runde, bis jeder, der wollte, versorgt war.

»Auf eine tolle Hochzeit und nochmals vielen Dank«, rief Casper in die Runde und sie prosteten sich lauthals zu.

»Wir bekommen tatsächlich das volle Programm«, stellte Bjarne fest, als er sein Glas geleert hatte.

»Hast du etwas anderes erwartet?«, fragte Casper ihn erstaunt.

»Irgendwie schon«, gab Bjarne zu, behielt aber für sich, warum. Er musste nur seine Mutter ansehen, um zu wissen, weshalb er etwas anderes erwartet hatte.

»Gewöhn dich endlich daran, dass du auf einem Dorf lebst. Da läuft alles ein wenig anders ab, als in der Stadt.« Casper grinste Bjarne an, der nickte.

»Wer will noch eine Runde?«, fragte jetzt Bjarne und küsste Casper. Ein vielstimmiges »Hier« ertönte und Gläser wurden gehoben.

»Glaube, das mit der Anpassung kriege ich hin«, meinte er zu Casper, nahm Marion die Flasche mit Schluck ab und goss die Gläser voll. Erneut prosteten sie sich zu und tranken.

Ilona stand dabei immer am Rand und kam sich fehl am

Platz vor. Sie beobachtete den Trubel um ihren Sohn und künftigen Schwiegersohn. Erstaunt stellte sie fest, wie integriert und willkommen Bjarne hier war. Als ob er schon immer dazu gehört hatte und nicht erst vor einigen Jahren hergezogen war. Er lachte, riss Witze und schien von jedem etwas zu wissen. Sie dagegen war ein Fremdkörper. Sogar seine Freunde aus Hamburg, von denen sie keinen kannte, kamen ins Gespräch mit den Nachbarn. Sie gehörte hier nicht hin und beschloss, dass es für heute genug war. Ilona verabschiedete sich von Casper und Bjarne und fuhr ins Hotel zurück.

Als die Nachbarn gegangen waren und auch die Hamburger sich ein Taxi bestellt hatten, räumten Casper und Bjarne ihre Küche auf.

»Weißt du was?«, fragte Casper und zog die Spülmaschinentür auf.

»Nein, aber du wirst mich sicherlich nicht im Dunklen lassen«, antwortete Bjarne schmunzelnd und stellte die benutzten Teller vom Tisch auf die Küchentheke.

»Julia war gar nicht da. Ich hätte gedacht, dass sie sich das nicht entgehen lässt.« Casper zog seine Stirn in Falten und ergriff die Teller von der Theke, um sie in die Spülmaschine einzuräumen. Irgendwie fand er es schon enttäuschend, dass seine kleine Schwester den Umtrunk verpasst hatte.

»Sie war einfach zu beschäftigt mit Jannik.« Bjarne grinste frech und rückte die Stühle am Tisch zurecht. Dann kam er um die Theke herum zu Casper und füllte den Rest Suppe in eine kleine Schüssel, die er in den Kühlschrank stellte.

»Ich will gar nicht wissen, was du damit meinst«, erwiderte Casper und schloss die Spülmaschine. »Und jetzt habe ich Kopfkino, das ich sofort loswerden muss.«

Bjarne lachte lauthals.

»Lass uns noch einen Spider-Man Film gucken. Ich muss auf andere Gedanken kommen«, beschloss Casper und zog Bjarne zum Sofa.

»Du willst dir nur wieder Tom Holland anschauen.« Bjarne lachte immer noch.

»Immerhin ist das Kopfkino mit ihm gar nicht so schlecht.« Casper schmunzelte und startete den Film.

Kapitel 6

»Der Tag zog sich wie Kaugummi und ging doch noch endlich zu Ende.« Bjarne fiel nach dem Film rücklings nur mit einer Boxershorts bekleidet ins Bett und legte die Arme über die Augen.

»Ja, das Krankenhaus hätte ich mir gerne erspart. Bekommt Papa morgen halt nur Suppe zu essen.« Casper schmiss sich bäuchlings neben Bjarne und streichelte mit den Fingerspitzen über seinen Arm.

»Bist du langsam ein bisschen aufgeregt?«, fragte Casper und küsste ihn auf die Brust. Bjarne nahm die Arme vom Gesicht, legte einen auf Casper und vergrub seine Finger in dessen Haaren.

»Doch, so langsam kommt die Aufregung.« Bjarne zog sich ein Kissen unter den Kopf, während Casper noch näher an Bjarne heranrutschte und sein Kinn auf der Brust ablegte. Sie blickten sich in die Augen.

»Wo ist nur die Zeit geblieben? Habe ich dir nicht erst gestern den Antrag gemacht?«

Casper kicherte leise. »Tja, würde mal behaupten, das ist schon über ein Jahr her.« Er rutschte ein Stück höher. »Bist du dir auch ganz sicher mit morgen? Noch können wir alles absagen.«

»Glaubst du im Ernst, ich hätte das alles hier mit dir durchgezogen, um einen Tag vorher einen Rückzieher zu machen?« Bjarne umfasste Caspers Kopf mit beiden Händen und strich mit den Daumen über seine Wangen. »Mich wirst du nicht mehr los. Das ziehen wir jetzt bis zum bitteren Ende durch.«

Casper lächelte und küsste Bjarne. »Ein letztes Mal in wilder Ehe?«, fragte er Bjarne.

»Sollte es nicht eigentlich so laufen, dass wir uns heute gar nicht mehr sehen? Da verstoßen wir doch schon gegen irgend so eine Hochzeitsregel und dann willst du sogar noch mit mir schlafen?« Bjarne grinste ihn frech an.

»Wer kann der kann«, erwiderte Casper und legte sich komplett auf Bjarne, der sofort seine Arme um ihn schlang.

»Du hast aber noch viel zu viel an. Los setz dich auf, damit ich dich ausziehen kann.« Caspers Lippen verzogen sich zu einem breiten Lächeln und er kam Bjarnes Wunsch nach. Er hockte sich auf Bjarnes Oberschenkel, sodass der sich aufsetzen konnte, und streckte die Arme nach oben.

»Ich bin bereit.« Er lachte laut. »Wie gut, dass Julia nicht da ist. Sonst hätten wir bestimmt alle halbe Stunde Kontrolle.«

»Das reicht. Da hätten wir genug Zeit«, kommentierte Bjarne und zog Casper das Shirt über den Kopf. Dann fasste er ihn um die Taille, bugsierte ihn auf den Rücken und zog ihm die Boxershorts aus. »Der Anblick ist doch schon viel besser.« Er streichelte Casper über seine Oberschenkel, streifte dabei die Eier und den im Moment noch schlapphängenden Schwanz, was sich aber langsam änderte.

Streichelnd und küssend wanderte er über Caspers Oberkörper nach oben bis er an seinem Mund ankam und Casper in einen Zungenkuss verwickelte.

Bjarne löste den Kuss, richtete sich auf und zog seine Boxershorts aus. Jede seiner Bewegungen wurde von Casper verfolgt, der sich auf die Ellbogen gestützt hatte.

»Wie geht's weiter?«, fragte Bjarne, als er nackt auf Casper saß und dessen Schwanz sachte rieb.

»Ich könnte dir für morgen einen ordentlichen Knutschfleck auf den Hals verpassen«, grinste dieser und setzte sich auf. Er zog Bjarne zu sich heran und saugte erst spielerisch an seinem Schlüsselbein, wanderte dann langsam zum Hals.

»Bloß nicht. Du weißt genau, was ich davon halte.« Trotzdem neigte Bjarne seinen Kopf zur Seite, sodass Casper besser rankam. Dem entfuhr bei Bjarnes Aufschrei ein Glucksen, das in ein leises Keuchen überging, als Bjarne den Druck auf Caspers Schwanz erhöhte.

»Pass auf, was du machst«, warnte Bjarne ihn. »Sonst ist es schneller vorbei, als dir lieb ist.« Casper hörte das Grinsen aus Bjarnes Worten heraus und nahm ihn gar nicht erst ernst.

Nachdem Casper jeden Zentimeter von Bjarnes Hals den er erreichte, geküsst hatte, ließ er sich nach hinten fallen und blieb mit geschlossenen Augen liegen. Bjarne betrachtete Casper, der darauf wartete, was er nun machen würde und dessen Schwanz steif in die Luft ragte. Casper brachte ihm so viel Vertrauen entgegen, dass es ihn in diesem Moment, indem er so verletzlich war, zu Tränen rührte.

»Was ist?«, fragte Casper und öffnete die Augen. Er fand Bjarnes Blick und sah es darin schimmern. Sofort war er in Alarmbereitschaft. War Bjarne vielleicht doch nicht bereit für morgen? Oder war das Aufeinandertreffen mit seiner Mutter zu viel? Hatte er es falsch eingeschätzt? Sein Herz raste.

»Alles in Ordnung?« Casper richtete sich auf, strich sachte

über Bjarnes Wange. Eine Berührung so zart, dass sie kaum zu spüren war.

»Ja, natürlich.« Bjarne schluckte. Warum musste er denn jetzt nur so rührselig werden? »Es ist ...« Er konnte gar nicht in Worte fassen, was er gerade empfand. »Ich liebe dich so so so sehr.« Auf Caspers Lippen zeichnete sich ein liebevolles Lächeln ab.

»Ich dich auch.« Erleichtert zog er Bjarne in einen Kuss und sank gemeinsam mit ihm auf die Matratze. Bjarne unterbrach den Kuss, umfasste ihre beiden Schwänze und rieb sie langsam. Dabei hielt er Caspers Blick fest, sah die Lust in seinen Augen, konnte genau erkennen, als ihn der Orgasmus erfasste und kam selbst.

Bjarne sackte auf Casper zusammen, sein Kopf in der Halsbeuge und beide schwer atmend. Casper hatte seine Hand in Bjarnes Locken vergraben und massierte die Kopfhaut.

Als sie nach einer Weile zu Atem gekommen waren, holte Bjarne ein kleines Handtuch aus dem Nachttisch und wischte sie beide sauber. Dann kuschelte er sich wieder an Casper, der seinen Arm um ihn legte und ihm einen Kuss auf die Stirn drückte.

»Können wir die Zeit stoppen und diesen Moment solange genießen, wie wir wollen?«, flüsterte Bjarne und kitzelte mit seinem Atem Caspers Haut am Hals, der leise lachte.

»Das wäre schön.« Denselben Gedanken hatte er eben auch. Vor allem, wenn er das letzte Jahr Revue passieren ließ. An ihre ewigen Streitereien, seinen kurzen Aufenthalt bei Sascha, aber auch an die schönen Dinge dachte er. Die Zeit auf Spiekeroog, der perfekte Heiratsantrag, das ältere Ehepaar, das mit ihnen angestoßen hatte.

»Oh du meine Güte, ich werde morgen dreißig«, stöhnte Casper plötzlich auf, was Bjarne zum Lachen brachte.

»Du alter Sack, und so was heirate ich.«

Casper grinste. »Immerhin dein alter Sack.« Eine zufriedene und glückliche Schwere breitete sich in ihm aus und er gähnte. »Lass uns schlafen. Morgen wird ein langer Tag.«

Bjarne richtete sich etwas auf. »Schlaf gut, mein alter, süßer superheldischer Hausgeist.« Sie küssten sich, kuschelten sich eng aneinander und zogen die Bettdecke über sich. Jeder in Gedanken an den morgigen Tag und was sie dort erwartete.

Zwei Herzen, eine Richtung

Band 7

Kapitel 1

Der Wecker seines Handys klingelte durchdringend laut und unaufhörlich. Casper tastete auf seinem Nachttisch herum, bis er das Telefon in der Hand hatte und drückte solange auf dem Display herum, bis es still war.

Nachdem er gegen vier Uhr früh das erste Mal wach war, und seine innere Uhr verflucht hatte, war er doch noch einmal eingeschlafen.

»Wer hatn bloß gesagt, dass wir um halb acht aufstehn?«, nuschelte Casper und drehte sich zu Bjarne, der sich nicht einmal geregt hatte.

Bjarne war der Inbegriff eines Morgenmuffels. Wenn er wollte, konnte er drei gleichzeitig klingelnde Wecker erfolgreich ignorieren. Casper rüttelte an seiner Schulter.

»Hey, heute kein sanftes Gewecke. Du musst mir zum Geburtstag gratulieren!«

»Glückwunsch«, brummte Bjarne und drehte sich auf die Seite. Casper blickte aus müden Augen auf den Rücken seines Verlobten.

»Na los, ich will richtig gratuliert bekommen. Immerhin werde ich nicht jeden Tag dreißig«, beschwerte er sich und rüttelte wieder an Bjarnes Schulter.

Bjarne rollte sich auf den Rücken und hätte dabei fast Casper halb unter sich vergraben, der rechtzeitig auf seine Seite gerutscht war. Dann streckte Bjarne seinen Arm aus und Casper kuschelte sich hinein.

»Einen tollen dreißigsten Geburtstag«, murmelte Bjarne in Caspers Haare und drückte ihm einen Kuss auf den Kopf. »Gestern Abend warst du noch entsetzt darüber.«

»Dankeschön.« Casper lächelte breit und küsste Bjarne am Hals. »Da hatte ich auch noch nicht Geburtstag.«

»Manchmal hast du eine komische Logik«, grummelte Bjarne, der seine Augen wieder geschlossen hatte und sich wegdrehen wollte, doch Casper hielt ihn fest.

»Und nun nochmal zu meiner Frage: Warum müssen wir heute so früh aufstehen? Ich muss erst um zwölf bei Sascha sein und Leon kommt auch nicht früher her.«

»Damit du ein letztes Mal deine Listen durchgehen kannst und nicht um fünf vor drei in Panik gerätst, weil dir in letzter Minute doch noch etwas eingefallen ist. Ich will um drei ganz entspannt im Trausaal sitzen ohne einen hibbeligen Hausgeist neben mir.« Wieder küsste er Casper auf den Kopf und strich mit den Fingerspitzen über Caspers Oberarm. »Boah, dafür, dass ich erst wach werde, waren das sinnvolle Sätze.«

»Ja, vor allem schätzt du mich völlig falsch ein. Ich habe die Listen vorhin als ich kurz wach war schon durchgeschaut.« Ein Lächeln schlich sich auf Bjarnes Lippen. Er kannte doch seinen Hausgeist, der seit Tagen in jeder freien Minute alles tausendfach durchgegangen war.

»Was hältst du davon, die gewonnene Zeit zu nutzen?«, fragte Casper, ließ seine Hand unter die Bettdecke gleiten und tastete sich bis zu Bjarnes Taille vor. Sie waren immer noch nackt von gestern Abend.

»Da sage ich nicht nein. Ist es denn dieses Mal wirklich das letzte Mal vor der Hochzeit?« Bjarne zog Casper auf sich und Caspers Schwanz drückte gegen seinen. Noch waren sie entspannt und ruhig. In diesem Moment schien der Nachmittag weit entfernt. Allerdings wusste Casper, dass sich das ganz schnell ändern würde, sobald er und Bjarne das Bett verlassen würden. Es war in diesem Augenblick wie ein kleiner Schutzraum für ihn.

»Ein allerallerletztes Mal in wilder Ehe«, raunte Casper an Bjarnes Lippen und küsste ihn. Er positionierte seine Beine links und rechts von Bjarne, um besseren Halt zu haben.

In dem Moment klopfte es an der Tür.

»Casper? Bjarne? Seid ihr angezogen? Ich komme rein«, klang es dumpf durch die Tür. Sascha. Casper ließ den Kopf neben Bjarnes sinken und stöhnte auf. Seine aufkommende Lust war mit einem Schlag verflogen.

»War ja so was von klar, dass Sascha auftaucht«, flüsterte er und Bjarne lachte.

»Komm rein Sascha, aber wir sind nackt unter der Bettdecke«, rief Bjarne zurück und handelte sich dadurch einen bösen Blick von Casper ein, der sich von Bjarne gleiten ließ und sich artig unter seine Decke neben ihn setzte, mit angezogenen Beinen.

Der Griff der Tür wurde nach unten gedrückt und sie öffnete sich langsam. Saschas Kopf erschien und als er sich versichert hatte, dass er tatsächlich Casper und Bjarne nicht in Aktion erwischte, trat er komplett ein.

»Seid ihr wirklich nackt darunter oder habt ihr wenigstens noch 'ne Unterbuchs an?«

»Wofür ist das wichtig? Wir sind mindestens zweimal die

Woche nackt gemeinsam in der Gemeinschaftsdusche«, antwortete Casper ihm genervt. »Aber vielleicht könnten wir das Thema jetzt fallen lassen.« Immerhin hatte er bis vor einer Minute noch ganz andere Dinge im Sinn gehabt. »Was machst du schon hier? Ich wollte doch um zwölf zu dir kommen.«

»Ja, äh, vielleicht zieht ihr euch erst mal an und kommt in euer Wohnzimmer«, schlug Sascha vor und verließ ohne ein weiteres Wort das Zimmer. Casper und Bjarne schauten sich ratlos an.

»Weißt du irgendetwas?«, fragte Casper Bjarne und beobachtete jede seiner Gesichtsregungen.

»Nope, gar nichts. Keine Ahnung, was er hier will.« Bjarne zuckte mit den Schultern und Casper glaubte ihm. »Auf jeden Fall sollten wir ab sofort jede Tür, die aus dieser Wohnung rein und wieder rausführt abschließen, damit wir nicht mehr überrascht werden.«

»Gute Idee!« Casper ärgerte sich, daran nicht schon gestern gedacht zu haben.

Auf dem Weg ins Bad hörten Casper und Bjarne es aus dem Wohnzimmer rumoren und Casper beschlichen dunkle Vorahnungen seinen Geburtstag betreffend.

»Da ist nicht nur Sascha«, flüsterte er im Bad, obwohl ihn keiner außer Bjarne hörte, der sich Zahnpasta auf die Zahnbürste tat. Wäre es ein normaler Samstag hätte Casper keine Probleme damit, aber heute war ihr Hochzeitstag und schlagartig ging bei dem Gedanken sein Puls hoch. Hoffentlich blieben Sascha und wer noch alles da war nicht zu lange.

»Wir werden es überleben. Nun mach zu, alter Sack.« Bjarne grinste ihn an und putzte sich dann die Zähne.

Zehn Minuten später waren Casper und Bjarne gewaschen, angezogen und gingen zum Wohnzimmer, aus dem immer noch Gemurmel drang. Im Flur blieb Casper stehen, wappnete sich innerlich und stieß die nur angelehnte Tür auf.

Sascha, Julia und Jannis drehten sich zu ihm um. Julia kam sofort auf Casper zugestürmt und umarmte ihn, während Bjarne hinter ihm im Türrahmen stehenblieb.

»Herzlichen Glückwunsch, großer Bruder!«, rief sie in ihrer gewohnt aufgeregten Art. »Ist es zu glauben, dass du schon dreißig bist? Wir haben doch erst gestern im Sand gebuddelt und sind aus der Schaukel gesprungen.«

»Julia, du erdrückst mich.« Casper befreite sich lachend aus Julias Umarmung. »Aber danke dir.« Nun kamen auch Sascha und Jannis, um Casper zu gratulieren.

»Aber wir sind nicht nur deswegen gekommen.« Sascha schaute Casper geheimnisvoll an. Er grinste und biss sich vor Freude auf die Unterlippe. Jetzt wurde Casper misstrauisch. Ob er wohl alle rausschmeißen konnte, bevor Sascha seine Überraschung enthüllte? Ihm schwante langsam was kam. »Zieh deine Schuhe an, du musst mit rauskommen. Noch hast du nämlich dreißigsten Geburtstag und bist nicht verheiratet.«

Jannis zog ein Blatt Papier aus seiner Hosentasche, faltete es auseinander und hielt es Casper unter die Nase.

»Schau mal.« Casper nahm es ihm aus der Hand und erkannte, dass es ein Stück aus der Zeitung war. In einer großen Anzeige gratulierte man ihm, unterschrieben von seinen engsten Freunden und mit dem Hinweis, dass Casper heute um neun Uhr am Feuerwehrhaus fegen würde.

»Nicht euer Ernst« Casper blickte entsetzt von einem zum anderen. »Leute, ich heirate heute, wie soll ich da noch Zeit zum Fegen haben?« Er ließ die Hand mit dem Zeitungsausschnitt sinken und Bjarne nahm ihn ihm ab, um selbst zu lesen. Nun hatte Casper schwarz auf weiß seine Befürchtung bestätigt gesehen und leichte Panik kroch in ihm auf. Wie sollte er sich auf das Fegen konzentrieren, wenn er ständig Angst hatte, die Zeit lief ihm davon? Er hätte daran denken müssen, dass Sascha trotzdem auf die Idee kam und es ihm Vorfeld abklären sollen. Aber darauf war er einfach nicht gekommen.

»Ach, Casper, wir haben erst kurz nach acht Uhr. Du fegst ja keine fünf Stunden.« Julia winkte ab. »Du wirst viel Spaß haben und wir haben alle instruiert, dass du kaum Alkohol trinken wirst. Immerhin sollst du bei vollem Bewusstsein nachher Ja sagen können.«

»Ich fass es nicht.« Casper ging zum Sofa und setzte sich. »Kann ich wenigstens noch einen Kaffee trinken und etwas essen?« Er griff nach seiner Checkliste, die auf dem Sofatisch lag. »Das war definitiv nicht im Zeitplan vorgesehen.«

Bjarne setzte sich zu ihm, legte die Anzeige auf dem Tisch ab und nahm Casper in den Arm.

»Weißt du, was das Tolle an Plänen ist? Sie können geändert werden.« Er küsste ihn auf die Wange. »Wir haben ganz viel Zeit. Du kommst schon rechtzeitig zu Sascha. Genieß den Tag und fang mit deinem Geburtstag an«, beruhigte Bjarne ihn.

»Ich verstehe einfach nicht, wie du immer noch so ruhig bleiben kannst? Ich zerspringe vor Ungeduld und Nervosität.« Casper lehnte sich bei Bjarne an.

»Frühstück haben wir übrigens unten schon vorbereitet. Die Meute wartet auf dich«, schaltete sich Sascha ein. Casper verdrehte die Augen, schüttelte den Kopf und erhob sich.

»Dann lasst uns mal los.«

Der Weg zum Feuerwehrhaus, der normalerweise nur ein zehnminütiger Spaziergang war, dauerte dieses Mal etwas länger. Vor einen alten, kleinen Anhänger, auf dem eine weiße auf künstlichem Kuhfell stehende Toilette angebracht war, auf die Casper sich setzen musste, war ein klappriger, in die Jahre gekommener Rasenmähertrecker gespannt. Der war der Meinung, alle paar Meter ausgehen zu müssen und am Ende beschlossen die Männer lautstark ihn zu schieben.

Es waren fast alle seine Freunde auf den Hof gekommen, um Casper auf dem Weg zum Feuerwehrhaus zu begleiten. Sogar Ilona, Dominik und die Hamburger waren erschienen, um sich das Spektakel anzusehen. Mindestens zwanzig Leute waren sie, die frech auf der Straße statt des Bürgersteigs liefen und dabei laut zur Musik mitsangen. Casper wurde ein Pott mit Kaffee und ein belegtes Brötchen gereicht, das er auf dem Toilettensitz verschlang.

Am Feuerwehrhaus angekommen, standen auf dem Platz bereits weitere Leute, die sie grölend und Happy Birthday singend empfingen. Wer hätte gedacht, dass um neun Uhr schon so viele Zeit haben, dachte Casper. Er hatte nicht damit gerechnet, dass sein Geburtstag heute bei irgendjemandem außer seinen Eltern und Bjarne auf dem Plan stand.

Freude keimte in Casper auf und er verabschiedete sich von seiner Planung für den Vormittag. Es gab ohnehin keine Punkte auf dem Plan, die abgearbeitet werden mussten und er hätte alle nur verrückt gemacht.

Jetzt noch hatte er Angst, dass etwas dazwischen kommen könnte, und er oder Bjarne nicht rechtzeitig im Trausaal erschienen.

»Na los, runter vom Klo«, forderte Sascha ihn auf. Casper

stand auf und blickte sich einmal um. Er schaute in viele bekannte Gesichter. Fast das halbe Dorf war gekommen, um ihm beim Fegen zuzuschauen, wohlwissend, dass sie es ihm nicht leicht machen würden. Da musste er jetzt durch.

Er folgte Sascha in die Mitte des Platzes, wo Andi dabei war, einen Sack mit Sägespänen auszuschütten und zu verteilen.

»Also Casper, du kennst deine Aufgabe. Der Platz muss wieder sauber werden. Dein Arbeitsgerät überreicht dir Julia.« Sascha grinste ihn an und rieb seine Hände aneinander.

»Großer Bruder, sei sanft zu ihr. Die Borsten biegen sich sonst zu schnell und du kommst nicht weit.« Lachend überreichte Julia ihm eine Zahnbürste und die Zuschauer grölten fröhlich, einige pfiffen. Casper nahm sie entgegen und blickte zweifelnd zwischen der Bürste und Julia hin und her.

»Ihr wollt es wirklich wissen, oder?«, fragte er, ging in die Hocke und begann zu fegen.

»Du machst das richtig gut. Ich finde, du könntest in Zukunft die Fliesen im Bad auch so reinigen.« Bjarne stand neben Casper und schmunzelte. Casper hatte einen vernichtenden Blick für ihn übrig.

»Sei froh, dass du bei deinem dreißigsten Geburtstag schon verheiratet bist«, entgegnete Casper und wischte weiter.

Er hatte noch keine fünf Zentimeter geschafft, als einer der Dorfbewohner durch seinen kleinen Haufen trat, entsetzt die Hände vors Gesicht schlug und danach in Lachen ausbrach. Casper wollte ihn böse angucken, konnte sich aber ein Grinsen nicht verkneifen. Das gehörte einfach dazu. Er hatte es bei anderen Unverheirateten an ihrem dreißigsten Geburtstag bereits genauso getan.

»Okay, wie lange wollt ihr mich leiden lassen? Habt ihr

nicht noch einen größeren Besen?«, rief Casper in die Runde. Überall standen Grüppchen im Kreis um ihn herum, feuerten ihn an oder unterhielten sich.

»Na, wir wollen mal nicht so sein. Hier hast du einen Handfeger.« Leon lächelte ihn fies an, nahm ihm die Zahnbürste ab und reichte ihm den Feger. »Das kostet allerdings Strafe.« Bedauernd hielt er Casper ein kleines, offenes Fläschchen mit Kräuterschnaps hin.

»Prost alle zusammen!« Sascha hob ebenfalls eines an und viele stimmten mit ein. Casper hielt sich seine Flasche an die Lippen und trank den Schnaps in einem Rutsch leer. Danach schüttelte er sich angewidert. Kräuterschnaps schmeckte ihm überhaupt nicht und er fegte mit dem Handfeger weiter. Und wieder, kaum dass er einen kleinen Haufen zusammenhatte, lief jemand aus Versehen durch. Aber Casper nahm es auch dieses Mal mit Humor.

»Das klappt ganz anständig. Da haben dir deine Eltern also doch ein paar nützliche Dinge beigebracht«, hörte er kurze Zeit später in seinem Rücken eine bekannte Stimme sagen und hielt inne. Das konnten doch unmöglich … Casper richtete sich auf, drehte sich um und erblickte seine Großeltern aus dem Ruhrpott.

»Oma, Opa, was macht ihr denn schon hier? Ihr wolltet doch erst zum Mittagessen kommen«, rief er erfreut aus und fiel den beiden nacheinander zur Begrüßung um den Hals.

»Glaubst du etwa dieses Spektakel verpassen wir? Deine Mutter hat mir letzte Woche schon Bescheid gegeben.« Seine Großmutter schmunzelte und sein Großvater klopfte ihm auf die Schulter.

»Mach mal fein weiter. Du hast heute noch mehr vor«, sagte

sein Opa. Weiter kamen sie in ihrem Gespräch nicht, da Julia sie auch entdeckt hatte und angestürmt kam. Casper hockte sich wieder hin, um zu fegen, während Julia ihren Großeltern Jannis vorstellte.

»So wird das nichts Casper, also wirklich, du schaffst ja gar nichts«, unterbrach Sascha ihn, in der Hand eine Flasche Bier und einen Kinderbesen. »Du solltest hiermit weitermachen. Aber vorher, du kennst das Prozedere.«

Casper erhob sich seufzend, lachte, griff sich den Besen und nahm von Andi eine weitere kleine Flasche entgegen.

»Prost«, rief er in die Runde, setzte das Fläschchen an und trank. Doch es war nicht der erwartete bittere Kräuterschnaps, sondern ein sehr süßes klebriges Getränk und erneut verzog er das Gesicht. »Was ist das?«, fragte er Sascha, der sich vor Lachen bog.

»Das ist irgendein Kindergetränk. Das hat Leon besorgt.«

Das süße, klebrige Zeug war bestimmt auch in dem großen Besen, den er zum Schluss kriegen würde, überlegte Casper. Es gehörte zur Tradition, dass erst aus ihm getrunken wurde, bevor er benutzt wurde. Er begann gebeugt mit dem Kinderbesen zu fegen und kam schneller voran. Dieses Mal schaffte er sogar etwas, bevor man ihm wieder seinen Haufen zertrat. Die Schaulustigen feuerten ihn an und zwischendurch wurde gescherzt. Mit einigen der Anwesenden würde er nachher seine Hochzeit feiern.

Ob sie sich wohl an ihre Wünsche gehalten und keine Spiele organisiert hatten?, überlegte er.

»Hey, nicht trödeln«, holte Bjarne ihn aus seinen Überlegungen. »Wir wollen heute noch heiraten.«

Er trank einen Schluck aus seinem Kaffeebecher und nickte

zu Caspers Haufen. Erst jetzt stellte Casper fest, dass er das Fegen eingestellt hatte und die Späne anstarrte.

»Oh, sorry, ich beeile mich. Aber vielleicht könnte ich eine Aufmunterung vertragen.« Casper sah Bjarne an, um seine Mundwinkel zuckte es und Bjarne verstand den Wink.

»Na gut, weil du es bist.« Er legte den Arm um Casper, zog ihn an sich und küsste ihn. Casper schmeckte den Kaffee auf Bjarnes Lippen.

»Gibst du mir einen Schluck ab?«, bat er ihn und Bjarne hielt ihm den Becher hin zum Trinken. Dann gab er ihm noch einen Kuss und stellte sich zu Caspers Großeltern.

Sascha kam auf Casper zu, auf dem Arm seine Tochter, und warf einen Blick auf seine Uhr.

»Ich glaube, du wirst nicht mehr zum Feger der Nation. Andi, bring mal bitte den großen Besen.« Er nahm Casper den Kinderbesen ab, nach dem seine Tochter griff und ihn fallenließ. Sie gluckste vor Freude und klatschte dabei unbeholfen in die Hände.

Andi kam derweil mit einem richtigen Besen an, dessen Stiel aus Plastik bestand. Das Ende war aufgedreht und er hielt es Casper hin.

»Trinken«, befahl er. »Der muss beim Absetzen sehr viel leichter sein, als vorher.«

Casper nahm den Besen mit zweifelndem Blick entgegen. War jetzt wieder dieser süße Kindersaft drin? Er setzte den Stiel an und schluckte. Warme, abgestandene Cola rann durch seine Kehle und das fand er fast noch ekliger als den Saft. Aber er trank tapfer weiter.

»Darf ich jetzt weiterfegen?«, fragte er Andi, der ihm den Besen abnahm und in seiner Hand wiegte.

»Ja, der Gewichtstest ist bestanden. Du kannst mit diesem Besen weitermachen.« Er drehte den Verschluss auf den Stiel und reichte ihn an Casper zurück. Der nahm seine Arbeit erneut auf und fegte. Er hatte jetzt einen großen breiten Besen und die Späne sammelten sich schnell zu einem Haufen in der Mitte des Platzes an. Doch der wurde natürlich immer wieder zertreten.

»Okay Leute, wir haben es jetzt fast zehn Uhr. Da Casper und Bjarne bestimmt noch einiges zu tun haben – habe zumindest gehört da steht heute noch etwas an«, hier stoppte Sascha und grinste die beiden an, »erlösen wir Casper mal. Immerhin hat er ordentlich gefegt und sich Mühe gegeben. Danke, dass ihr alle gekommen seid.« Er nahm Casper den Besen ab und reichte ihn an Andi weiter, der mit zwei anderen das Aufräumen übernahm.

»Hast du alles erledigt oder musst du noch einmal nach Hause?«, fragte Sascha Casper. Die meisten tranken noch in Ruhe Bier, Kaffee, Cola oder Wasser aus und langsam zerstreute sich die Menge.

»Eigentlich nicht. Wieso?«, stellte Casper misstrauisch die Gegenfrage. Er traute Sascha alles zu. Auch, dass dieser ihn jetzt noch mit zum Einkaufen nahm, weil er neue Schuhe oder so was brauchte.

»Dann nehmen Becki und ich dich mit. Du wolltest sowieso um zwölf zu mir kommen«, erklärte Sascha und Casper überlegte kurz. Zu Hause konnte er eh nichts mehr machen, die Listen waren alle abgehakt, jeder wusste über seine Aufgaben Bescheid und Leon würde sich um Bjarne kümmern.

»Gute Idee. Ich sag noch schnell Bjarne Bescheid.« Casper sah sich nach seinem Verlobten um und entdeckte Bjarne bei seiner Mutter, Caspers Großeltern und Eltern. Casper trat zu ihnen und zog Bjarne etwas abseits.

»Ich fahre schon mit zu Sascha. Meine Sachen sind ja schon da. Wir sehen uns später am Schloss, in Ordnung?« Sein Herz machte vor Freude einen Hüpfer und er konnte nicht glauben, dass es tatsächlich in ein paar Stunden so weit war.

»Klar, und wehe du tauchst nicht auf«, warnte Bjarne ihn mit erhobenem Zeigefinger, lächelte aber dabei.

»Würde ich nie wagen.« Casper drückte sich an Bjarne und küsste ihn. »Bist du auch schon so angespannt?«

»Wenn du dieses freudige Kribbeln im gesamten Körper, das sich im Bauch zentriert und die langsam vergehende Zeit meinst, dann ja.« Bjarne lachte leise.

»Ja, das meine ich.«

»Na los, Casper, wir wollen los. Dein Patenkind braucht eine neue Windel und wir haben keine saubere mit«, rief Sascha vom Auto, in das er seine Tochter gerade setzte.

»Bis später.« Ein letztes Mal küsste Casper Bjarne, atmete tief ein, winkte allen zu und stieg ein.

Als er im Auto saß, wischte er seine Hände an der Hose ab und versuchte, sein rasendes Herz zu beruhigen und atmete bewusst ein und aus. Es waren doch nur zwei Buchstaben, gesprochen in einem Raum, nichts, weswegen man ausflippen müsste. Trotzdem hatte er früher nie zu hoffen gewagt, sie auszusprechen. Er freute sich so unbändig darauf.

Kapitel 2

Um kurz vor drei fuhren Sascha und Casper auf den voll besetzten Parkplatz des Schlosses. Wie gut, dass sowohl für ihn als auch für Bjarne und Leon die ersten beiden vorderen Plätze freigehalten worden waren. Bjarne und Leon waren bereits da und Sascha stellte seinen Wagen neben den von Leon. Becki war von Lara abgeholt worden und sie wiesen den Hochzeitsgästen den Weg zum Trausaal.

»Bereit?« Sascha blickte Casper an, der zum nahen efeubewachsenen Schloss mit der großen steinernen Freitreppe hochblickte und im Schoß seine Hände knetete. Casper schüttelte den Kopf.

»Ist man je bereit dazu? Ihr hättet mir doch mehr Alkohol geben sollen heute Morgen.« In seinem Magen flatterte es und es fiel ihm schwer, seine Füße stillzuhalten. »Wie können zwei Buchstaben nur so eine Wirkung haben?« Casper wischte sich die Hände an seiner Hose trocken und stieß die Tür auf.

»Lass uns los«, sagte er zu Sascha, stieg aus, knallte die Tür zu, hielt sich noch kurz am Auto fest und ging zum Schloss. Ständig fragte Casper sich, wie es Bjarne erging. Ob er auch fast zersprang vor Freude und Nervosität und ob Bjarne es sich wirklich gut überlegt hatte, ihn zu heiraten, einen Bauern aus einem kleinen niederrheinischen Dorf.

Sascha folgte ihm auf dem Fuß. Er hatte sicherheitshalber alle benötigten Unterlagen an sich genommen, bevor sie losmussten, da er Angst hatte, Casper würde noch vor lauter Aufregung alles verlieren oder vergessen.

Vor der großen Freitreppe sahen sie beim Näherkommen Bjarne und Leon. Leon stand lässig angelehnt am Sockel des Steingeländers, während Bjarne vor ihm auf und ab pilgerte. Als Casper und Sascha bei den beiden ankamen, blieb Bjarne stehen und sah auf. Caspers und Bjarnes Blicke trafen sich. Bjarnes schaute ihn so voller Liebe und Freude an und zerstreute jeglichen Zweifel, der in den letzten Stunden in Casper aufgekommen war.

»Wir gehen schon mal vor«, unterbrach Leon den Moment. »Macht nicht so lange und kommt sofort nach, verstanden? Wir müssen das Formelle vor der Trauung klären«, ermahnte Leon sie und Sascha und er stiegen die Treppe hoch.

Auf Caspers Lippen formte sich ein zaghaftes Lächeln. Er betrachtete Bjarne, der in einem hellgrauen Dreiteiler mit weißem Hemd und einem roten Plastron gekleidet war. Sie sahen sich heute das erste Mal in ihren Hochzeitsanzügen.

»Hey«, begrüßte Bjarne ihn schüchtern und trat auf Casper zu. »Du siehst toll aus, mein kleiner Hausgeist.« Casper hatte sich für einen Spider-Man blauen Anzug entschieden, dazu eine rote Weste und natürlich einem roten Plastron. Das war das Einzige, das sie gemeinsam hatten, da Casper gleich zwei davon besorgt hatte. Sie hatten beide eine Anstecknadel mit weißen Blüten am Revers.

»Du auch. Kannst du das bitte jeden Tag tragen?« Casper griff nach Bjarnes Händen und verschränkte ihre Finger miteinander.

»Das hättest du wohl gerne. Hier fühl mal.« Bjarne hob eine Hand und legte Caspers über die Stelle, wo sein Herz sich befand.

»Spürst du es?« Das tat Casper. Das schnelle Klopfen von Bjarnes Herzen schlug gegen seine Hand. Casper war froh, dass es nicht nur ihm so erging. Er hatte schon überlegt, ob jeder sein Herz hören konnte, so hart und schnell klopfte es.

»Dann lass uns mal heiraten.« Bjarne deutete mit dem Kopf auf das Schloss. Er hielt Casper seine Hand hin, die dieser ergriff, nachdem er seine an der Hose trocken gewischt hatte. Sie stiegen die Treppe hinauf, auf der sie später das Gruppenfoto mit der Hochzeitsgesellschaft machen würden.

Leon und Sascha warteten auf sie im Flur vor dem Trausaal, in dem bereits die Hochzeitsgäste saßen. Die Standesbeamtin war bei ihren Freunden und hatte alles so weit vorbereitet. Sie begrüßte die beiden aufgeregten Männer mit Handschlag.

»Wollen wir?«, fragte sie und sah dabei Casper und Bjarne freundlich an. Beide nickten. »Ich verspreche Ihnen Ja-Sagen tut nicht weh.« Die Bräutigame rangen sich ein Lächeln ab, dabei wollten sie nichts weiter, als dass es endlich losging.

Sascha und Leon nahmen das als Stichwort. Sie umarmten ihre besten Freunde, betraten den Saal, schlossen die Tür hinter sich und stellten sich vor die Stühle für die Trauzeugen, die links und rechts der Bräutigamstühle standen. Diese wiederum waren vor einem ausladenden alten auf Hochglanz polierten Schreibtisch platziert worden.

Alle weiteren Hochzeitsgäste erhoben sich, als die beiden ihre Plätze erreicht hatten und blickten gespannt auf die Tür, durch die jeden Moment Casper und Bjarne mit der Standesbeamtin kommen würden.

Vor der Tür im Flur griff Bjarne schnell nach Caspers Hand. Die Beamtin nickte den beiden aufmunternd zu, drückte die Türklinke herunter, öffnete die Tür und betrat den Saal.

Es ging los.

Casper und Bjarne warfen sich einen Blick zu und folgten ihr. Casper schwitzte. Seine Kehle war ausgedörrt und zugeschnürt. Fast hätte er nach dem Plastron am Hals gegriffen und es gelockert. Bjarne hatte Angst, dass jeder im Raum sehen konnte, wie heftig seine Finger zitterten.

Aller Augen waren auf sie gerichtet. Scheu blickten sie sich um und lächelten ihren Gästen zu. Casper entdeckte Tränen bei seiner Mutter und guckte schnell weg. Heute traute er sich nicht über den Weg, wenn er andere weinen sah.

Als sie an ihren Plätzen ankamen, bat die Standesbeamtin alle, sich zu setzen. Sie selbst blieb stehen und begrüßte erst Casper und Bjarne und dann den Rest der Gesellschaft. Casper und Bjarne sahen sich erneut an und lächelten sich zu. In einer halben Stunde trugen sie ganz offiziell denselben Nachnamen, waren eine eigene kleine Familie. Zwei Herzen, die gemeinsam in eine Richtung liefen.

Als die Standesbeamtin Platz genommen hatte, rückte sie noch einmal ihre Mappe mit losen Zetteln zurecht, räusperte sich und begann mit der Trauansprache. Zwischendurch legte sie immer wieder ein Blatt beiseite.

Bjarne blickte zwar die Standesbeamtin an, aber er bekam nur die Hälfte mit. Im Schoß knetete er seine Hände, die verschwitzt waren. Hin und wieder sah er zu Casper hinüber, dem es ebenso erging. Nur rieb er seine Hände immer an seiner Hose trocken. Bjarne schmunzelte. Allein an dieser Bewegung konnte er erkennen, wie aufgeregt Casper war.

Für Casper fühlte es sich an wie in einem Traum und gleich würde jemand ihn rütteln und aufwecken. Alles, was in den letzten Jahren geschehen war, wäre nicht real gewesen und er immer noch der nicht geoutete Junge im Dorf, den jeder mit einem Mädchen verkuppeln wollte. Zwischendurch kniff er sich, um sicherzugehen, dass er wach und tatsächlich im Begriff war, den Mann neben sich zu heiraten.

»Zum Abschluss meiner Ansprache möchte ich euch den Trauspruch vorlesen, den sich Bjarne und Casper ausgesucht haben. Er stammt von Gabriel Marcel:

Die Liebe ist wie das Leben selbst,
kein bequemer und ruhiger Zustand,
sondern ein großes, ein wunderbares Abenteuer.
Lieben heißt zum anderen sagen:
Du wirst nicht untergehen.«

Die Standesbeamtin pausierte nach dem Spruch und lächelte Casper und Bjarne beruhigend an, denen die Nervosität ins Gesicht geschrieben stand. Dann stellte sie sich hin.

»Ich möchte Sie bitten, sich für die Zeremonie zu erheben. Jetzt geht's ans Eingemachte.« Aus den Reihen der Gäste erklang leises Gelächter.

Casper atmete tief durch. Ich muss nur Ja sagen, erinnerte er sich in Gedanken und erhob sich. Automatisch griff er nach Bjarnes Hand und registrierte am Rande, dass sie ebenso verschwitzt war wie seine. Ihre Blicke trafen sich kurz und Bjarne strahlte Casper mit seinen Augen an. Wärme durchströmte Casper, der sich noch nie im Leben so sicher war wie jetzt, dass er genau das Richtige tat.

Die engagierte Fotografin stellte sich in Position. Sie hatte die Erlaubnis, während der Zeremonie Fotos zu machen. Die Standesbeamtin hielt ihre schwarze Mappe in der Hand und wandte sich Casper zu.

»Wollen Sie, Herr Mattenwald mit Ihrem hier anwesenden Verlobten, Herrn Kobek, die Ehe eingehen? Dann antworten Sie bitte mit Ja.«

Fest und deutlich, mit Blick auf die Beamtin, antwortete Casper: »Ja.« In diesem Moment fiel die Anspannung von ihm ab. Er hatte für heute das Wichtigste in seinem Leben hinter sich gebracht. Hinter ihm erklang ein unterdrücktes Schluchzen und er wusste genau, dass es von seiner Mutter stammte. Er selbst musste sich zusammenreißen, um hier nicht los zu weinen.

Die Beamtin schenkte nun Bjarne ihre Aufmerksamkeit. »Auch an Sie die Frage: Wollen Sie, Herr Kobek mit Ihrem hier anwesenden Verlobten, Herrn Mattenwald, die Ehe eingehen? Dann antworten Sie bitte mit Ja.«

»Ja.« Bjarne räusperte sich, aber seine Antwort war ebenfalls laut und deutlich zu hören. Casper drückte seine Hand. Ihre Blicke fanden sich. In diesem Moment gab es nur sie beide, vergessen waren die Auseinandersetzungen der letzten Jahre, die Probleme, die sie gemeinsam gemeistert hatten. Es zählte nur dieser Moment.

»Hiermit erkläre ich Sie zu Mann und Mann.« Die Standesbeamtin hielt einen runden, edlen Silberteller in der Hand, der im Moment noch leer war. Leon trat zu ihr und legte zwei breite Ringe aus Titan und Carbon darauf. Das dunkle Titan und das helle Carbon trafen sich in der Mitte und verliefen in großen Wellenlinien. Casper und Bjarne hatten die Ringe auf Anhieb gefallen, weil die Welle für sie das Leben darstellte, das nicht in einer geraden Linie ablief. Innen hatten sie einen Spruch gravieren lassen. Er erinnerte sie an ihre ersten Mails, die sie ausgetauscht hatten und der natürlich von Spider-Man stammte: Aus großer Kraft folgt große Verantwortung.

»Sie dürfen sich die Ringe anstecken.« Casper nahm den Ring für Bjarne, der ein Tick größer war als seiner, und steckte ihn auf dessen rechten Ringfinger. Trotz das Bjarnes Hand leicht zitterte, konnte er ihn ohne Probleme aufziehen und atmete innerlich durch.

Nun griff Bjarne nach Caspers Hand, um dasselbe bei ihm zu machen. Schnell sah er Casper in die Augen, in denen es verdächtig schimmerte, bevor er seinen Blick nach unten richtete. Voller Konzentration und mit noch immer zitternden Händen bekam er den Ring auf Caspers Finger. Erleichtert lachte er. Er hatte schon Angst gehabt, den Ring fallen zu lassen, und hatte sich hier auf allen vieren zwischen den Hochzeitsgästen krabbeln gesehen, um den Ring wiederzufinden.

»Sie dürfen sich jetzt küssen und wir hören am Flügel das Stück *Just say Yes* von Snow Patrol«, sagte die Standesbeamtin und stellte das Ringtablett ab, während Caspers Onkel sich erhob und an den Flügel trat, der in einer Ecke des Trausaals stand.

Casper und Bjarne lächelten sich an, traten aufeinander zu und küssten sich, als die ersten Töne des Liedes erklangen. Am liebsten hätte Casper jetzt nichts anderes mehr gemacht und sich seinen Bjarne geschnappt, sich mit ihm in ihrer Wohnung verkrochen, nur um zu knutschen und ihn ganz für sich allein zu haben ohne ihn mit all den Gästen teilen zu müssen.

Bjarne legte einen Arm um Caspers Taille und zog ihn näher

heran. Langsam kam er zur Ruhe und sein Puls kehrte zu einem normalen Tempo zurück. Fast war ihm egal, was jetzt noch alles folgte, Hauptsache Casper war bei ihm.

Als Casper und Bjarne sich aus ihrem Kuss lösten, applaudierten die Hochzeitsgäste, Sascha und Leon klopften ihnen auf die Schultern und alle setzten sich wieder hin.

Casper und Bjarne hielten sich an der Hand und lauschten dem Spiel. Auf ihren Lippen lag ein glückliches Lächeln. Hinter sich hörten sie vereinzeltes Schniefen. Bjarne hätte sich gerne umgedreht, ob seine Mutter auch gerührt war, doch er traute sich nicht. Er hatte Angst, sich diesen Moment dadurch zu zerstören. So hielt er nur Caspers Hand und genoss diesen Augenblick. Ihren Augenblick. Dabei sah er auf ihre Hände und betrachtete die Ringe. Ein ungewohntes Gewicht an seinem Finger, das er nicht mehr missen mochte.

Als die letzten Takte des Liedes verklungen waren, räusperte sich die Beamtin.

»Kommen wir nun noch einmal zu formellen Dingen. Sie haben sich als gemeinsamen Ehenamen Mattenwald ausgesucht. Das ist so korrekt?« Sowohl Casper als auch Bjarne bejahten die Frage. Für Bjarne war es, als ob er jetzt endgültig zur Familie gehörte und dadurch eine Neue hatte, oder eher eine Weitere, korrigierte er sich in Gedanken. Seine Mutter wollte wieder zu seinem Leben gehören. Was ihn natürlich freute, trotzdem musste er erst lernen, ihr erneut zu vertrauen. Dazu kam, dass er dem Frieden noch nicht ganz traute. Wie lange würde es dauern, bis er so weit war?

Die Standesbeamtin begann nun den Ehebucheintrag zu verlesen und Bjarne lenkte seine Aufmerksamkeit auf das Geschehen vor sich.

»Als Letztes bitte ich Sie und die Trauzeugen hier zu unterschreiben.« Sie drehte ein Dokument zu Casper und Bjarne und legte einen Stift dazu. Nacheinander unterschrieben sie und ihre Trauzeugen. Bjarne würde es nie laut zugeben, aber er hatte schon mehrfach zu Hause geübt, den neuen Namen zu schreiben. Trotzdem war es dieses Mal etwas Besonderes und Bjarne hielt die Luft an, während er Mattenwald schrieb, konzentriert auf die einzelnen Buchstaben. Am Ende sah der Schriftzug krakelig aus, aber das war ihm egal. Hauptsache, er hatte seinen neuen Namen richtig geschrieben.

Dann stand die Beamtin auf und nahm ein kleines Lederbüchlein in die Hand.

»Ich gratuliere Ihnen von ganzem Herzen und freue mich, Ihnen Ihr Stammbuch überreichen zu dürfen. Ich wünsche Ihnen ganz viel Glück auf Ihrem weiteren Lebensweg.« Die Standesbeamtin reichte Casper das Buch und schüttelte ihm die Hand, bevor sie auch Bjarne gratulierte.

Dann stürmten die Gratulationen nur so auf sie ein. Sascha und Leon ließen es sich nehmen als Erste die beiden zu umarmen und überließen Casper und Bjarne ihren Eltern, die sie auch fest drückten. Erleichtert entdeckte Bjarne bei seiner Mutter eine kleine Tränenspur in ihrem ansonsten wie immer perfekt geschminkten Gesicht.

»Du hättest besser wasserfestes Make-up nehmen sollen«, flüsterte er ihr ins Ohr, als sie ihn umarmte.

»Ja, darüber habe ich nicht nachgedacht.« Sie lachte, überwand sich und nahm auch Casper in den Arm, der es geschehen ließ und sich freute, dass sie ihn zu akzeptieren begann.

»Komm mal her, Bjarne«, sagte Marion in dem Moment mit brüchiger Stimme und drückte ihn fest an sich. Thomas stand hinter ihr und als sie Bjarne endlich losließ, umarmte er seinen Schwiegersohn. Eine Geste, die er nicht oft machte und Bjarne dafür umso mehr bedeutete. Er zeigte auf Thomas Kinn.

»Das war heute Morgen aber noch ziemlich blau. Was hast du gemacht?«, fragte er.

»Marion hat sehr gute Schminke.« Thomas verkniff sich das Lachen. Das würde nur unnötig wehtun, trotz der Schmerztabletten. Er sprach heute nur das nötigste und würde später auf den Hochzeitsfotos bestimmt als Einziger nicht lächeln. Aber das war unwichtig, immerhin konnte er dabei sein.

Julia fiel beiden gleichzeitig stürmisch um den Hals. Sie legte einen Arm um Bjarne, den anderen um Casper und zog sie in eine große Umarmung.

»Herzlichen Glückwunsch ihr beiden. Jetzt habe ich einen großen und einen kleinen Bruder«, jubilierte sie. Es fehlte nur noch, dass sie auf und ab hüpfte, dachte Casper, schmunzelte aber ob ihrer Begeisterung.

Nur am Rande bekamen Casper und Bjarne in dem Aufruhr um sie herum mit, wie Sascha, Becki, Lara und Leon dafür sorgten, dass jetzt nicht alle auf sie einstürmten. Sie beorderten die Hochzeitsgesellschaft nach draußen, wo die Gäste beim Empfang noch genügend Gelegenheit hatten, den beiden zu gratulierten.

Zu all den Gratulanten wuselte die Fotografin um sie herum und ihre Kamera hörte nicht auf zu klicken. Langsam leerte sich der Raum, bis Casper und Bjarne mit der Standesbeamtin zurückblieben. Sie verabschiedeten sich von ihr, dankten ihr für die schöne Rede und folgten ihren Gästen nach draußen in den Schlossgarten, wo der Empfang stattfand.

Als Casper und Bjarne als Letztes aus dem Schloss traten, spielten drei Musiker aus dem Spielmannszug mit Trompete und Posaune den Hochzeitsmarsch und sie entdeckten überrascht das Spalier der Schützen, mit dem sie begrüßt wurden. Jeder in den Reihen hielt ein Band mit einer Postkarte in der Hand, an deren Ende ein Herzluftballon schwebte und nur darauf wartete in die Luft steigen zu können. Die Schützen standen auf jeder zweiten Stufe.

Sie blieben in der Tür stehen und freuten sich über das schöne Bild.

»Hast du das erwartet?«, fragte Casper und küsste Bjarne auf die Wange. Der schüttelte den Kopf, zu gerührt, um etwas erwidern zu können. Die Fotografin stand am Ende des Spaliers und schoss ein Foto nach dem anderen. Langsam schritten die beiden die Treppe hinunter und nahmen die Glückwünsche der Schützen entgegen.

Als das Musikstück vorbei war, klatschten die umstehenden Gäste. Die Schützen stellten sich im Kreis um Casper und Bjarne. Der Schützenvorsteher trat auf sie zu.

»Lieber Bjarne, lieber Casper, alles Gute zur Hochzeit. Wir hoffen, dass ihr ganz viele Karten zurückbekommt, die euch an diesen Tag erinnern.« Er schüttelte noch einmal erst Bjarne und dann Casper die Hand.

»Vielen Dank euch. Wie toll, dass ihr gekommen seid«, rief Bjarne in die Runde.

»Auf euer Kommando werden die Ballons freigelassen«, erklärte nun Bjarnes Schützenbruder.

»Na dann, seid ihr bereit?« Bjarne sah sich um und rief dreimal: »Gut Schuss!« Nun ließen die Schützen unter Jubel und Applaus der Gäste die Bänder los und die Ballons suchten sich ihren Weg in die Lüfte. Alle sahen ihnen nach, wie sie langsam immer kleiner wurden, bis sie ganz verschwanden. Jeder Luftballon schaffte es am Horizont zu verschwinden, ohne in einem umstehenden Baum hängen zu bleiben.

»Wenn das kein gutes Zeichen ist, weiß ich auch nicht«, hörten sie es aus der Menge rufen und viele lachten daraufhin. Casper und Bjarne nahmen das Glück auf und küssten sich erneut.

»Bleibt ihr auf ein Glas da und stoßt mit uns an?«, fragte Casper die Schützen und erntete einstimmiges Nicken. Gemeinsam gingen sie begleitet von den Servicekräften in den Schlossgarten für den Empfang, wo Kaffee und Kuchen vorbereitet waren für die Zeit, in der die Hochzeitsfotos geschossen wurden.

Kapitel 3

»Liebe Gäste, bitte bilden Sie einen großen Kreis und begleiten Sie das Brautpaar beim Eröffnungstanz mit ordentlichem Applaus«, rief der DJ ins Mikro. Sofort setzte ein Stühlerücken ein und die Gäste stellten sich am Rand der Tanzfläche auf. Casper und Bjarne traten mit heftigem Herzklopfen in die Mitte. Bjarne betete still vor sich hin, dass ihm der Tanz gelang. Mittlerweile konnte er zwar recht gut tanzen, trotzdem kam ihm sein Ehrentanz als Erntekönig in den Sinn, bei dem er völlig aus dem Takt gekommen war und er und seine Erntekönigin neu ansetzen mussten.

Längst hatten sie ihre Jacketts abgelegt. Bjarne hatte sogar einmal das Hemd gewechselt, weil es so durchgeschwitzt war. Schon erklangen die ersten Töne und die beiden begaben sich in Tanzhaltung.

»Du kannst das. Achte nur auf mich«, wisperte Casper Bjarne ins Ohr und zog ihn näher an sich. Schon vor Wochen hatte Casper darauf bestanden, dass sie den Eröffnungstanz übten, damit auch nichts schief ging. Dafür war Bjarne ihm nun dankbar und ließ sich von der Musik tragen. Sein Blick war voll und ganz auf Casper gerichtet, der ihn sicher über die Tanzfläche führte und ihm keine Chance gab, sich zu verheddern. Statt für einen klassischen Hochzeitswalzer hatten sie sich für

Wherever you will Go von The Calling entschieden. Natürlich stand Caspers Lieblingstanzlied ebenfalls zur Diskussion, doch fanden sie am Ende das andere passender.

Bis jetzt schwebte Casper durch den Tag, konnte sich gar nicht sattsehen an seinem Mann und war schon gespannt auf die Fotos, um noch einmal den Tag in Ruhe nachfühlen zu können.

Das Anschneiden des Kuchens vor dem Fotoshooting war nur eines der Highlights bis jetzt gewesen. Sie hatten eine dreistöckige Sahnetorte, die aus einer Schokoladen-, Erdbeer- und Marzipanebene bestand. Ihre drei Lieblinge. Ein befreundeter Konditor von Bjarne, der ihnen die Torte schenkte, hatte zudem kleine Figuren gebastelt, die sie beide darstellten.

Vom Buffet war Casper immer noch so satt, dass er sich sicher war, beim Mitternachtsbuffet nicht mehr zugreifen zu können. Er hatte von allem probiert. Bjarne hatte es perfekt zusammengestellt, aber nichts anderes hatte er erwartet.

Während des Essens hatten Sascha, Becki, Lara und Leon ein Märchen vorgelesen. Ihr Märchen. Mit einigen lustigen Anekdoten, die Casper und Bjarne zum Teil schon fast wieder vergessen hatten. Es gab viel Stoff zum Lachen.

Jetzt waren sie hier auf der Tanzfläche. Casper hatte das Gefühl, nicht nur wegen des Essens platzen zu können, sondern auch aufgrund der ganzen Schmetterlinge in seinem Bauch. Ihm war bewusst, dass das nicht so bleiben würde, aber diesen Tag wollte er genießen und sich das nicht nehmen lassen.

Als das Lied zu Ende war, zog Bjarne Casper noch näher an sich und küsste ihn. Nun sollten die Eltern und Julia dazu kommen. Casper und Bjarne hatten vorher schon ausgemacht, dass Bjarne mit Ilona tanzen würde, und da Thomas sich auch eher zurückhalten musste, tanzte Casper mit Marion. Bjarne ging zu seiner Mutter und hielt ihr die Hand hin. Überrascht schaute sie ihn an.

»Du hast es gehört, jetzt sind die Eltern mit dran. Da Papa nicht da ist, tanzen wir.« Ilona straffte ihre Schultern und ihre Augen leuchteten auf. Sie nahm seine Einladung an, legte ihre Hand in die Dargebotene ihres Sohnes und begab sich mit ihm auf die Tanzfläche. Nicht im Traum hätte sie damit gerechnet, mit Bjarne zu tanzen. Und nun hatte er sie sogar von sich aus aufgefordert.

»Wann hast du das gelernt?«, fragte sie ihn während des Tanzes.

»Irgendwann in den letzten Jahren. Wenn man auf dem Dorf wohnt, kommt man irgendwie nicht daran vorbei. Und wenn man mit Casper zusammen ist, sowieso nicht. Er liebt tanzen.« Bjarne lächelte seine Mutter an.

In diesem Moment wurden die anderen Gäste aufgefordert, ebenfalls die Tanzfläche zu erobern und das Klatschen vom Rand erstarb. Bjarne entdeckte Dominik, der mit Moritz und den anderen Hamburgern tanzte und lachte. Julia und Jannis zogen sich diskret zurück und verschwanden aus der Menge. Schneller als gedacht war das Lied zu Ende.

»Möchtest du noch einen Tanz oder lieber etwas trinken oder setzen?«, fragte Bjarne seine Mutter.

»Sehr gerne noch einen Tanz. Wenn ich schon die Gelegenheit habe, nutze ich sie.«

Als der DJ eine kurze Pause machte, wurde es am Eingang zum Saal unruhig. Sascha eilte zum DJ und flüsterte ihm etwas zu. Dann überreichte er ihm einen kleinen Gegenstand. Casper beobachtete es skeptisch. Er saß bei Moritz am Tisch und unterhielt sich mit ihm. Jetzt blickte er auf der Suche nach Bjarne durch den Raum, aber er fand ihn nirgendwo.

Leon stellte derweil zwei Stühle vor der Anlage des DJs auf. Jetzt wurde Casper noch misstrauischer. Sie hatten sich keine Spiele gewünscht, wollten den Abend genießen. Er stand auf, ging durch die Menge und versuchte Bjarne zu entdecken.

»Ah, Casper, schön, dich habe ich schon mal.« Sascha hatte ihn am Arm gepackt und aufgehalten. »Kannst du dich auf einen der Stühle setzen? Bjarne kommt auch sofort.«

»Sascha, wir hatten doch ...«, begann er eindringlich, wurde jedoch von Sascha unterbrochen.

»Vertrau mir, in Ordnung? Wir haben uns an eure Vorgaben gehalten. Keine peinlichen Spiele.«

Ergeben ging Casper zu den Stühlen und setzte sich. Kaum saß er, kam schon Lara mit Bjarne im Gefolge.

»Was haben die wohl vor?«, fragte Casper Bjarne, der mit den Schultern zuckte und sich auf den zweiten Stuhl fallen ließ. Sascha kam wieder in den Saal und steuerte direkt auf sie zu. Vom DJ ließ er sich ein Mikro geben.

»Liebe Gäste, ich möchte euch bitten, Platz zu machen. Wir haben Besuch bekommen. Was wäre eine Hochzeit von zwei Erntekönigen ohne Tänze der Dorfjugend? Ich wünsche euch viel Spaß in den nächsten Minuten.« Sascha gab das Mikrofon wieder zurück und die Gäste stellten sich am Rand in einem lockeren Kreis auf. Vielen, inklusive Casper und Bjarne war klar, was jetzt geschehen würde.

Da hörten sie schon ein Akkordeon mit der Einmarschmusik der Dorfjugend. Kurz darauf kamen die Tanzpaare hintereinander in den Saal geschritten und stellten sich für den ersten

Tanz auf. Wie immer waren die Damen in Dirndl und die Herren in weißem Hemd und schwarzer Hose gekleidet. Kaum standen sie bereit, spielte der DJ das erste Lied ab. Bjarne beugte sich zu Casper.

»Hast du damit gerechnet, dass sie kommen würden?«, fragte er ihn.

»Nein, absolut nicht. Immerhin sind wir beide schon mindestens ein Jahr nicht mehr aktiv.«

Nach dem zweiten Tanz nahm Sascha wieder das Mikrofon in die Hand.

»So ihr beiden, jetzt kommt der Hamburger Bunte, den könnt ihr bestimmt auch noch mittanzen. Müsst euch nur einigen, wer welchen Part übernimmt. Jeder der den Tanz kann darf sich aufgefordert fühlen, mitzutanzen.«

Casper und Bjarne sprangen auf. Die Dorfjugend hatte sich schon zu einem großen Kreis aufgestellt und einige der Hochzeitsgäste gesellten sich dazu. Es war der Tanz, der immer zum Schluss und abends auf dem Erntefest getanzt wurde.

Während sie den Hamburger Bunten tanzten, stellte sich Marion neben Ilona, die schon den gesamten Tag mehr am Rand stand und eine stille Beobachterin war.

»Wie gefällt dir die Hochzeit?«, fragte sie Bjarnes Mutter.

»Eine wirklich tolle Feier.« Sie nahm einen Schluck aus ihrem Glas. »Und so schön zu sehen, wie viele Freunde Bjarne hat.« Sie zögerte einen Moment, überlegte kurz, ob sie ihren Gedanken aussprechen sollte. Aber dann gab sie sich einen Ruck. Immerhin sprach sie hier mit Caspers Mutter. Der Frau, die ihren Sohn aufgenommen hatte, als ob er ihrer wäre. Sie schämte sich dafür, dass sie all die Jahre nicht für Bjarne da war und offensichtlich einiges verpasst hatte.

»Ich hätte nie gedacht, dass das möglich ist. Also dass er, obwohl er, nun ja, auf Männer steht, so völlig selbstverständlich in einer Gemeinschaft integriert ist.« Ilona nahm noch einen Schluck. »Für mich war das lange Zeit eine Krankheit, die geheilt werden muss.« Sie blickte auf den Boden und traute sich nicht, Marion anzusehen.

Marion freute sich über den Vertrauensbeweis Ilonas ihr gegenüber. Es war bestimmt nicht einfach für sie, sich das einzugestehen. Sie legte einen Arm um Ilona.

»Du bist hier. An einem seiner wichtigsten Tage und willst wieder an seinem Leben teilhaben. Manchmal muss man die Vergangenheit ruhen lassen, um weitergehen zu können.« Sie drückte Ilona an sich. »Ihr habt noch einiges an Wegstrecke vor euch, aber ich bin sicher, ihr werdet es schaffen. Du bist immer willkommen bei uns.«

Ilona traten die Tränen in die Augen. »Vielen Dank.« Mehr brachte sie nicht zustande. So sehr sie sich selbst dafür verurteilte, wie sie sich die letzten Jahre verhalten hatte, es tat ihr trotzdem gut zu wissen, dass Bjarne eine Mutterfigur in seinem Leben gehabt hatte.

Später am Abend wurde Caspers Ahnung, dass Julia etwas im Schilde führte bestätigt. Sie und Dominik hatten den Sketch *Der Fernseher ist kaputt* von Loriot aufgearbeitet. Einmal mehr blitzte Julias komödiantisches Talent auf und Casper, Bjarne und ihre Gäste brachen regelmäßig in lautes Gelächter aus.

Obwohl Casper und Bjarnes Freunde sich an den Wunsch hielten, keine Spiele zu veranstalten, wussten sie trotzdem diese Feier zu einer ganz besonderen für sie zu machen.

»Warum hast du es mit Dominik aufgeführt und nicht mit

einem von hier?«, fragte Casper Julia nach der Vorführung, als er sich bei ihr bedankte.

»Weil keiner es machen wollte.« Sie sah enttäuscht aus. »Dominik war sofort Feuer und Flamme. Haben es nur zweimal gestern Abend geübt.«

»War richtig gut. Du solltest doch Komikerin werden.« Casper drückte seine Schwester noch einmal fest an sich.

»Na, Material sammle ich genug in der Klinik.« Julia lachte und wurde dann von Bjarne in Beschlag genommen, während Casper sich bei Dominik bedankte und ihn sogar umarmte. Das hätte er sich vor einem halben Jahr nicht im Ansatz vorstellen können. Aber Dominik hatte ihm keinen Grund mehr gegeben, an seiner Freundschaft zu ihm zu zweifeln. Außerdem war Dominik, nachdem, was Casper mitbekam, mit Moritz beschäftigt. Er war gespannt, in welche Richtung das mal gehen würde. Sie hatten ein lockeres Verhältnis angebandelt und kamen gut damit klar. Zwei Freigeister, die sich gesucht und gefunden hatten, schoss es Casper durch den Kopf.

Nach dem Stück wurde wieder getanzt und Casper und Bjarne kamen kaum zum Ausruhen. Bei fast jedem Tanz hatten sie eine andere Tanzpartnerin.

»Hier bist du.« Casper trat zu Bjarne, der draußen auf dem Rasen stand und in den Himmel blickte. Sterne waren aufgrund vieler Wolken nicht zu sehen. Der angekündigte Regen war bestimmt nicht mehr fern.

»Ja, ich musste mal durchatmen. Wir haben ja fast nur getanzt.« Er drehte sich zu Casper und zog ihn in eine Umarmung. »Meinst du, es geht noch lange? Wir haben schon fast vier Uhr durch und einige sind schon gegangen.«

»Na ich hoffe doch nicht. Ich habe nämlich noch etwas vor. Extra ab Mitternacht keinen Alkohol mehr getrunken«, sagte Casper. Bjarne konnte Caspers Lächeln im Dunkeln nur erahnen. »Ich habe die Kellner angewiesen, mir irgendwas Alkoholfreies in die Schnapsgläser einzugießen, das aber nach Alkohol aussieht und keiner infrage stellt.«

Bjarne lachte bei Caspers Erklärung. »Ich habe dasselbe gemacht. Ich habe mir stilles Wasser einschenken lassen und allen erzählt, es wäre Wodka. Jetzt darf ich wahrscheinlich in Zukunft ständig Wodka trinken, dabei mag ich das Zeug gar nicht.«

Casper ließ seine Hände über Bjarnes Rücken gleiten.

»Meinst du, es fällt irgendeinem auf, wenn wir einfach verschwinden?«, fragte er. Aus dem Schloss hörten sie Gelächter und Musik. Jemand hatte die Fenster und eine Terrassentür zum Saal geöffnet.

»Wahrscheinlich schon.« Bjarne entfuhr ein Gähnen. Er war müde und erschöpft. So aufregend der Tag war, so anstrengend war er gleichzeitig.

»Casper? Bjarne? Wo seid ihr?«, hörten sie in dem Augenblick Saschas und Leons Stimmen. Casper seufzte leise. Dies war der erste richtige Moment seit der Hochzeit, den er mit Bjarne alleine hatte und er wollte ihn nicht so schnell wieder hergeben.

»Da kommt die Meute«, flüsterte Bjarne, lehnte sich an Casper und küsste ihn. »Dabei war es gerade so schön.«

Handytaschenlampen blinkten auf und erleuchteten einen kleinen Bereich. Das Leuchten kamen näher und schemenhafte Umrisse waren erkennbar. Dann wurden sie von Lichtkegeln erfasst.

»Da seid ihr ja. Warum antwortet ihr nicht?«, fragte Sascha empört.

»Wir dachten, ihr findet uns dann nicht.« Casper löste sich von Bjarne und blinzelte, weil er direkt in das Licht einer Lampe schaute. Er schob den Arm mit dem Handy nach unten.

»Kommt, wir haben noch etwas vorbereitet«, sagte Leon. »Ist auch nichts Schlimmes. Ist sowieso nur noch der harte Kern da.«

Seufzend folgen sie den beiden wieder in den Saal. Tatsächlich waren nur noch zwanzig maximal dreißig Leute da, unter anderem ihre Eltern, Caspers Großeltern, die tapfer durchgehalten hatten und natürlich Julia. In der Mitte des Saals war ein großes Herz aus ganz vielen Teelichtern aufgebaut für den Schlusstanz.

»Na los, geht rein, aber macht keine Kerze aus«, forderte Becki die beiden auf. Sie überstiegen vorsichtig die Lichter und stellten sich in die Mitte. Die wenigen noch verbliebenen Gäste verteilten sich um das Herz. Casper sah, dass seine Eltern Arm in Arm dastanden, daneben seine Großeltern und Ilona. Gänsepelle überzog ihn. Der letzte Tanz des Abends und alle, die ihm wichtig waren, standen dabei.

Das Personal löschte alle Lampen, sodass nur noch die Teelichter Licht spendeten, und der DJ startete das letzte Lied der Feier. *Time of your Life* von Green Day erklang. Bjarne und Casper tanzten eng umschlungen. Jeder hatte seinen Kopf auf der Schulter des anderen abgelegt. Sie bewegten sich langsam zur Musik, wiegten sich nur hin und her. Casper hatte seine Augen geschlossen, nahm Bjarnes Geruch wahr und merkte, wie die Müdigkeit ihn überkam. Dieser Tag war perfekt gewesen. Einen besseren dreißigsten Geburtstag hätte er nicht feiern können. Er küsste Bjarne am Hals, was diesen zum Schmunzeln brachte.

Bjarne zog Casper noch enger an sich. Er wollte sich die Erinnerungen, Gefühle alles fest einbrennen, um sich immer wieder daran erinnern zu können. Er hatte damals die richtige Entscheidung getroffen, als er von Hamburg an den Niederrhein gezogen war. Etwas Besseres als Casper und all die damit verbundenen Menschen und Dinge hätten ihm nicht passieren können. Hier war er angekommen, hier war er zu Hause.

Kapitel 4

Es war fast halb sechs, als sie endlich das Schlafzimmer in ihrer Wohnung betraten. Ihre Eltern und vier besten Freunde hatten ihnen geholfen, alle Geschenke vom Saal in die Autos zu schaffen und zu Hause ins Wohnzimmer zu bringen. Ihr Esstisch war überhäuft davon, aber das war egal. Darum würden sie sich nach dem Ausschlafen kümmern.

Casper warf sein Jackett achtlos auf den Sessel, der in einer Ecke stand und für ihn nur als Kleiderablage diente. Heute folgte Bjarne seinem Beispiel. Casper ließ sich aufs Bett fallen und schloss die Augen. Neben ihm sackte die Matratze leicht ab, als Bjarne sich dazulegte.

»Schlafen oder schlafen?«, fragte Bjarne und küsste Casper. Ihm fiel erst jetzt auf, dass sie das viel zu selten gemacht hatten heute, obwohl sie doch geheiratet hatten. Also eigentlich ja gestern, ach egal. Solange er nicht geschlafen hatte, war noch kein neuer Tag angebrochen.

»Ich bin für schlafen.« Casper öffnete die Augen, hob eine Hand an und streichelte Bjarne, der seinen Kopf aufgestützt hatte, durch die Locken. Wie er diese liebte.

»Ich auch. Bin viel zu müde.«

Casper kicherte leise. Genau dasselbe hatte er eben auch gedacht und knöpfte seine Weste auf, die er tapfer den gesamten

Abend getragen hatte, obwohl er sie loswerden wollte. Bjarne half ihm und schälte sich danach selbst aus seiner eigenen. Ruckzuck hatten sie sich ausgezogen und streichelten sich gegenseitig über die nackten Körper. Allerdings schliefen sie viel zu schnell ein, als das mehr passieren konnte.

Nach ein paar Stunden Schlaf wachte Casper auf, als ein Trecker am Fenster vorbeifuhr. Sein Kopf ruhte in Bjarnes Halsbeuge und er leckte und küsste die Haut. Bjarne bewegte sich, wollte sich wegdrehen, doch Casper lag auf seinem Arm. Bjarne grummelte und wandte nur seinen Kopf zur Seite.

»Wach auf, mein Schatz. Wir holen die Hochzeitsnacht nach«, weckte Casper ihn mit kratziger Stimme. Ausgeschlafen fühlte er sich ganz und gar nicht, aber dafür hatten sie noch den ganzen Tag Zeit.

»Warum können wir nicht ausschlafen?«, brummte Bjarne.

»Weil ich jetzt wach bin«, erklärte Casper und fand den Grund absolut logisch.

Bjarne zog Casper auf sich. »Dann machen wir da weiter, wo wir gestern Morgen aufgehört haben.« Er hatte noch immer die Augen geschlossen, öffnete sie aber jetzt einen Spalt breit, als er Caspers Lippen auf seinen spürte und wie sie sich von dort auf Wanderschaft begaben.

Langsam wurde Bjarne wach und seine Hände streichelten über seinen Mann, der mit seinem Mund bei Bjarnes Brustwarzen angekommen war, sich aber jetzt aufrichtete.

»Warum heißt es Hochzeitsnacht? Es sollte Morgens-nach-der-Hochzeitsnachtfeier heißen. Kann mir keiner erzählen, dass er in der Hochzeitsnacht Sex hat«, überlegte Casper laut, sein halbsteifer Schwanz von ihm gereckt.

Bjarne schmunzelte.

»Du machst dir manchmal merkwürdige Gedanken, wenn wir Sex haben. Du sollst gefälligst nur darüber nachdenken, was du mit mir vorhast.« Er kniff in eine von Caspers Brustwarzen, der einen empörten Laut von sich gab. Dann beugte er sich vor und küsste Bjarne. Sie spielten mit ihren Zungen, rangen miteinander, rollten hin und her. Berührten und streichelten sich überall, bis Casper blind in der Schublade des Nachtschrankes nach Gleitgel tastete. Endlich hatte er es gefunden und legte es neben sich ab.

Ihre Müdigkeit war verflogen. Sie waren jetzt so voller Lust und Begierde, dass sie es kaum abwarten konnten. Casper schob Bjarne ein Kissen unter seine Taille und fingerte ihn. Beobachtete dabei jede seiner Regungen im Gesicht.

»Nun fang schon an, Hausgeist«, bat Bjarne und zog Casper zu sich, um ihn wieder zu küssen.

»Nicht so stürmisch, mein Lieber. Wir haben ganz viel Zeit. Es sind alle Türen abgeschlossen, keiner kann uns stören«, besänftigte Casper ihn, griff aber zum Gleitgel.

Er verteilte das Gel und drang vorsichtig in Bjarne ein. Als er ganz drin war, legte er sich auf ihn, streichelte durch Bjarnes Haare, küsste ihn und fing erst dann an sich sanft und behutsam zu bewegen. Er wollte jeden Moment auskosten, ihn in die Länge ziehen und wusste doch, dass es schneller vorbei war, als ihm lieb war.

»Wenn du nicht endlich richtig beginnst, wirst du schon sehen, was du davon hast«, sagte Bjarne und stöhnte direkt auf, da Casper seine Position verändert hatte und seine Prostata getroffen hatte.

»Was habe ich denn davon?«, fragte Casper, setzte sich auf und grinste. Dann stieß er erneut zu, traf wieder richtig.

»Das«, brachte Bjarne hervor, nahm Caspers Hand und führte sie zu seinem Schwanz. Casper umfasste ihn und rieb ihn im Takt seiner Stöße.

Fast gleichzeitig kamen sie keuchend zum Höhepunkt und Casper ließ sich neben Bjarne fallen. Er kuschelte sich an ihn und küsste ihn. Bjarne fischte aus der Nachttischschublade ein Handtuch und säuberte sie beide.

»Danke«, murmelte Casper.

»Weiß doch, wie sehr du es magst, trocken und nicht klebend neben mir zu liegen.« Bjarne ließ das Handtuch neben das Bett fallen und gab Casper einen Kuss auf den Kopf.

Eine angenehme Stille breitete sich zwischen ihnen aus, bis Casper bemerkte, dass Bjarne regelmäßig atmete. Er hob den Kopf an und schmunzelte. Da war er doch glatt wieder eingeschlafen. Er kuschelte sich an seinen frisch angetrauten Mann und schloss die Augen. Vielleicht konnte er ja auch noch etwas schlafen.

Kapitel 5

Casper stand in der Küche nur mit einer Boxershorts bekleidet und füllte Wasser und Kaffeepulver in die Kaffeemaschine. Regen plätscherte gegen das Fenster und er war froh, heute nicht arbeiten zu müssen. Es war bereits Mittag durch und er hatte es aufgegeben, noch einmal einzuschlafen. Bjarne hingegen lag friedlich im Bett und schlief sich aus.

Sie konnten sich heute in ihrer Wohnung verkriechen, ohne dass sie gestört wurden. Sie hatten sich gestern oder besser heute früh schon auf dem Schloss von den Hamburgern und Dominik verabschiedet, die wieder auf dem Heimweg sein mussten. Die Anstrengung des gestrigen Tages steckte Casper immer noch in den Knochen.

Als die Kaffeemaschine lief, drehte er sich um und lehnte sich an die Arbeitsplatte. Er betrachtete ihren Esstisch, der übersäht war mit den ganzen Geschenken. Fast jeder hatte sich, statt einfach nur eine Karte mit Geld zu schenken, eine kreative Idee einfallen lassen und gebastelt.

Sie hatten sich ein kleines Büchlein gekauft, in dem sie genau notieren wollten, was sie von wem erhalten hatten. Casper konnte es gar nicht erwarten, bis Bjarne endlich wach wurde und sie sich ans Auspacken machen konnten. Einige Geschenke waren sogar speziell für seinen dreißigsten Geburtstag.

Im Raum verbreitete sich der Duft von frisch gekochtem Kaffee und mit einem leisen Fauchen deutete die Maschine an, dass das Wasser durchgelaufen war. Casper holte sich seinen Lieblingsbecher aus dem Schrank und schenkte sich ein. Gleichzeitig hörte er Bjarnes nackte Füße auf den Fliesen, der näher kam.

»Einen guten Morgen, Herr Mattenwald«, begrüßte Casper Bjarne, der ihn von hinten umarmte und ihm einen Kuss auf die Schulter gab.

»Morgen«, brummte dieser. Casper holte eine weitere Tasse aus dem Schrank und schenkte Bjarne auch einen Kaffee ein. Er reichte Bjarne den Becher über seine Schulter, der ihn losließ und ihn entgegennahm. Casper drehte sich um und stand nun Bjarne gegenüber.

»Bist du auch noch so kaputt?«, fragte Casper ihn, streckte eine Hand aus und strich über Bjarnes Oberkörper, der ebenfalls nur eine Shorts übergezogen hatte.

»Total.« Bjarne gähnte ausgiebig. »Ich könnte noch eine Runde Schlaf brauchen.« In dem Moment knurrte Caspers Magen. »Aber vielleicht mach ich uns erst mal etwas zu essen.« Bjarne grinste. Der Kaffee weckte seine Lebensgeister und den Appetit.

Er stellte seinen Kaffeebecher auf der Kücheninsel ab und öffnete den Kühlschrank, der überquoll. Sie hatten von ihrem Hochzeitsbuffet einiges mitnehmen dürfen. Nur die Reste der Hochzeitstorte hatten sie beim besten Willen nicht mehr unterbringen können. Die stand jetzt im Arbeitsbüro von Casper, Marion und Thomas. Und seinem fügte Bjarne hinzu.

Sie machten sich Suppe warm und setzten sich mit den vollen Tellern aufs Sofa. Während des Essens erzählten sie sich gegenseitig von den kleinen Erlebnissen vom gestrigen Tag, die der andere nicht mitbekommen hatte.

»Bjarne, ich habe mir etwas überlegt«, begann Casper nach einer Weile, als sie schweigend dasaßen. Die Teller hatten sie auf dem Couchtisch abgestellt und sich am Rückenteil des Sofas angelehnt. Casper kuschelte sich an Bjarne und schaute immer wieder auf seine rechte Hand mit dem Ring.

»Oh, jetzt kommt was großes«, neckte Bjarne ihn. Seine Hand streichelte über Caspers Oberarm. »Schieß los.«

»Gib uns ein Jahr. Ein Jahr, in dem wir unsere Zeit zu zweit genießen können, du deinen Laden zum Laufen bringst und ich noch meine Ideen für den Hof umsetzen kann.«

Bjarne fragte nicht, wofür Casper das Jahr haben wollte. Er wusste es. Casper richtete sich auf, um Bjarne ansehen zu können. »Wir haben im letzten Jahr so viel Unruhe mit dem Umbau, Hofübergabe und so was gehabt, lass uns mal etwas zur Ruhe kommen, bevor wir uns mit der Adoption eines Kindes auseinandersetzen.«

Bjarne war gleichzeitig erfreut und enttäuscht über Caspers Aussage. Er wäre es gerne sofort angegangen, war aber auch glücklich darüber, dass Casper sich zum ersten Mal komplett für Kinder ausgesprochen hatte. Und was war schon ein Jahr? Das ging so schnell vorüber. Außerdem hatte Casper recht. Sie mussten sich erst einmal zurechtfinden mit dem Laden und dem Hof. Einen neuen Rhythmus finden.

»Das klingt perfekt. Und das Jahr wird nur so an uns vorbeifliegen.«

Bjarne lächelte Casper an und küsste ihn. Das Warten schaffte er auch noch. Was waren schon ein paar Monate gegen ein restliches Leben mit Kindern?

»Willst du endlich anfangen die Geschenke auszupacken?«, fragte Bjarne ihn schließlich.

»Boah, ich dachte schon, du fragst nie!« Casper sprang auf, holte ihr kleines Büchlein, einen Stift und stellte sich zum Esstisch. »Kommst du?«

Bjarne beobachtete Casper lächelnd. Manchmal war er wie ein kleines Kind vor Weihnachten, dass es überhaupt nicht abwarten konnte, bis das Christkind kam. Einer der Züge an Casper, die Bjarne abwechselnd liebte und nervig fand. Je nach Situation und Stimmung. Heute liebte er ihn. Heute liebte er alles an Casper.

»Immer, sofort.« Bjarne stand auf, ging zu Casper, umarmte und küsste ihn.

Weitere Bücher der Autorin

56 Punkte zum Glück

Was tun, wenn man als Jungbauer ungeoutet in einem 1.000-Seelendorf lebt?

Richtig, Casper meldet sich bei einem Dating-Portal an. Er lernt jemanden kennen, schreibt mit ihm, trifft sich das erste Mal und verliebt sich. Nun stellt er allerdings fest, dass er wieder am Anfang steht. Coming-out, und wenn, wie? Wie werden seine Familie und Freunde reagieren, wie die Dorfbewohner? Wird er der Aussätzige des Dorfes sein?

Aber nicht nur diesen Fragen stellt Casper sich. Im Laufe der Beziehung kommen andere dazu. Wie funktioniert eine Beziehung? Gibt es ein richtig oder falsch, schwarz oder weiß? Und: Wie viel Punkte braucht man zum Glück?

Und dann passierte das Leben

Für Tobias ist seit einem halben Jahr alles nur noch grau und kalt.

Nur seinen besten Freund Leon lässt er noch in seine Nähe. Der tut was er kann, damit Tobi sich nicht zu Hause vergräbt – oft vergeblich.
Doch Florian, neu in der Klasse, denkt nicht daran, Tobias Schmerz zu ignorieren.

Wie wird Tobias darauf reagieren?

Content Notes sind auf der Homepage unter
www.nellabeinen.com/buecher/und-dann-passierte-das-leben/
zu finden.

Reise in die Vergangenheit: Neues von Tobias und Florian

Ihr seid neugierig, wie es mit Tobias und Florian weitergeht? Dann begleitet die beiden in dieser Kurzgeschichte auf eine Reise in Florians Vergangenheit vor dem Umzug.

Die Abiturprüfungen haben sie hinter sich und gönnen sich eine Auszeit in Essen. Tobias taucht ein in Florians ehemalige Welt und lernt ihn noch einmal von einer anderen Seite kennen.

Obwohl ihn auch in Essen die Erinnerungen und die Trauer um Niklas nicht loslassen, lernt Tobias viel über sich selbst und kommt seinen Vorstellungen für die Zukunft näher.

Diese Kurzgeschichte kann unabhängig von »Und dann passierte das Leben« gelesen werden. Wer allerdings die komplette Geschichte von Tobias und Florian kennenlernen möchte, sollte das Buch lesen.

Das Leben ist so einfach

Jonas ist gerne für sich. Er genießt die Ruhe und vermeidet es, neue Menschen kennenzulernen.

Da tritt unverhofft Erik in Jonas Leben und wirbelt es mit seiner Unbekümmertheit und seinem Frohsinn gehörig durcheinander. Nach anfänglicher Unsicherheit fasst Jonas Vertrauen und lässt sich bald ganz auf die aufkeimende Beziehung ein.

Doch schnell stößt Jonas an seine Grenzen. Er muss sich seinen Ängsten stellen, die er jahrelang von sich geschoben hat.

Warnung:
In diesem Buch geht es um Angststörung, Panikattacken, körperliche Gewalt und Mobbing.